手を伸ばせばはるかな海

崎谷はるひ

13666

角川ルビー文庫

目次

口絵・本文イラスト／おおや和美

吹《ふ》き抜《ぬ》ける風に、潮の匂《にお》いがする。

宮上瀬里《みやがみせり》は注文されたレモングラスのアイスハーブティをサーブしたあと、ふと鼻先を通り抜けたそれに顔をあげ、ほっと息をついた。

拡声器でテラスまで聞こえる店内放送、軽快なアメリカンポップスに混じる波音は、心まで凪《な》ぐようなやさしい響《ひび》きだ。

国道134号線沿いのレストランバーである『ブルーサウンド』では、ウッドデッキふうのオープンテラスが目玉となっている。

一階部分には車で来店する客のための大きな駐車場《ちゆうしや》。プレートの看板が吊《つ》り下がった横、駐車場のセンター部分を区切るような木製の階段を上ると、車道沿いにせり出すように、広々とした海岸線を望むことができるテラスがある。

もともとこの店の常連客であり、現在ではアルバイト店員の瀬里には、二年前から見慣れた光景である。けれど、それでも見飽《みあ》きることはない海のさわやかさに唇《くちびる》を綻《ほころ》ばせていると、腰《こし》のあたりから声がした。

「いい天気ねえ」

うっすらと黄色がかったハーブティのグラスを手に、常連であるひとのよさそうな白髪《はくはつ》のご婦人がにこにこと話しかけてくる。

ひとりでのんびりと午後のお茶を楽しむ彼女は、若い店員相手に世間話でもしたかったようだ。しかし、それに対する瀬里の言葉は、どうにもそっけないものになる。

「あ、はい。ほんとに」

別に機嫌《きげん》が悪いわけでもないのだが、不器用な瀬里は他愛《たわい》もない言葉のやりとりというのがどうしようもなく不得手なのだ。

たぶん求められているのは、お客様を気分よくさせるひとことふたこと。それなのに、流れを切るようななんともつまらない返答しかできない自分に瀬里はこっそり落ちこみそうになるが、常連である彼女は気にした様子もない。

「ここはほんとにいいお店。海も見えてせいせいするし、気持ちがいいわ」

湘南《しょうなん》の海は穏《おだ》やかで広く、波光がきらきらとうつくしい。それを見つめる彼女のまなざしもまたあたたかく、瀬里も少し気持ちがやわらぐ。

「――ありがとうございます。いつもごひいきにしてくださいまして」

今度のそれは、心のこもった響きになったと思う。にっこりとしたご婦人に一礼して、トレイを抱《かか》えたまま瀬里は店内へと引き返す。

テラスの奥にある店内は、エスニック料理と世界中の酒を揃《そろ》えた店らしく、調度品もすべてアジアンテイストのものばかりだ。オーナーのこだわりであえて不揃いにしたファニチャー類は、帆布《ほぬの》や竹、籐《とう》でできたパーティションに区切られて、酒と食事を愉《たの》しむ大人のためのゆったりとした空間になっていた。

営業時間は午前十一時から深夜の二時まで。夜になればテラスのそこかしこでは松明《たいまつ》を模した灯《あか》りが点《とも》され、夜の真っ黒な海を眺《なが》めるテーブル席もぐっとムードが大人仕様に変わるけれど、いまはひたすらさわやかな早秋の光を浴びている。

「すいませーん、追加いいですか」

店内のちょうど中ほど、厨房《ちゅうぼう》に向かう通路前。男性客の座った席から呼び止められた。追加のドリンクをオーダーされ、かしこまりましたと瀬里は目を伏《ふ》せて承《うけたまわ》る。

手元の伝票にさらさらと書きつけている間、二十代半ばくらいの客はじっと瀬里を見ていた。

「……あの、なにか？」

「いや……あのさあ、きみ、男？」

不躾《ぶしつけ》な視線に戸惑《とまど》っていた瀬里に、さらに失礼な質問が投げかけられ、一瞬《いっしゅん》だけ頬《ほお》が強《こわ》ばる。

華奢《きゃしゃ》な瀬里は身長も百七十センチ弱しかなく、成人してもなお性別を間違《まちが》えられるほどの女顔だ。答えた声には、先ほどのご婦人に対するそれとは違い、尖《とが》ったものが混じった。

「そう……ですけど」

この店にバイトに来て一年以上が経《た》ち、いい加減その手の勘違《かんちが》いや質問は慣れている。特に腹が立つわけではないのだけれど、瀬里はそれらをどうも上手《うま》く躱《かわ》すことができない。

ただでさえバイト中は、ミスをしないようにと緊張《きんちょう》するため、瀬里の声や表情はややかたくなになる。それでも、いつもであればそれなりの返事ができるのだが、この日は少しばかり様子が違った。

男の膝《ひざ》がごくさりげなく、しかしぴったりと誰《だれ》にも見えない角度で瀬里の脚《あし》のあたりに触《ふ》れていることに、混乱はさらにひどくなったからだ。

(なんで、脚……触《さわ》ってるんだ？　偶然《ぐうぜん》か、それとも……)

じんわりと体温が伝わってくるこれは、なにか意図があってのことなのだろうか。

不快感はひどいけれど、もしもただの偶然でこちらが意識しすぎているのであれば、わざとよけるのもためらわれる。

「――それが、なんですか」

どうやったら、相手に不愉快《ふゆかい》でない返答をできるのだろう。そうやって考えこんでしまうから会話のタイミングがずれて、気まずい沈黙《ちんもく》が落ちてしまう。そうして放った瀬里の声は、どこか冷たいまでに色がなかった。

「……あ、そ。もういいよ」

「は、はあ……」

案の定、男はしらけたような声でふいっと目を逸《そ》らし、脚を離《はな》した。やはり特に、意図はなかったのかもしれない。意識しすぎて、自分が恥《は》ずかしい。

(自意識過剰《かじょう》だったのかな……)

また失敗したとこっそり落ちこみつつ、瀬里は奥まったカウンターバーへと足早に向かった。

「聖司《せいじ》さん、追加入りました。五番さん、アイスコーヒーです」

なんとなくわだかまる気分が反映したのか、オーダーを読みあげる声が硬《かた》くなる。つっけんどんに響くそれを、しかしにこやかな表情を崩《くず》さないまま受け止めたのは、この店の店長である藤木《ふじき》聖司だ。

「了解《りょうかい》。ああ、瀬里ちゃん休憩《きゅうけい》に入っていいよ、お昼まだだろう?」

「あ、はい」

うっかりその笑顔《えがお》に見惚《みと》れそうになりつつ、瀬里は小さく頷《うなず》く。ほっと息をついたのは、聖司が目顔で『大丈夫《だいじょうぶ》だったか』と問いかけてきたのがわかったからだ。

(聖司さん、気づいてくれたんだ)

脚に触れていた男の不快な体温に、瀬里が戸惑っていた事実を、ちゃんとこのひとは気づいてくれている。それだけで、先ほどの気まずさが少し、払拭《ふっしょく》される気がした。

(でも俺、なんであの程度の会話もうまくできないんだろ。女の子じゃないんだし、もっとさらっと受け答えすればいいのに)

不器用な自分に少し落ちこみそうになりつつも、瀬里がぎこちなく笑ってみせると、藤木は小さく頷いたあと、軽く肩《かた》を叩《たた》いてくれた。なにも言わないけれど、わかっているからと伝えてくれる所作に冷えかけた胸がふわりとやわらぐ。

アジアンリゾートを狙《ねら》った店の雰囲気《ふんいき》に合わせて、昼夜問わずこの店内は照明を抑《おさ》えた薄暗《うすぐら》い状態なのだが、藤木の周りだけはふわりと光がさしているかのように明るく見える。

全体に色素が薄く華奢な藤木は、見るものに幸福感を与《あた》えるような甘く整った顔立ちをしていた。ブルーサウンドの制服は、ブラックジーンズに店名のロゴ入りTシャツ、白いタブリエというシンプルなものだが、それすら藤木が纏《まと》えば華《はな》やかに映る。

むろんそれは彼の穏やかな人柄《ひとがら》があってこそのうつくしさでもあると、ある種ファン的な好意を自認《じにん》する瀬里は思っている。

実際この店の常連には、藤木目当ての者も多い。二十九という年齢《ねんれい》の割にはひどく落ち着いている彼の醸《かも》し出す、独特の安心感もその一因だろう。

きれいなやさしい声に、優雅でやわらかい物腰。だが、全体に弱々しい印象はなく、芯《しん》のしっかりした大人の空気を身に纏っている。

（聖司さんなら、さっきみたいなのも上手に躱せるのにな……）

はっとするような美形の店長は客あしらいも上手く、老若《ろうにゃく》男女問わず人気がある。場合によればしつこくナンパしてくるような客もいるのだが、やんわりと笑って躱し、それでいて決して相手に不快感を与えないようにできるのは、この笑顔の効力だろう。

藤木は、瀬里の憧《あこが》れそのものだ。こんな大人になれたらいいと思っている瀬里は、ひそかに彼の明るい色の髪《かみ》を真似《まね》て、自分の真っ黒な髪を染めたりしているけれど、天然のそれのようにはきれいじゃないのがちょっと残念だ。

「毎日悪いね。学校は大丈夫なの？」

大学生である瀬里は、基本的には夜シフトがメインだったが、いまでは週のほとんどをフルタイムで入っている。常勤と変わらない状態になっているのを、藤木は気にしているようだが、特に問題ないと瀬里は笑ってみせた。

「はい、平気です。もう四年の秋だし、必修は全部こなしたから……あとは卒論を提出するだけですし」

一年前、バイトをはじめたばかりのころは大学の休講などで空いた時間のほとんどをこの店のバイトに当てていたが、現在はむしろその逆の状態なのだ。

瀬里は三年時に必修単位をすべて取り終えてしまった上、卒論も早めにテーマを決めており、おおまかな下準備のすべてを済ませてしまっていた。現在四年でしか履修《りしゅう》できない授業を受けに行けばいいだけになっていて、それも週に二日、二時間ずつのものでしかない。

「へえ。えらいね！　俺なんか四年の時は必死で単位確保にかけずり回ってたけどなあ」

「……別に、えらくはないです」

誉《ほ》められると照れくさい以前に困ってしまうのは、無趣味《むしゅみ》な自分を知っているからだ。

（やることも、ほかにないしなあ……）

正直に言えば、与えられた課題や授業をきちんとやりこなすのは、生真面目《きまじめ》な瀬里にとってなんら苦痛ではなかった。むしろ、手が空いてしまえば途方《とほう》に暮れるような気分になって、それでついついシフトを入れてしまっているだけだ。

逆にいまは、ブルーサウンドがあって――ここでバイトに雇《やと》ってもらえて、本当によかったとさえ思っている。

忙《いそが》しく立ち働いている時間には、なにものでもない自分を忘れていられる。持て余した時間の多さに、自分のつまらなさや友人の少なさを思い知らされずに済むからだ。

それに、この店で得た友人もいる。

「瀬里、フロア交代すんよー。伝票見せて」

「あ、うん。これお願い」

まかないを食べ終えたらしい口をもごもごとさせながら、厨房から出てきたのはこの店の紅一点である林田真雪《はやしだまゆき》だ。あまり背の高くない瀬里は彼女と同じほどの身長で、そのせいか二十歳《はたち》の真雪よりも年齢はふたつ上なのに、まるっきりタメ扱《あつか》いをされている。

「今日はお客さんの前で注文噛《か》まなかった？　ナスゴレン、みみみみっつで、とか」

「……もうやってないよっ。いつまでそれ言うんだよ！」

最初のころ、オーダーを読みあげることもまともにできなかったせいで、バイトをはじめて一年経っても真雪にはその失敗をからかわれるのだ。瀬里が睨《にら》むと、くりくりと巻いた髪をアップにした真雪は、毛先を揺《ゆ》らすようにしてけらけらと笑う。

「ひひ。いつまでも言うよー。あたしが覚えてる限り」

「勘弁《かんべん》しろよな、もう……」

むっとしてみせつつ、邪気《じゃき》のない顔でけろりと笑われてはそれ以上怒《おこ》りようもなく、瀬里も苦笑《くしょう》してしまう。

そもそも店でのキャリアは彼女の方が一年先輩《せんぱい》でもあるし、さばさばした物言いには嫌味《いやみ》がないから瀬里も気にならない。なにより、不慣れなフロア仕事を一から教えてくれたのは真雪でもあるので、いまひとつ頭があがらないのだ。

「こらこら、まゆきちもからかわないの。ほら、いいから交代しなさい」

「あの、聖司さんは？」

「俺はもう済ませたよ。……大智《だいち》！　瀬里ちゃんにお昼なんか出してあげて」

やさしく促《うなが》され、華奢《きゃしゃ》だけれどすらりとした店長を見あげれば、にっこりと彼は笑いかけてくれる。だが、やわらかな声が紡《つむ》いだ言葉に、瀬里は少しだけ身を硬《かた》くした。

「ああ、瀬里ちゃんの分も、もうできてるよ。早く食っちゃって？」

「あ、はい……」

ひょいと厨房《ちゅうぼう》から顔を出した中河原《なかがわら》大智は、肩までかかる長い髪をひとくくりにして、バンダナ代わりのタオルで形よい頭を覆《おお》っている。

自分より頭ひとつ以上背の高い彼に対して、瀬里はぎこちなく頷いた。

「いただきます」

「はいよ」

厨房脇《わき》にあるスタッフ用の小さなテーブルの上には、店に出すのと同じナシゴレンが湯気を立てている。猫舌《ねこじた》の瀬里が休憩に入るタイミングを見計らって作られたのだろう、口に入れるとちょうど食べごろの温度になっていた。

黙々《もくもく》とアジアふうの焼きめしを口に運んでいると、ふっと視界に影がさした。顔をあげれば、瀬里の皿より大盛りになったナシゴレンを手にした大智が、向かいの席に腰掛《こしか》けて少し驚《おどろ》く。

「……大智さん、も、休憩ですか？」

「うん、いまの時間ちょうど手が空いたから」

にこ、と大きな口で笑った大智に、瀬里はこっそりとため息をつく口元を俯《うつむ》いて隠《かく》す。

この大柄な青年は、ブルーサウンドの厨房チーフだ。この店にはもう五年勤めており、店長である藤木についで古株の店員になる。

年齢は瀬里よりも三つ年上の二十五歳で、明朗でさばさばした性格の持ち主だ。

顔立ちもまた端整《たんせい》で、いつもひと好きのするような笑みを浮《う》かべている。きれいな二重《ふたえ》の目元には少しのやんちゃさと聡明《そうめい》そうな光が同居していて、彼をよりいっそう魅力《みりょく》的に見せた。

客に対してのみならず、大智は分け隔《へだ》てなくひと当たりもいい。大柄な割には威圧《いあつ》感がないのはあの明るい笑顔のおかげだろう。

だが、瀬里はどうしても、大智が苦手だった。

「……あのさ、瀬里ちゃん。さっきの」

「あ、はい？」

向かい合わせになっても会話は特になく、黙々と少し辛味《からみ》の利《き》いた焼きめしを口に運んでいると、瀬里の倍の速度で皿の上を片づけていく大智が顔をあげないままに言った。

「あんなふうに素っ気ない返事しちゃまずいよ。失礼な質問だったかもしれないけど、客商売なんだから」

「あ……はい。でも」

厨房の近くにある席だったため、大智にはあの男性客との会話が聞こえていたのだろう。確かにあの受け答えはまずいとは思うけれど——と、瀬里は一瞬《いっしゅん》だけ反論を試みた。

「でも？」

だが、顔を出していたわけではない大智には、さりげない接触《せっしょく》はきっとわからなかったに違《ちが》いない。セクハラとも言えない曖昧《あいまい》なあれを、男である自分がいちいち気にしていると思われるのは、むしろ恥《は》ずかしいと思った。

「あ、いえ……すみません。……なんでもない、です」

「あと、返事の前に『あ』ってつけちゃうのも、直してね」

はい、と今度は俯いたまま答えて、瀬里は無理矢理口の中のものを嚥下《えんか》した。美味なはずのナシゴレンが、途端《とたん》に味気なく感じられ、そのことにも少しがっかりする。

「今度から、気をつけます。すみませんでした」

「あー……いや、叱《しか》ってるんじゃ、なくて」

かたくなに響《ひび》く声でそう告げると、大智はなにか言いかけ、そのあと長い指でがりがりと頭をかいた。気まずそうなそれに、また不快な気分にさせるのもまずいからと、瀬里はそそくさと立ちあがる。

「ごちそうさまでした。戻《もど》ります」

「……まだ休憩《きゅうけい》時間、あるよ？」

「いいです。今日、ひと少ないし」

ぺこりと頭を下げ、食べ終えた皿をシンクに戻すと瀬里はフロアに向かった。

言い訳ばかりでなく、この日の出勤は藤木と大智に真雪、そして瀬里だけだ。週末などの客が混み合うときにはもう幾人《いく》かのバイトを雇っているけれど、ブルーサウンドでは基本の常勤は現在この四人となっている。

（また言われちゃった……）

その常勤面子《メンツ》にも入れてもらい、バイトをして一年にもなるのに、いまだに客対応の下手くそな瀬里を、大智はちょくちょく窘《たしな》める。

自分でも、接客業に向いているとは言い難《がた》い内向的な性格なのはわかっている。なんとかしたいと思っていてもなかなか改まらないのを自覚するから、指摘《してき》されるとよけいつらかった。

「瀬里ちゃん、ごめんちょっといいかな？」

無意識に薄《うす》い肩《かた》を下げたまま厨房から出ると、すぐにバックヤードの事務室前にいる藤木の声がかかった。はっとして手招く彼の元へ近寄ると、店の売り上げデータの入ったノートパソコンを開いた藤木がおろおろしている。

「どうしたんですか」

「なんかうっかりして、データ変なことしちゃった……これ、なんとかなる？」

藤木が開いていたのは、エクセルにマクロを組みこんで、その日ごとの売り上げ数値を入力すると、そのまま前年との対比の収支表が作成できる、瀬里の作った簡易表だった。

「マウス滑《すべ》ってへんなところ押したら、画面が消えちゃったんだよ。だ、大丈夫《だいじょうぶ》かなあ」

し直してみると、ただ単に処理途中でソフトを終了《しゅうりょう》してしまっただけのようだ。再度立ちあげ直し確認《かくにん》してみると、特におかしいところもない。

「ああ……保存かけてなかったんですね。大丈夫です。昨日の分まではバックアップも取ってあるし、今日の分だけ打ちこみ直せばOKです」

　机の上に散らばった書類を見るに、月末の締《し》め日に向けて、売り上げを入力していたようなのだが、その分を消してしまったのだろう。一通り確認したのち、問題ない、と瀬里はうなずいてみせた。

「ほんと？　よかったあ……助かった」

　ごめんね、と両手を合わせて藤木が拝んでくるのに、瀬里は笑って平気だと答えた。

「どうせレジ閉めたあとで確認するから、俺やりますよ。……っていうか、これくらい経理ソフト入れたらすぐできるのに」

「そんなソフト、俺、使いこなせないもん。瀬里ちゃんがこれ作ってくれたから、やっとなんとかなってるのに」

　この美形店長はおそろしく機械類が苦手で、このご時世にインターネットさえろくに使えない。いまだにメールソフトを使うたびに、アドレス帳から必要なメールアドレスを入力する方法さえおっかなびっくりだというパソコン音痴《おんち》で、レジもPOSシステムなどとんでもないと導入していない。

　おまけにブルーサウンドのオーナーである、曾我《そが》克鷹《かつたか》氏自体、趣味《しゅみ》の運営だからとあまり商売っ気がないらしく、経営に関しても雇《やと》われ店長の藤木に任せっぱなしだという。その日その日の収支さえ合っていればかまわないというザルっぷりで、いくら小さな店とはいえ、それはないだろうといういい加減な状態だったのだ。

さすがに見かねて、大学の授業で簡単にならったエクセルでのマクロに手を加え、ここ数年の売り上げ台帳から必要な分を読み取って、瀬里オリジナルの収支表を作ってみせたところ、これが藤木にもオーナーにも大好評だった。

「この程度でいいならおやすいご用です。ついでに、もう少しちゃんとマクロ組んで、経理ソフトに流しこみできるようにしましょうか？　そしたら、確定申告《しんこく》の書類一発でできますよ」

「うわあ、それやってくれるかなあ？　あ、もちろんその分、バイト代も払《はら》うし」

「そこまでしてもらうほどじゃあ……それに、こんなの誰《だれ》だってできますよ」

正直、いまパソコン上に表れているそれは、素人《しろうと》の作ったただのデータ表でしかない。エクセルのマクロなど少し勉強すれば中学生でも組めるし、ただちょっと凝《こ》り性《しょう》の瀬里が、必要な分の数字を読み取って反映させただけのことなのだ。

だが、藤木は瀬里の謙遜《けんそん》に、とんでもないと首を振《ふ》った。

「まあ確かにソフトなんか使えば、もっと難しいこともできるんだろうけど……俺が、っていうかこの店が必要な分の数字とデータ、この中に振り分けてくれたの瀬里ちゃんだろう？」

処理ならば、機械でもできる。ただ打ちこむだけならば確かに、少し根気のある人間であれば誰でもいいだろう。だが『藤木が必要としたデータ』を読み取って呈示《ていじ》できたのは、瀬里なのだと、彼はとてもやさしい顔で言ってくれた。

「……ありがとうございます」

「なに言ってるの。ありがとうはこっちです。じゃあ……どうしよう。データ入力時間かかるなら、このまま処理してもらっていいかなあ？　接客はそんなに、いま立てこんでないし」

「はい、じゃあ、やっておきます」

瀬里が頷《うなず》くと、よろしくねと肩を叩《たた》いて藤木はその場を離《はな》れた。薄い手のひらのやわらかい感触と、もらった言葉に胸の中があたたかくなる。

十五インチの液晶《えきしよう》画面の中、素っ気ないグラフと表が並んでいる。明滅《めいめつ》するカーソルを眺《なが》め、無意識のまま瀬里は微笑《ほほえ》んだ。

この味気ない数字の列は、瀬里が誰かのためになにかをすることができた、ささやかな証《あかし》だ。そしてそれを喜んでくれ、伝えてくれる藤木のことが、やはりとても好きだと思う。

ちっぽけな自分を認めて、仕事をくれる。穏《おだ》やかな声で、縮こまっている心をほぐしてくれるのは、あのひとがとてもやさしいからだ。

たいして特技もない、接客もいまだにうまくない瀬里だけれど、あの大学に行って学んだことで、少なくともひとつは藤木の役に立つことができた。

大学四年の秋、本来ならこんなにのんびりとアルバイトをしている時期ではない。不況《ふきよう》の買い手市場が長引くこのご時世で、いまさらの就職活動ではもはや遅《おそ》すぎると言ってもいい。

担当教官からも、顔を出すたび卒業後はどうするつもりだとせっつかれてもいるほどだ。

だが、同学年の多くが既《すで》に内定をもらい、とうに研修を受けているようなこの時期になっても、瀬里にはいまだ自分の行く先が見えない。

どだい、口べたで物事にもひとに対しても不器用な自分が、まともに就職できる企業《きぎょう》などあるのだろうか。

(どうするって言われてもな……)

経済学部という学科に進んでしまったことも、瀬里の目下の悩《なや》みどころでもある。確かに就職の際には、専門的な学部やなにかよりはある意味つぶしがきくけれど、そのため将来を絞《しぼ》りきれないのも事実だ。

惑《まど》いはいくつもあって、いっそできればこの店にこのまま就職したいと思いつつも、まだそこまで決めきれてもいない。

それでも、いまこの瞬間の居心地《いごこち》のよさは、なににも代え難いものだと瀬里は感じていた。

「——知らないよそんなの。大智が自分で言え、ばーか！」

ぱたぱたとキーを叩き、藤木が消してしまった売り上げを入力していた瀬里の耳に、真雪の尖《とが》った声がする。画面に集中していたから会話の流れはわからなかったが、またいつものように揉《も》めているらしい。

「ばっ……ばかって言うなっつうんだよ、このまゆきちが！」

開けっ放しのドアの向こう、言い返す大智の声は同じほどに子どもっぽく、思わずぷっと噴《ふ》き出してしまった。

大智のことは苦手ではあるけれど、嫌《きら》いなわけではない。むしろもしも、彼と真雪のようにためらいなく話すことができたなら、とても楽しいだろうなとも思う。

「だいたい掃除《そうじ》当番、またサボったろがおまえっ」

「ええー、ちゃんとやったもん。大智こそこの間の洗濯《せんたく》、柄物《がらもの》と一緒《いっしょ》にシーツ洗ったくせに！」

「おまえがいっしょくたにぶちこんでたせいだろうがっ」

「……こらこら、ふたりともそういう話を店の中でしないの！」

だんだん子どもの口げんかじみてきたそれを、呆《あき》れた声の藤木が窘める。一応はおしゃれなレストランバーであるのに、会話の内容ときたら所帯じみていることこの上ないのは、この三人が寝起《ねお》きをともにしているからだろう。

ブルーサウンドは三階建てのビルの中、二階に位置しており、一階はそのほとんどが駐車場《ちゆうしや》と倉庫に使われている。三階部分には店名を掲《かか》げる看板があって、そのフロアはまるごと、藤木の住居になっている。ビルはオーナーの曾我の持ち物であり、そもそも彼の住まいでもあったのだが、あちこちと海外を飛び歩く曾我が藤木に管理ごと任せているのだ。

瀬里がバイトに来たときには既に、そのマンションには大智と真雪が居候《いそうろう》として住み着いていて、藤木を大家とした三人はほとんど家族的なつきあいになっている。

（いいなあ）

年齢《ねんれい》も性別もばらばらで、血のつながりもなにもないのに、藤木を中心とした彼らはとても深い部分で信頼《しんらい》しあっているようだ。そのアットホームさがこの店のあたたかな雰囲気《ふんいき》にも反映しているから、こんなに居心地がいいのだろうと思う。

無意識に口元をゆるめたまま、瀬里はふと笑い声のした方へと顔をあげる。そこにはたまたまこちらを向いていたらしい大智がいて、真正面から視線が絡《から》み合ってしまった。

(あ)

ひとりで笑っていた顔を見られた恥《は》ずかしさから、瞬間的に瀬里の表情は消えてなくなる。それを見て取った大智も、普段《ふだん》のひとなつこさが嘘《うそ》のように戸惑《とまど》う色を笑みに乗せるから、とっさに俯《うつむ》いてしまう。

態度はぎこちなくなってしまうが、本当に瀬里は彼を嫌いではないのだ。いいひとだと思うし、しょっちゅう注意されてもそれが理不尽《りふじん》なことはひとつもない。むしろ、あがり性で接客ひとついつまでもきちんとできない自分を、申し訳なく思う。

大智に対しどうしても身構えてしまうのは、瀬里にとって最もコンプレックスを刺激《しげき》する存在にどこか似ているせいで、決して彼のせいではない。

瀬里が見あげるほどの長身に、しっかりした筋肉のついた力強い手足。聡明《そうめい》で少しやんちゃさの滲《にじ》む表情、自信に満ち、ひとを惹《ひ》きつけずにはおかない言動。

そうした、大智の持ついくつもが、瀬里のよく知る誰かを思い出させてやまないのだ。

——瀬里なんか、どうせなんにもできないくせに。

二十歳《はたち》になったのを機に、家を出たいと言った瞬間向けられた、蔑《さげす》むような声は二年近く経《た》ってもまだ耳に残る。

完璧《かんぺき》で賢《かしこ》い弟、和輝《かずき》の、押さえつけるような厳しいまなざしとともに。

「おーい瀬里、データどう？　区切りついたら、フロアいいかな」

「あ、ああ。うん。平気だよ」

ひょこっと顔を出した真雪に促《うなが》され、あらかた入力の終わったファイルを閉じる。

半ば上の空でも、台帳から数字だけを打ちこむ単純作業は進んでいて、あとは閉店後にこの日の売り上げを入力すればいいだけの状態になっていた。

「あれ。瀬里さあ、髪《かみ》ちょっと伸《の》びたかな？　そろそろ切りにいけば」

同じほどの背丈《せたけ》の真雪は、そう言ってつんつんと瀬里の後ろ髪を引っ張った。

「あ……根本黒いの、目立つ？」

「まだだいじょぶだけど、やるなら、また染めたげるよ。んー……でも最近黒いのも流行《はや》りっちゃ流行りなんだよね、いっそ真っ黒に染め直す？」

カットはともかくカラーまではヘアサロンでやると高くつくので、髪染めは彼女がやってくれている。というのも、かつて野暮《やぼ》ったく重たい髪型だった瀬里に、すっきりと変えろと唆《そその》かしたのはほかならぬ真雪だったからだ。

「でも俺が頭黒くすると、また重くなんない？」

「んん。瀬里って色白だから、迫力《はくりょく》出ちゃうかもねえ」

「迫力ってなんだよ」

真雪は、瀬里の人生においてはじめての女の子の友だちだ。髪型や纏《まと》う服について、こんなふうに細かく、けれど嫌味《いやみ》なく指摘《してき》してくれたのは真雪だけだった。

ヘアスタイルのほかにも、普段着る服のチョイスからなにから、見た目はきつそうでおおざっぱな割に世話好きの彼女が見立ててくれる。

「まあでも前みたいにもっさーっとしてないだけ平気かなあ」

「……そのころの話はやめてくれよ」

だってひどかったもん、と軽《かろ》やかに笑う真雪に、忘れてくれと瀬里は顔を赤くする。

真雪がコーディネイトする以前の瀬里は髪型ばかりでなく、全体にださかった。

実のところ、小柄で華奢《きやしや》な瀬里は男性用の服より女性向けのそれでないとサイズの合うものが難しいのだが、真雪が一緒に買いものをしてくれるようになるまで縁《えん》はなかった。おかげで身体《からだ》に合う服を着ていないためにいつでもだぶついた服の中で身体が泳ぎ、より貧相《ひんそう》に見えてしまっていたのだ。

「だって、そりゃ瀬里は背はちっこいけど、頭も小さいからスタイルだって悪くないのに、あんな変なプリントのシャツ着てさあ。組み合わせもめちゃくちゃだし」

「よくわかんなかったんだってば……っていうか、ちっこいって言うなよ」

瀬里は自分のセンスには自信がないが、真雪のおかげで案外見られる外見になったような気はしている。それまでは、誰《だれ》も瀬里の顔に目をとめることさえなかった。少しでも見栄《みば》えをよくしたいと、年頃《としごろ》なりに思っても方法はわからず、また、洒落《しやれ》た服など似合うわけもないと思いこんでいた。

「だってちびっこなのは事実じゃん？　いいじゃんか、かわいいんだから」

「また、かわいいって……俺、年上なのに、一応」

事実、自分の顔が中性的であると自覚するようになったのもここ一年くらいの話なのだ。

だが、女顔とはいえ、確かに目は大きいけれど、藤木のようにぱっと華《はな》やかなわけではない。奥二重《おくぶたえ》のせいか少し眠《ねむ》たげで、鼻もあまり高くない、全体に子どもっぽいつくりだった。

「いいって、年上になんか、どうせ見えないんだから気にすんなって！」

「あ、あのねえ……」

一応誉《ほ》めてくれてはいるのだろう。好意は感じるし、口答えしつつも真雪には感謝している。ただどうにも、口でかなう相手ではないからたじたじとしてしまうけれど。

「ほらもう、真雪はまた瀬里ちゃんつっつく。早くフロアに入ってもらって」

「はーい」

苦笑《くしょう》しつつ窘《たしな》める藤木の声にほっとしながら、客の増えた店内を瀬里は背筋を伸ばして歩く。

(顔はあげて、口元食いしばらないで、なるべく自然に少し先見て)

猫背《ねこぜ》で足下《あしもと》を見る癖《くせ》があった瀬里は、大智に注意されて以来、その言葉を胸の中で繰《く》り返す。スマートに動くにはほど遠いけれど、努力は怠《おこた》るべきじゃない。

「――いらっしゃいませ！」

薄暗《うすぐら》い店内から一歩踏《ふ》み出した途端《とたん》、ぱあっと目の前が開けるような開放感。

それは、はじめてこの店に訪《おとず》れた日から変わらぬ明るさで、瀬里の心を救ってくれている。

野暮ったく俯いて、いじけていたあのころには、戻《もど》らないようにと。

＊　＊　＊

あれは二年前の、夏のことだ。

二十歳になったばかりの瀬里がブルーサウンドに訪れたのは、最初はただの客としてだった。

成人したのを機に親に打診《だしん》した結果、はじめてのひとり暮らしをはじめることになったものの、しかしなかなかいい物件が見つからず、数ヶ月が経《た》っていたころだ。

「……どうしよう」

ぽつんと呟《つぶや》き、デッキの一番端《はし》にあるカウンター席から海を眺《なが》める。平日の午後、ほとんど店に客の姿はなく、きらきらと眩《まぶ》しい波光はなにも応《こた》えない。

（また、今日もいまいち決まらなかった……）

瀬里の実家は横浜《よこはま》で、京浜東北《けいひんとうほく》線沿いのベッドタウンだ。大学も成績と通学時間と学費の折り合いをつけた公立であり、なにもわざわざひとり暮らしなどする必要はない距離《きより》である。

我が儘《まま》なのは自覚していた。親に負担をかけることも。それでも、家から出たかったのだ。

成人を口実に、やや強引《ごういん》に親の了承《りょうしょう》を取りつけたけれど、そもそも大学に入ったころからそうしようとは思っていた。いや――常に、あの家を出たいという意識は強くて、もういつがきっかけとかなにがどうとかではないだろう。

あの息苦しい、瀬里を押しつぶしそうな沈黙《ちんもく》と無関心だけの空間からせめて飛び出さないと、自分はだめになると長いこと思いつめていた。

だから、時間の自由になる大学生になった途端、真面目《まじめ》に聴講《ちょうこう》し取得単位を確保する傍《かたわ》ら、慣れないアルバイトをしてもみた。そして二年がかりで稼《かせ》いだそれと小さなころからの貯金と合わせて、引っ越《こ》しのための資金だけは自分で準備したのだ。

渋《しぶ》りに渋ったあげく、親が譲歩《じょうほ》して呈示《ていじ》してきたのは月三万の家賃のみ。むろん小遣《こづか》いは全額カットで、食費その他は自分で稼げと言い渡《わた》された。

そんな条件でさえ意志を曲げない瀬里に、結局は根負けした形でＯＫは出されたのだが。

（肝心《かんじん》の部屋が見つからないんじゃな……）

家を出ると決めてからわかったけれど、ひとりで暮らすというのは恐《おそ》ろしく煩雑《はんざつ》な手続きが要《い》るのだ。住居を決めるだけでも、不動産屋に行き条件にあう物件を探し、決定すれば保証人に書類を書いてもらい、敷礼金《しきれいきん》を納める。

必要となる支払《しはら》いは家賃だけでなく、その他諸々《もろもろ》派生する。光熱費などの生活費そのものはむろん頭に入っていたけれど、それを調《ととの》えるためには、あんなにいろいろの手続きをしなければならないのか——と、瀬里はげんなりため息をつく。

疲労《ひろう》感がひどいのは、人見知りで引っこみ思案のくせに、部屋探しのため何人もの他人と会話しなければならないからだ。この日ツテもないまま飛びこんだ、不動産屋が出してくれた参考書類と、そのおしゃべりには、かなりうんざりさせられた。

——電話は引く？　こちらだと回線ついてるから少しは手続き楽ですよ。え、携帯《けいたい》あるからいい？　それなら少しはマシだけど。ああ、もし料金の払いこみ遅《おく》れたら、電話、ガス、電気、水道の順で止まるからね。早めに引き落とし手続きした方がいいですよ。

なんで水道が最後なのかと問うと、恰幅《かっぷく》のいいおしゃべりな不動産屋からは「水飲んでれば死なないからじゃないの」と、本気か冗談《じょうだん》かわからない妙《みょう》にブラックな言葉が返ってきた。蛇口《じゃぐち》をひねれば当たり前のように出てくる水、それにさえもお金がかかっているのだと思うと、なんて生きるのは面倒《めんどう》なんだろうとちょっと瀬里はめげそうだ。

おまけに、親の呈示した金額では、当然ながら部屋探しも難しい。今日見せてもらった物件も、風呂《ふろ》なしトイレ水道共同の、日当たりの悪いいまにも倒《たお》れそうなアパートしかなかった。

それだけならまだしも、大学までは恐ろしく遠く、しかも駅に行くにも買いものをするにも不便すぎる。バスの通る場所からも遠く、車がなければとても生活不可能という鄙《ひな》びた場所で、免許《めんきょ》のない瀬里にはまず生活すること自体が無理だ。

（こんなんじゃ、やってけないよな）

家探しの段階で疲《つか》れを感じているようでは、本当にどうしようもないだろう。おまけにそれでくたびれ果てて、ぼんやり海を眺めていてもなんにもなりはしない。

この日、瀬里は別に海に用事はなかった。ただ静かな波音を聞いて、ささくれた心を慰《なぐさ》めたかっただけだが、せっかくの凪《なぎ》の海もがっくりきている今日はあまり効果がないらしい。

（俺、ほんとにだめだな……）

手元のバッグから御朱印帳《ごしゅいん》を取り出し、先ほど訪ねた寺で頂いた朱印をじっと眺める。堂々とした筆致《ひっち》のそれからはまだ墨《すみ》の匂《にお》いがして、少しだけほっとした。

我ながら地味な趣味《しゅみ》だと思うけれど、瀬里は寺社仏閣に妙に心を惹《ひ》かれる。物心ついてからはとくに、名所名刹《めいさつ》の多い鎌倉《かまくら》の街をひとりで散策するのが好きだった。

ことに心身ともに疲れを自覚している日などは、逃避《とうひ》と知りつつも終日使える『のりおりくん』を買い、江ノ電《えのでん》に乗ってぶらぶらと巡《めぐ》った。

長谷《はせ》寺などの有名なものから、小さな名もない神社まで歩いてまわると、どこからともなく抹香《まっこう》の匂いがしてくるのがいい。道行く人はおおむね表情穏《おだ》やかなご老体が多く、ひとも気配も凪《な》いでいるような静けさに、ひどくほっとするのだ。

そうして最後には江ノ島《えのしま》で降り、海辺をひとりで歩くのが好きなのだが、あるときふと海岸線を鎌倉へ逆行するように歩き通した先にあったのが、このブルーサウンドだった。

この店を見つけて以来、訪れるのはもう何度目になるかわからない。おしゃれで見晴らしのいいテラスと海に面したロケーションは胸に鬱屈《うっくつ》するものを潮風が押し流してくれるようで気持ちよかったし、若者向けの割にはうるさい客がそう多くないのも瀬里の気に入った。

店に流している音楽も好みだ。ここでのBGMは、総じて少しレトロな曲が多かった。ときにはFMや米軍放送、軽快なジャズのときもあるけれど、ロケーションを意識してか、たいていは爽《さわ》やかめのオールディーズやポップスなど、やわらかいものばかりが選ばれている。

瀬里は最近流行《はや》りの、バズのきいたヒップホップやひたすらサンプリングしたテクノサウンドなどが苦手だった。機械で合成したおかげで音色だけは多いけれど、どこか薄《うす》っぺらく感じる上に、攻撃《こうげき》的に神経を引っ掻《か》く音はひどく疲れてしまうのだ。

高校のときにクラスメイトのつきあいでクラブとやらに行ってみた折、大音量で流されたそれに頭が痛くなって帰ってきてしまった。彼らも地味な瀬里に興味はなく、その日もどうにも面子《メンツ》の足りない合コンの頭数合わせで、参加費目当てに連れ出されただけだったのだ。

(……やなこと思い出しちゃった)

一瞬《いっしゅん》だけ眉間《みけん》に皺《しわ》をよせた瀬里は記憶《きおく》を振《ふ》り払うように、波音に混じる、ノイズの多いマイ・シャローナに意識を傾《かたむ》ける。当時は最先端《さいせんたん》のロックであったのだろうけれど、デジタル録音のない時代、ひとの手で奏《かな》でられた音楽がレコードの溝《みぞ》に刻まれたそれは、耳に触《ふ》れればどこかふくよかな響《ひび》きでのんびりとしている。

ほっとため息をついて、アイスティに口をつける。この店独自のブレンドだというそれは、かすかに甘い花とミントの混じった匂いがして、胸がすうっとする。

(ここら辺に住めたらいいのにな……大学だって近くなるのに)

むろんそれはただの夢だろう。このあたりは地価が高く、それに伴《ともな》ってアパートやマンションの類《たぐい》も都内の一等地並みになっているし、情報誌でも街を歩いていて見かけた不動産屋の貼《は》り紙でも、とても瀬里が出せる金額のものはない。

(どうしたらいいんだろう)

本気で住まいを探すつもりなら、こんなところでのんびりお茶を飲んでいる場合ではない。

生活費を稼ぐバイトも探さなければいけないし、そのためにはあまり時間もないこともわかっていたけれど、瀬里はもう萎《な》えた気力をどうすることもできなかった。

（やっぱ、俺なんかじゃ、無理なのかな……）

ひとり暮らしをしたいと言い出してから、もう何ヶ月も経《た》つというのに、まったく引っ越し先が見つけられない。協力してくれる誰《だれ》もいない。たったそれくらいのことで気落ちしてしまうほどに、瀬里は幼いころから慢性《まんせい》的な無力感に見舞《みま》われていた。


小さなころから真面目なだけが取り柄《え》で、ひとづきあいもうまくない。とりたてて特徴《とくちょう》もなく、個性的でもない、おもしろみもないつまらない自分、というのが瀬里のコンプレックスだ。

そもそもこの劣等《れっとう》感が植え付けられたきっかけは、小学校のお受験に失敗したことだろう。もともと母親は瀬里の成績に対してひどく過敏《かびん》だったけれど、六歳にして挫折《ざせつ》を味わった長男に対して、彼女はあからさますぎる落胆《らくたん》を示した。

おまけに四つ年下の弟、和輝があっさりと、同じ学校の受験に合格したことも幼い瀬里の心にしこりを残す結果になった。

母の喜びようは、幼い瀬里の心に衝撃《しょうげき》をもたらすものでしかなかった。和輝の合格通知に手放しではしゃぎ、いつもしかめている顔を輝《かがや》かせた彼女は、見たこともないほどの笑《え》みを浮《う》かべていたのだ。

──あんなに嬉《うれ》しそうなおかあさん、見たことない……。

自分にはあの表情をさせてあげることができなかった、それがなによりショックだった。おまけにそれ以来、なにかにつけできのいい和輝と比べられ、瀬里は寂《さび》しさと屈辱《くつじょく》を味わい続けるばかりだった。

瀬里にしても決して成績の悪い方ではなかったのだが、なにしろ弟が出来がよすぎたのだ。

和輝は、いわゆるオーバー・アチーバーだった。知能指数を著《いちじる》しく超《こ》える学力がある児童をそう呼ぶのだが、ひらたく言えば非常な勉強家ということだ。しかもこれが誰かに過剰《かじょう》学習を強《し》いられたわけでもなく、和輝が自ら順当に努力して身につけたという『天然物』。

おまけに和輝の場合には知能指数自体も平均値をかなり上回っていて、もともとの能力に加え努力も怠《おこた》らないとくれば、結果はいうまでもない。好奇《こうき》心も強く積極性があるおかげで、なにごとにも楽しんで取り組むことができるという性質、それ自体が彼の最も顕著《けんちょ》な才能だった。

頭脳ばかりでなく、和輝は体格にも恵《めぐ》まれた。小柄《こがら》な瀬里とは違《ちが》い長身な彼は容姿が端麗《たんれい》な上にスポーツもこなし手先も器用だ。性格も、優等生らしくやや強気で傲慢《ごうまん》ではあるが、おおむね明るくひと当たりもいい。ことさらに皮肉な態度を取るのは瀬里に対してくらいのものだ。

そんな完璧《かんぺき》な弟の陰《かげ》で、当然ながら瀬里はひっそりと身を縮めるようになっていった。

うまく笑うこともできない瀬里を、母や周囲は「陰気《いんき》な子だ」と言った。なににつけ不器用で、隣《となり》でさらさらとなんでもこなす和輝と比較《ひかく》されて、いつもつらかった。

──和輝はほんとにえらいわ。なんでもできる子ね。お兄ちゃんとは違うものね。

——ああ、宮上んちの兄貴？　へえ、似てないな。

ほどほどの秀才《しゅうさい》程度では誰の注目も浴びはせず、それは他人や母に対してなんのアピールにもならなかった。むしろ「この程度か」という目で見られ、弟と比較される言葉が聞こえるたび、瀬里は傷ついた。

とはいえ母は、それ以外にはとりたてて瀬里にきつく当たったわけではなかった。ただ愚痴《ぐち》が多く、少しばかり感情のコントロールが利《き》かない女性ではあったのだろう。

——どうしてだめだったのかしら。やっぱりお父さんに似たのね。

さほど有名な大学を出ていない瀬里の父は、会社でも出世が遅《おそ》かった。母がそれに対して不満があるのは気づいていたが、子どもの前で繰《く》り返し言うべき言葉ではなかっただろう。

——瀬里は仕方ないわね。手がかからなくていいけど、つまらない子ね。

反復作業というのは、ひとを地道に学習させる効果がある。大げさに言えば洗脳にもっとも適している。ことに親の言動に左右される幼い時期、ことあるごとに落胆する姿を見せつけられて、瀬里は次第《しだい》にひどい劣等感に見舞われるようになった。

父は決して瀬里に冷たいわけではなかったけれど、そんな母に表だってなにか言える性格ではなかった。瀬里にしても、ひとつ言えば五十は返るあの母に、反抗《はんこう》することなど考えもつかなかったのだ。仕事で疲《つか》れて帰ってきた父に、妻の愚痴に反論する体力は残らなかったろう。

和輝もまたもたする兄に苛《いら》つくようで、些細《ささい》なことにも途中《とちゅう》で手出しして——たとえば瀬里が作りかけのプラモデルを、すべて和輝が作りあげてしまったり——瀬里の手からいろんなものを取りあげた。

いちばん印象深く覚えているのは、画用紙に描《か》かれたきれいなきれいな空の色だ。

全校写生大会で鎌倉の山に出かけ、見晴らしのいい鐘《かね》つき台のあるそこから眺《なが》めた古都の風景。稚拙《ちせつ》な筆遣《ふでづか》いではとてもあのひろびろとしたさまを写し取ることはできなかったけれど、瀬里なりに一生懸命《けんめい》に描いたものだった。

しかし、瀬里の手にあるものは、自分で描きあげたそのものとは別の絵になってしまった。

家に持ち帰って眺めていた絵を横からひったくられ、当時まだ小学生になったばかりの和輝に、こう言って筆をも取りあげられたからだ。

――瀬里、へたっぴだ。代わりに、おれがやってあげるよ。

なにするんだ、と抗議《こうぎ》する暇《ひま》もなく、平筆でべたべたと絵の具を塗《ぬ》りたくられて、瀬里は本当に泣きたかった。

几帳面《きちょうめん》な瀬里らしいちまちました絵は確かに、お世辞にもうまいと言えるものではなかっただろう。だが、その風景を見てもいない弟に、まるで台無しにされるまで上描きされて、気分がいいわけもない。

群青《ぐんじょう》をベースに徐々《じょじょ》にグラデーションを描いたそれは、子どもらしいのびのびした、躍動感《やくどう》溢《あふ》れる荒《あら》い筆致《ひっち》で、画用紙いっぱいに秋の午後を写し取っていた。しかしそれは、瀬里が一生懸命に描いたものとはまるで別物になってしまっていたのだ。

ましてやそれが、後日の提出で先生に認められ、県の特別賞を取ってしまったときには、瀬里の心はひどく塞《ふさ》いだ。

自分が描いたものではないと、いまさら言い出せるはずもなく、誉《ほ》められれば誉められるほどに、まるで自分がずるい真似《まね》をしているようで、泣きたいくらいに哀《かな》しかった。

おまけに母は、賞を取ったことを知るなりこう言ったのだ。

——やっぱり和輝はすごいわね。瀬里もお礼言いなさい？　和輝のおかげなんだから。

ひとの手が入った絵が評価され、なんで喜べるものだろうか。しかも四つも下の弟の、悪戯《いたずら》のような嫌《いや》がらせのようなそれを、どうやったら素直《すなお》に受け取れるというのだろう。

和輝が作った方が、確かになんであれ、できばえがいい。だが下手くそでも、自分で最後までやりたかったのに、それを待っていてくれるほど母親は寛容《かんよう》ではなかった。逆に、手伝ってもらって感謝もしないなんてひねくれていると決めつけられることの方が大半だった。

県立の美術館にしばらく飾《かざ》られていたその絵が手元《もと》に戻されてきたとき、瀬里はそれを家に持って帰ることはせず、学校裏の焼却炉《しょうきゃくろ》に細かく破いて放《ほう》り投げた。

和輝の小さな手が握《にぎ》った絵筆は、そのまま瀬里の心まで無邪気《むじゃき》に塗りつぶし——そして破いて捨ててしまったのは、小さな瀬里の小さなプライド、そのものだった。


そんないくつもが重なり、瀬里は自己主張をうまくできない性格になった。

ただ最低限親に見放されないよう、弟にばかにされないよう、勉強だけはこつこつと努力した。甲斐《かい》あって、なんとかそこそこ有名な大学に入りこんだけれど、それもなにかの目標があってのことではなく、そのためいまごろになってツケが回ってきたのだろうか。

（自分の適性を考えて、将来を決めろなんて言われても……）

来年度には、いよいよ就職活動に向けての指導がはじまってしまう。現時点でも既《すで》に、それを頭に入れておくようにとの担当教官の言葉もあったが、瀬里はひどく途方《とほう》に暮れていた。

偏差値《へんさち》をあげるための努力や、真面目《まじめ》に授業に出席することのみに腐心《ふしん》してきた瀬里は、おのれのこの先を考えろと言われ、あらためて呈示《ていじ》されたその「自由」の幅広《はばひろ》さに、自分がいったい、なにをしていいのかわからなくなったのだ。

（わかんないよ。自分になにができるかなんて）

相談する友人も、ろくにいない。ましてや家族はあてにならない。

父はもとより放任だし、母はといえば二年後の瀬里の就職より、まだ高校生になったばかりの和輝の進路の方がよほど気がかりなのだ。

お受験からスタートして順当に進学校のトップクラスの成績を保ち続けてきた弟は、高校でも特進クラスに無事入りこんでいた。入学後はじめての面談では、このまま行けば東大間違いなしだろうとのお墨付《すみつ》きまでもらってしまい、母はすっかりその気になっている。

おかげで瀬里もそのとばっちりをくらい、家に帰ると毎日「うるさくしないように、和輝の邪魔《じゃま》をしないように」と小言を言われてばかりだ。

愚痴をこぼす相手もいなくて、鬱屈《うっくつ》はさらにひどくなった。

小学校以来、和輝とはすべて別の学校に通っていた。そこでそれなりの友人を得られればよかったのだが、幼いころにつまずいた心は誰《だれ》に対してもかたくなになったままで、心からうち解けて話せるような相手はどこにも見つからなかった。

世界は窮屈《きゆうくつ》で息苦しく、誰も瀬里の理解者はない。家にもどこにも、居場所がない。

（だったらせめて、自分でそれを作ろうと思ったのに……）

どこにいてもひとりなら、本当にひとりになってしまいたかった。なのに、それすら結局うまくできないのが、いちばん悔《くや》しい。

やっぱり、無理なんだろうか。自分ひとりでなんて、生活することさえできないんだろうか。

――どうせ瀬里になんか、そんなことできっこないじゃんか。

蔑《さげす》むような和輝の声が耳から離《はな》れなくて、長く伸《の》びた前髪《まえがみ》の陰で、瀬里の大きな目がぎゅうっとつぶられた、そのときだった。

「……おかわりはいかがですか？」

耳にやさしい声がして顔をあげると、ひどくきれいな男のひとが微笑《ほほえ》みかけてくれている。

それが藤木だった。彼がこの店の店長だということは、何度か通って瀬里も知っていたけれど、向こうから自主的に声をかけられたのははじめてだった。

「あ、じゃあ追加で……」

アイスティ一杯《いつぱい》で長居をしたせいだろうかと瀬里が慌《あわ》てると、なぜか藤木は言葉を制するようにそっと笑い、瀬里が頼《たの》む前にテーブルの上に湯気のたったガラスのティカップを置く。

「……あの？」

「うちの新作のブレンドティなんですけれど、よろしければどうぞ」

サービスですからお代はいりません、と軽く首を振《ふ》って、藤木のきれいな目がそっと細められる。促《うなが》されるまま口をつけると、少し酸《す》っぱくて甘い、不思議な味がした。

（あ、ほっとする）

ハーブブレンドなのだろうか。あたたかいお茶が喉《のど》を滑《すべ》り落ちていく瞬間《しゅんかん》、ふんわりと胸が開いていくようなやさしい味だった。じっと、感想を待つように小首を傾《かし》げて眺めている藤木の視線に気づいて、瀬里はおずおずと口を開く。

「おいしいです」

「そうですか、よかった」

ぎこちなく瀬里が笑ってみせると、なぜか藤木の方がほっとした顔をしたあと、彼は背後を振り返った。

「……大智！　ＯＫみたい」

「あ、マジ？　ついでにこっちも試食してもらってよ、いまできた」

すたすたと長い脚《あし》で近づいてきた男性には、見覚えはなかった。けれど、長いタブリエに髪をタオルでくくったスタイルから、厨房《ちゅうぼう》のスタッフだろうかと瀬里は思う。

「卵タルトと、秋からの新デザートなんだけど、開発中のサツマイモとあんこの春巻き包み」

すらりとした藤木よりさらに背の高い彼が、大智だった。大ぶりな唇《くちびる》からきれいな歯並びを見せる笑顔は陽気で豪快《ごうかい》な印象があって、けれど大きな手から渡《わた》された皿の上にはかわいらしいデザートが盛られている。

「え、ええと」

「食べて、感想聞かせて？」

促されて、あつあつの細い春巻き包みを手に取った。ぱりぱりに揚《あ》げられた中に潰《つぶ》したサツマイモとこしあんを混ぜ、ごまを練りこんだ状態になっていて、香《こう》ばしい。

「おいしい……です、けど」

しかし、ちょっとだけ皮が厚すぎて、もさもさした食べ心地《ごこち》になるのが惜《お》しいと思った。ただで食べさせてもらって、それを口にしていいものかどうかとためらった瀬里は言葉を濁《にご》す。

「けどなに？　言って言って。正直に、まずいならまずいで」

だが、テーブルに腕《うで》をつき瀬里に対して、勢いよく身を乗り出した大智に覗《のぞ》きこまれて、反射的に本音を口にしてしまう。

「あ、あの、皮がちょっと厚い、です。だから中のあんに比べて、もっさりするっていうか……でも、すごくおいしいんですけど」

「あー！　そっか、やっぱり皮か……こっちは？」

ふむふむ、と頷《うなず》いた大智は、卵タルトの方はどうだと問いかけてきた。慌ててお茶を飲み、小ぶりのタルトを口にすると、ほろほろと砕《くだ》けるタルトに卵と牛乳の風味が鼻に抜《ぬ》けるようなそれは、素朴《そぼく》な味わいがある。

「カスタードがおいしいです。あんまりクリームっぽくなりすぎてなくて」

「うん、ちょっとゆるめのプリンみたいなのねらったんだよね。じゃあこれは合格かな」

「俺もそっちは好き」

よしよしと頷く大智の横で、藤木がつらっと口にしたそれに、大智は少し眉《まゆ》をひそめた。

「そっちは、ってなによ聖司さん。ちゃんと言ってよそういう意見は……」

「いま言ったよ」

「そういう話じゃねんだっつの！……あれ？　それ」

真面目に考えろと藤木に訴《うった》えていた大智は、ふと瀬里の手元に目をとめる。膝《ひざ》の上に置いたままになっていたものに気づいたらしく、彼は表情をなごませた。

「へえ、御朱印帳《ごしゅいんちょう》。見せてもらっていい？」

「あ、えっと……はい」

どうぞと差し出しながら、瀬里は少し驚《おどろ》いた。自分のことは棚《たな》にあげるが、手帳のような大きさのそれを、ぱっと見て御朱印帳とわかる若いひとは少ないのだ。

「あ、けっこう回ってるんだ。いいね、お寺好き？」

「は、はい……」

あくまで丁寧《ていねい》な話し方をする藤木とは違《ちが》い、初対面でずいぶん砕けた口調の大智に瀬里は少し面食《めんく》らっていた。だが、興味深げに御朱印帳を眺《なが》める彼に、ほんの少し親近感を覚えた。

「――大智、それなに？」

BLUE SOUND
BLUE SOUND

　ぱらぱらと大智がめくっていると、うしろからさらに新しい顔が覗きこんでくる。きついウエーブのかかった髪を結《ゆ》いあげた彼女もまたこの店の店員で、瀬里が通うようになってから増えた新顔だった。

「御朱印帳。お寺さんとか回った時に、参詣《さんけい》記念でお坊《ぼう》さんに書いていただくものなの」

「ふーん。あ、東京タワーの記念スタンプみたいなもん？」

　あっさりと言ってのけた彼女に、瀬里が思わず「それは」と言いかけるより先、目を剝《む》いた大智がまくしたてた。

「ちげえよ、一緒《いっしょ》にすんなっつの真雪！　これはな、宗教的な意味がきちんとあるものなの！」

　本来御朱印とは、参拝した時に書写した経文《きょうもん》を納め、祈願《きがん》した証《あかし》として本尊の名号を墨書《ぼくしょ》し、寺の宝印をいただくという「納経・朱印」の慣習からあるものだと、大智は気分を害したような声で説明した。

「いまでもちゃんと奉納《ほうのう》するひとだっているもんなんだし、お守りの意味もあるんだからな」

（あ、すごい。くわしい）

　ありがたみが違うんだと言った大智に対し、瀬里は内心嬉《うれ》しくなった。見た目はいかにもワイルドで遊んでいそうな彼の印象が、少しだけ変わる。

　だが、真雪はそのせっかくの説明にも「ふーん」とやはり悪びれない。

「だってあちこち回ってサインしてもらうんでしょ？　記念なんでしょ？　スタンプラリーと一緒じゃん」

「仏罰《ぶつばつ》下るぞ……おまえ」

げんなりと大智が呟《つぶや》くと、知ったことかと真雪は鼻を鳴らす。

「無神論者だから関係ないもーん。だいたい、シューキョーとか勉強してるからって、いちいちうんちく垂れなくていいってば」

「俺が大学で専攻《せんこう》してたのは宗教哲学《てつがく》！　その言い方じゃなんだか新興宗教にでも入ってるみたいだろが」

「んなのどうでもいいよ。似たようなもんじゃん」

「似てねえっつうに……」

脱力《だつりょく》した大智の肩《かた》をばしりと叩《たた》いて、それよりオーダー来たよと嫌味《いやみ》な声で彼女は言った。

「厨房入ってくださーい、中河原チーフ」

「ったく……わかったよ！　あ、どもご協力ありがとね。春巻きの皮、検討してみる」

「はあ……」

うーん、皮か、と呟きつつ首をひねりながら、真雪に促された大智は厨房へと戻《もど》っていった。

突然《とつぜん》の事態にまだ順応しきれていない瀬里は、その広い背中をぽかんと見送ってしまう。

「すみませんでした、急にお願いして」

「あ、いえ。おいしかったし、こちらこそごちそうさまでした」

苦笑《くしょう》する藤木に慌ててぺこりと頭を下げると、いえいえ、と彼は手を振った。

「よくいらしてくださるので、つい、気安くしてしまって……お近くにお住まいなんですか？」

「いえ、あの。お寺とか、見るのが好きで」

大智に返してもらった御朱印帳の表面を撫《な》でつつ瀬里が俯《うつむ》くと、ああ、と藤木は微笑《ほほえ》んだ。

「今日もお参りしてらしたんですか？」

「ええ……でも、こんなことしてる場合じゃないんですけど」

「え？　こんな場合じゃないって……？」

久しぶりにゆっくり他人と会話したせいだったのだろうか。それとも、藤木のあくまでもやんわりした口調に気がゆるんだのだろうか、瀬里は内心の鬱屈《うっくつ》をぽつりと漏《も》らしてしまった。

「じつは、ひとり暮らしできるところ探してるんです。家の近場でも探したんですけど、なかなかなくって」

「へえ、そうなんですか。……ええと、今度大学生になるとか？」

「いえ、もう二十歳《はたち》なんです」

年齢《ねんれい》を告げると、藤木は驚いたように目を瞠《みは》った。小柄《こがら》な瀬里はおそらく高校生程度にしか見えなかったのだろう。よく間違えられるため苦笑を浮《う》かべながら、だからこんなに話しかけてくれるのかな、と気づいた。このブルーサウンドは昼間はカフェとしても営業しているが、基本は軽食もあるけれど、酒を愉《たの》しむのをメインにしたレストランバーだ。

(子どもが昼間っからひとりでいる場所じゃないよな……平日だし)

暗い顔でじっと座りこんでいる自分は、わけありだとでも思われたのだろう。それでも、声をかけてくれたことは純粋《じゅんすい》に嬉しいと思った。

「本当はこの辺に住めたらいいんですけど、……このあたりは高くて。とても無理かなって」

家族とも距離《きより》を感じ、友人の少ない瀬里にとって、まともに話す相手はいないに等しい。藤木のどこまでもやさしい声に相づちを打たれて、気持ちがゆるんでしまったのに気づきながらも、愚痴《ぐち》めいたそれを止めることはできなかった。

「親にもそんなに家賃高いところだめだって言われてるし、生活費も出さないっていうから、バイトも探さないといけなくて」

「ふうん……」

相づちが鈍《にぶ》くなり、なにか思案するような顔になった藤木に、話しすぎたかとひやりとした。どうも自分はひととの距離《きょり》がうまく測れないと、ほぞを噬《か》みつつ瀬里は立ちあがる。

「あ、あの。ごちそうさまでした。そろそろ」

「ああ、こちらこそありがとうございました」

なんだか闇雲《やみくも》に恥《は》ずかしくなって、手荷物をまとめる。はっとしたように藤木は曖昧《あいまい》に笑んで、こちらにどうぞとレジのある方へ促《うなが》した。会計を済ませ少しこの店に来づらくなったな、と瀬里がしょんぼり足下《あしもと》を見ていると、「お客さま」とやわらかな声がかけられた。

「来週あたり、またいらっしゃいます？」

「え……ど、どうかわかりません」

「そうですか。メニューも替《か》わりますし、どうぞいらしてくださいね」

微笑む藤木は少しだけ悪戯《いたずら》っぽく目を輝《かがや》かせていて、瀬里の内気な態度を疎《うと》んじてはいないと教えてくれる。

「じゃあ……できるだけ、来ます」

お待ちしてますと微笑む藤木にほっとする。どうしてこのひとと話すとこんなに安心するのだろうと思いながら頷いた瀬里は、翌週もまたこの店を訪《おとず》れた。

驚いたのは、来店するなり「待ってたから」と言った藤木が一枚の紙を出してきたことだ。

「間取りはそんなに広くないけど、日当たりもいいし家賃も結構安いと思うんだけど」

「え……」

それは、賃貸《ちんたい》物件の間取り図だった。常連である不動産屋に聞いてみたところ、大学生のひとり暮らしなら悪くないものだと思うと紹介《しょうかい》されたのだという。

どうして、と驚く瀬里に、そのときの藤木は「人生は持ち回りかなあと思って」と、謎《なぞ》めいた言葉を返すのみだった。

後日になっていろいろと話をしてみた際に、藤木自身がこの店のオーナーにやはり住居を――つまりはブルーサウンドの店舗《てんぽ》が入っているマンションビルの最上階だが――斡旋《あっせん》されたのだと聞いたけれど、そのときの瀬里はただただ感謝してその紹介を受け入れるだけだった。

（これで、やっと……）

一歩、踏《ふ》み出すことができる。だが嬉々《きき》として家に帰った瀬里を待ち受けていたのは、和輝の猛反対《もうはんたい》だった。

物件が見つかったと夕飯時に打ち明けた瀬里に対し、開口一番弟はこう言い放った。

「なにそれ、ひとりで暮らすってマジだったわけ？　だいたいその店長って信用できんの？　瀬里、騙《だま》されてんじゃねえの？」

「そんなことない。ちゃんとしたひとだし、別に普通《ふつう》に不動産屋さん、紹介してくれただけだ」

もともと瀬里に興味のない親たちは、金銭面について以外は特に強く賛成も反対もしなかったが、ひとり暮らしに対して一番うるさいのは、なぜかこの弟だ。

とうに瀬里の背丈《せたけ》を追い越《こ》し、見た目だけなら年齢差が逆に映るほど大人びた和輝は、瀬里の反論に端整《たんせい》な顔立ちを皮肉に歪《ゆが》めてみせた。

「だいたい、自活するって、瀬里にそんなことできるわけないじゃん」

凛《りん》とよく通る低い声は、やや傲慢《ごうまん》な響《ひび》きを孕《はら》んでいた。高校に入ったばかりだというのに和輝の身長は既《すで》に百八十センチ近くあり、座っていてさえも威圧《いあつ》感がすごい。小学校から続けている水泳のおかげで広く張った肩や、持て余しそうな長い手足は、瀬里には決してないものだ。

自分に比べればなにもかもが劣《おと》る瀬里のことを、和輝は兄とも思っていない。その証拠《しょうこ》に名前を呼び捨てにして、まるで押さえつけるような言動を取る。

「あとで泣きついてきたら、父さんたちだって迷惑《めいわく》なだけだろ」

どうしてこんなにも意地悪い性格に育ってしまったのだろう。もう少し小さなころには、もっとかわいらしかったのに。

「……やってみなきゃ、わからないじゃないか」

おとなしいけれども頑固《がんこ》な瀬里は、地道に努力することを他人の意見でやめることだけはしない。また、強く決めつけられると静かに反抗心《はんこう》を燃やすタイプでもあった。

「和輝だって、俺がいない方が静かでいいんだろ」

普段からの仲の悪さは、兄弟の会話を剣呑《けんのん》なものにするばかりだった。既に両親は和輝と、そして普段おとなしい瀬里の勢いに飲まれ、口を挟《はさ》むこともできないようだ。

「誰《だれ》もそんなこと言ってねえだろ！　なんだよ、俺が追い出したいみたいな言い方すんなよ！」

短気な弟がきつい口調で怒鳴《どな》り、机を叩いても、この日の瀬里は引っこまなかった。

「もう、手配したんだ。手付けも払《はら》ってきたし、いまさらやめるって言ったらお金取られるからもったいない。それに、おまえにどうこう言われる筋合いもないよ」

皮肉なことに、少しばかり臆《おく》していた独り立ちへの決意は、無理だと決めつけた和輝の言葉によって固まってしまったのだ。

「瀬里！」

「今日は話にならないから、父さんと母さんにはまた今度話す。ごちそうさま」

それだけを言って、瀬里は席を立った。話は終わっていないと和輝はさらに文句を言っていたが、すべて無視して自分の部屋に閉じこもった。

それからの数日間も、不器用でなにもできないくせにと噛《か》みついてきた弟を無視して、とにかく瀬里は親への説得を試みた。母は少しばかり出費に関して渋《しぶ》ったが、大学に通うにあたり、実家よりもくだんのアパートの方が近いことも、独り立ちの理由としては役に立った。

「言った通り、家賃三万円以外はなにもいらない。あそこからなら自転車で通えるし、大学に行くのも楽になる。いままでの交通費と小遣《こづか》い合わせたのと、同じ程度になると思うんだ。迷惑はかけないよ、それならいいでしょう？」

実際の家賃はやはり親の言うそれよりはかなりオーバーしていたけれど、アルバイトと貯金でどうにかまかなうからと、おとなしいけれどねばり強い瀬里らしく説得を重ね、その年の夏休み中には無事、1Kのアパートへと引っ越すことができた。

意外なことに、それを手伝ってくれたのは普段なにも口を出さない父親だった。レンタカーを借り、荷物の運びこみに協力してくれた父は、まだ片づかない部屋でこっそり、現金の入った封筒《ふうとう》を渡《わた》してくれた。

「少しは、足しになるだろう。少なくて悪いけどな」

「ありがとう、父さん」

我が儘《まま》を言ってごめんなさいと頭を下げると、瀬里によく似た面差《おもざ》しの彼は、見慣れた気弱げな笑《え》みを浮《う》かべた。

「……母さんも和輝も、悪気はないんだ。けど、おまえもきついだろうから」

このまま和輝に押しつぶされるのはつらいだろうと、おとなしい父はこっそり後押しをしてくれた。それだけでもだいぶ救いではあったけれど、彼もまた母に頭があがらないようだった。

正直いって、母にきつく当たられているときに、この父に庇《かば》ってもらった記憶《きおく》はない。むしろ関《かか》わりたくないとこっそり逃《に》げ出すような卑怯《ひきょう》さもあったけれど、それをいま責めても仕方がないと瀬里はわかっていた。

「いいんだ。ありがとう。ひとりで頑張《がんば》るよ」

むしろ、あのぎすぎすした空間に父ひとり残すことは申し訳ないと言ったけれど、それこそ心配することじゃないよと、父は苦笑《くしょう》した。

そうやってスタートした念願のひとり暮らしは、そう楽なことではなかった。

アルバイトといっても、学生の身分でなかなか生活費を稼《かせ》ぎ出すのは難しいのだ。そもそも実入りのいいガテン系は瀬里の体格では面接時にはねられる。ほかにできることと言えばコンビニの店員やウエイター程度であるが、愛想《あいそ》のない上に不器用な瀬里は、しばらく勤めるとやんわりとした口調でクビを言い渡されることが大半で、生活費はいつもぎりぎりだった。

それ以外にも、掃除《そうじ》や洗濯《せんたく》、日々の食事のことなど、当たり前のように母に頼《たよ》ってきた瀬里には持て余すような雑事が山ほどある。大学の講義を真面目《まじめ》にこなし、空いた時間をバイトに回して家事を済ませると、あっという間に一日は過ぎる。

（生活するのって、大変なんだ……）

それでも、和輝や母のぴりぴりした気配に怯《おび》えなくて済むだけでも、瀬里には天国のようだった。確かに忙《せわ》しなく息もつけないような生活を送っていたけれど、大学で目的意識を失った瀬里にとっては「やらねばならないこと」があるのはむしろありがたいとさえ感じた。

正直言えば一週間を千円で過ごすようなこともあって、かなり食生活は貧しかった。この日も近所のスーパーで大安売りの食材を買いこみ、一週間分のカレーを作る予定になっていた。

ただそんな状態では以前のように、趣味《しゅみ》の散歩がてらのんびりとお茶を飲むこともできるはずがない。せっかく藤木がアパートまで紹介してくれて、あの店にも近くなったというのにと、それだけが残念だったが仕方ない。

（自分で、選んだことだもんな）

正直いって、いまはそれどころではないのだ。どうにかいま手持ちの金額で、今週食べる分の食料を確保するのが先決だと、つましいことを考えながら大型スーパーに足を踏み入れた。

（今日は冷凍《れいとう》肉の安売りがある、よかった）

スーパーの棚《たな》というのはおおむね、値段の高さと棚の高さが比例している気がする。中腰《ちゅうごし》にかがんで、瀬里はさまざまなものを物色した。

「えっと……どうしようかな」

いちばん安いルーを手に、しばし考えこむ。いつぞやか、値段だけで選んでこのルーを使ったとき、あまりのまずさにひっくり返ったことがあるのだ。

カレーは、もともと料理などろくにできない瀬里が作れる、数少ないメニューだ。切って煮《に》てルーを入れればそれなりの味にできあがる。というより、それ以外作れないと言ってもいい。カレールーがシチュールーになる程度しか、レパートリーはない。

（でも、家で使ってたやつって、この倍するしな……）

まずくとも、いまは百円でも惜《お》しい。覚悟《かくご》を決めて、もっとも安価なルーのパッケージをカゴに放《ほう》りこんだ瞬間《しゅんかん》、頭上から声が聞こえた。

「……あれ？　きみ」

なんだろう、としゃがみこんだ状態で振《ふ》り仰《あお》いだ先には、不揃《ふぞろ》いな長い髪《かみ》の、ずいぶん背の高い男のひとがいた。

「あ、すみません。邪魔《じゃま》ですか？」

「ああいや、そうじゃなくて……覚えてない？」

「は？」

同性ながら妬《ねた》ましくなるほどの整った容姿に、すっきりと長い脚《あし》をジーンズに包んだ彼は、どうということもないフリース素材のパーカーを着ていたけれど、こんなスーパーの中には不似合いなほど、鮮《あざ》やかでかっこいい。

（誰だっけ……）

目鼻立ちもくっきりしていて、表情も豊かだからいっそう顔立ちが華《はな》やいで見える。こんな印象深いタイプは知り合いにいないのだがと瀬里が首を傾《かし》げると、なにやら専門的な香辛料《こうしんりょう》をいくつもカゴに入れている彼は、ほらほら、と自分の顔を指さした。

「御朱印帳《ごしゅいんちょう》、見せてもらったじゃん。あのときは試食、ありがとね」

「あ！」

にっこりと笑われて、ようやく気づいた。ブルーサウンドの厨房《ちゅうぼう》にいた、大智だった。

「す、すみません。私服なんで印象違《ちが》って」

「はは、今日も大差ない格好なんだけど。まあ、タブリエと頭のタオルって結構目がいくから」

慌《あわ》てて立ちあがり頭を下げると、気にしないでとおおきな手がひらひら振られる。改めて並び立ってみると、大智はそうとう背が高いのだなと気づかされた。

「カレー作るの？　えらいね……ってそっか、聖司さんにひとり暮らし斡旋《あっせん》されたんだっけ」

「あ、はい……でも、全然へたっぴで」

さほど知識のない瀬里でも、大智の買いものが独自のルーを作るための香辛料だとすぐにわかる。ターメリックやコリアンダー、いかにもインド、というパッケージの赤や黄色が目立つそれを手にしたひとに、えらいなどと言われる代物《しろもの》ではない。

「……っていうか、ひょっとしてお金なくてカレー三昧《ざんまい》？」

指摘《してき》され、慌てて貧しい買いものの内容を隠《かく》したくなったが、頭ひとつは背の高い相手にそれは無理な話だった。ひょいとカゴの中身を覗《のぞ》きこんだ大智に瀬里が頬《ほお》を赤らめると、ん、と彼は眉《まゆ》をひそめる。

「あのさ……もしかしてカレーでもいっぱいいっぱい？」

大智の目がじっと眺《なが》めていたのは、瀬里のだぶついたシャツの襟《えり》もとだった。

「ちゃんと食ってんの？　もともと、あんまり肉ついてなかった感じだけど、ずいぶん痩《や》せちゃってねえ？」

「あ、あの……」

「まさかカップ麺《めん》ばっか食ったりしてないよね？」

図星を指されて、瀬里は無言で俯《うつむ》いた。ひとり暮らしで自炊《じすい》するのは案外出費が多いものだ。カレーを作ればまだマシな方で、手間も材料費も光熱費もかかるそれより、カップ麺を買ってきて啜《すす》りこむ方が安くあがる。

折れそうな細い首はここしばらくの不摂生《ふせっせい》でずいぶんと筋張ってしまい、自分でもみっともない自覚はあったから、咄嗟《とっさ》に瀬里はシャツの首を摑《つか》む。

「だめだよ、ちゃんと食うもん食わないと」

よくないことだよと、眉をひそめた彼は静かに窘《たしな》めてくる。よけいなお世話だと、反抗《はんこう》する気にはならなかった。日々きちんとした食事を摂《と》る、そんなことさえもできない自分の情けなさを目の前につきつけられた気分だった。

（たぶん、貧相《ひんそう》でみっともないんだ……）

それはできるものなら瀬里とてまっとうな食生活を送りたい気持ちはあるけれど、時間も金もなくて、難しい。だがそれを、初対面に近い相手に言い訳がましく告げるのはためらわれた。

おどおどとした所作に、一瞬だけ大智は痛ましげに目を細めたけれど、それ以上を追及《ついきゅう》することはなかった。

「……あのね、料理へたって言ってたよね」

「あ、はい」

代わりに、にこりとひと好きのする表情で笑うなり、瀬里の選んだ激安ルーを棚に戻《もど》されてしまう。あ、と瀬里が声をあげると、大智は「こっちの方が、味がいい」とそれより少し値段の張るパックをカゴに放りこんだ。

「安いけどうまいカレーを作るこつ。材料はしょぼくても、下ごしらえとルーはけちらない」

ちょっとおいでと手招き、隣《となり》のコーナーへと瀬里を導く。激安セール、というワゴンからほい、と渡《わた》されたのは赤い一リットルのペットボトルだった。一本百円の均一品らしい。

「……トマトジュース？」

「材料煮るとき、水と半々でもいいからこれで煮てごらん。硬《かた》い肉でも結構そこそこやわらかくなるし、味が全然違うから」

それは知らなかった、と瀬里は感心した。時間があるならタマネギをじっくり炒《いた》めてからとろとろにして加えてもうまいよと、さほどお金のかからない調理法を二、三大智は教えてくれて、こくこくと瀬里は頷《うなず》いた。

「それとね。たまには贅沢《ぜいたく》だと思っても、うまいもの食いな」

「え……？」

「食い物って、大事だからね。月に一回でも、ああ、うまいなって思うもの食うと、またそれ食べようってだけでも気合いはいるし。人間、そんだけで案外、やってけるよ」

さらりとした大智のその言葉は、特に深い意味もないかのような、軽《かろ》やかな響《ひび》きだった。けれどもそれは、すとっ、と瀬里の胸に落っこちてきた。

「お寺さん、最近行った？」

「あ、……いえ」

「んー。まあ忙《いそが》しくしてんのかもだけど、お寺巡《めぐ》りなら金もかかんないいんだから、気晴らしはちゃんとしなね」

追い立てられるばかりの生活を見透《みす》かしたように、大智はそんなことまで言ってくれた。

胸の中が少し、むずむずした。大智の投げてきたそれに対してなにか、大事な言葉を返さないといけない気がするけれど、なにをどう言えばいいのかわからないまま立ちつくしてしまう。

妙《みょう》な沈黙《ちんもく》が流れたのち、店内放送で時刻を知らせる音楽が聞こえ、はっとしたように大智はカゴを抱《かか》え直した。

「おっと。店の方に戻らないとやばいんだった。んじゃ、またね。たまにはうちにメシ食いにおいで」

「あ、あ……はい」

じゃあね、と手を振って去っていく大智の背中を、瀬里はぼんやりといつまでも見つめてしまった。

(心配、してくれたのかな)

実家を出て以来、もともと華奢《きゃしゃ》な瀬里の頬はすっかり痩《こ》けて、顔色もかなり悪くなっていた。

だがこの数ヶ月、それを指摘する誰《だれ》もなかった。意地もあって実家には一度も顔を出していなかったし、第一瀬里の通常の顔色など知っているものは誰もない。

(ちゃんと、食べろって……)

あんなふうに言われたのは、たぶんひとりで生活をしはじめてから、初めてのことだった。

大智の去ったあと、手に持たされたままだったトマトジュースのペットボトルをカゴに入れた。そうしてふと考えて、もう一本を追加した。加熱するとたぶん、ビタミンは飛んでしまうだろうから、これはこのまま朝晩飲むことにしよう。

（それから、今度、ちょっとお金はいったら）

ブルーサウンドに、おいしいご飯を食べに行こう。そう思っただけで、ちょっとだけ先の楽しみができた。

スーパーを出ると、二月の風が頰を切るように冷たかった。買いもの袋《ぶくろ》を提《さ》げると、二リットル分の重みは、疲《つか》れた身体《からだ》には結構こたえた。それでも、帰途《きと》につく瀬里の小さな唇《くちびる》は、本当に久々の微笑《ほほえ》みが浮《う》かんでいた。

だがそれからも日々に押し流されるばかりで、瀬里がようやくブルーサウンドへ顔を出したのは、春を過ぎ、三年生になってもう数ヶ月経《た》ってからのことだった。

外食が可能になったのは生活費を稼《かせ》ぐ短期のバイトのほかに、ゼミの教授が資料整理のバイトを頼《たの》んでくれて、ちょっとばかりの臨時収入があったおかげだ。

「ああ、久しぶりだね！」

「ご無沙汰《ぶさた》してます。あのときはお世話になりました」

かなり久々に顔を出したのに、藤木はちゃんと顔を覚えていてくれた。無事引っ越《こ》したことを伝え、お礼の菓子折《かしおり》を持っていって以来だったけれど、相変わらず彼はやさしかった。

藤木の声に気づいたのだろう、一瞬《いっしゅん》だけ大智も厨房から顔を出して「来たな」というように、にやっと笑った。小さな会釈《えしゃく》だけを返すと、忙しそうに彼はその長身を引っこめてしまい、少し残念な気がした。

「それはいいけど、元気だった？」

ずいぶん痩せたのではないかと心配されて、恐縮《きょうしゅく》しながら瀬里が金欠状態を打ち明けると、藤木はふと考えこんだのちにこう提案した。

「バイト探しているなら、うちに来るのはどうかなあ？　そろそろ大学卒業して、辞《や》める予定のがひとりいるんだけど」

「え、でも……」

アパートの紹介《しょうかい》だけでも、充分《じゅうぶん》すぎるほどの恩ができたと思う。なのに藤木はそんなことを言って、なにができるかわからない瀬里を使ってくれると言うのだ。

どうして、と目を瞠《みは》った瀬里に、ものやわらかな口調のまま、藤木はこう告げた。

「俺もじつは、ここの常連でオーナーにスカウトされて勤めた口だったんだ」

「そうなんですか」

こんなにきれいなひとならば、それは目をかけもするだろう。だがどうして自分を、と首を傾《かし》げた瀬里に、どうしてかなあ、と藤木は笑う。

「なんだろうね、なんだか……放《ほう》っておけない感じだったからかな」

「え……」

「瀬里ちゃん、……ああ、ごめんね。なんかちゃん、ってつけたくなる感じなんだけど、寂《さび》しそうにしてたからね。いつもひとりで、海だけ見てて」

どうしてか、その言葉に対して瀬里はなにも言うことができなかった。じっとこちらを見つめながら語る藤木の瞳《ひとみ》には、共感と親愛の情が溢《あふ》れていた。

「俺も、そういう……ひとりで、ぽつんとなっちゃうときって、昔あったから……なんか、似てる気がして」

よけいなお世話だったら、ごめんね。そっとつけ足した藤木に対して、瀬里は黙《だま》って首を振《ふ》る以外にできなかった。なにか口を開いたら、泣いてしまいそうだと思ったからだ。

藤木の言うように、自分は寂しかったのだろう。ひとりになりたいと思い詰《つ》め、そうして精《せい》一杯頑張《いっぱいがんば》ってきたけれど、本当にひとりになることはやはり怖《こわ》くて——つらくて。

そうとうに自分を律しない限り、管理するものがない人間の生活リズムは崩《くず》れていく。まだ瀬里は大学がある分、朝起きて夜寝《ね》るという状態が保てているだけマシな方だ。

それでもふっと気力が萎《な》えそうなときには、ぐずぐずと布団《ふとん》の中から起きあがりたくないこともある。ことに、冬になり安い電気ストーブ以外に暖房《だんぼう》器具のない部屋では、痩《や》せた身体に寒さが染《し》みるからなおさらのことだった。

たぶん、授業をサボったり、食生活をいい加減にするなど怠惰《たいだ》な生活を送ったところで、誰も瀬里を窘めたりはしない。それを叱《しか》りつけてくる相手もないということは、楽でもあるが寂しいと実感するほどには、瀬里は無自覚なまま静かに疲れていた。

「ありがと、ござい、ま……」

「あ、あれっ？　ちょっと、瀬里ちゃん？」

礼を言うつもりの声が、みっともなくかすれた。恥《は》ずかしいと思うより先に目元が滲《にじ》んで、止まらなくなったそれをぼたぼたと膝《ひざ》の上に落としていると、頭上から低い笑い声が聞こえる。

「……あらら。聖司さん、なに若い子泣かせてんの」

「え、俺っ⁉　うわ、ごめんね、俺なんか言っちゃった？」

「ちがい、ま……っ」

大智の声に焦《あせ》りながらも気遣《きづか》ってくれる藤木のやさしさが、ひとりきりだった瀬里にはひどく染みた。大智の大きな手で目の前に差し出されたのは、冷たいおしぼりだった。

「お、俺……」

人前だというのにいい歳《とし》してべそべそとした瀬里を、誰も笑いはしなかった。みんなやさしいなあと思って、おかげでよけい、泣けた。

そして、ここに自分の居場所ができれば嬉《うれ》しいのにと、心から思った。

「ここに、いたい……です」

藤木の、そして大智のいる場所で働くことができたら、少しはこのひとたちのようになれるだろうか。洟《はな》を啜《すす》って呟《つぶや》くと、俯《うつむ》いた頭に手のひらが触《ふ》れた。

大きく乾《かわ》いたそれは大智のもののようで、無言のまま頭を子どものように撫《な》でられて、それがひどく心地《ここち》いいものだと、瀬里は強く感じたのだ。

＊　＊　＊

そうした経緯《けいい》で、瀬里はブルーサウンドでのバイトをはじめた。

いままで短期でやりこなしてきたバイトと違《ちが》い、夜がメインのバーの仕事は時間拘束《こうそく》がある分だけ実入りもよく、安定した収入があるというだけでも瀬里はかなり落ち着いた。またシフトの時間によっては食事も提供されるという条件は、瀬里にとって願ってもない厚待遇《こうたいぐう》だった。

ただ、少しばかり予想と違ったこともいくつかあって、その最たるものが厨房《ちゅうぼう》のスタッフである大智の存在だった。

アルバイト初日、藤木に紹介された瞬間には少しだけ、瀬里は期待していたのだ。

(親しくなれたら、いいんだけどな)

瀬里は藤木に対してとは少し違う意味で、大智に好感を抱《いだ》いていた。あのざっくばらんに見えて案外と繊細《せんさい》な味のするお菓子《かし》を作ってみせるところや、へたくそなカレーにアドバイスをくれたこと。なによりまず一発でそれがなんであるか言い当てられたことのない御朱印帳《ごしゅいん》に、興味を示してくれたことなども、その要因だ。

情けない話ではあるけれど、瀬里にはろくな友人がいなかった。いまの大学でも真面目《まじめ》な瀬里を相手に講義のノートのコピーを、試験前にだけ借りに来る「トモダチ」はいるが、まともにお互《たが》いの話をしたり、遊びにいったりするような相手はない。

おまけに瀬里は趣味《しゅみ》が趣味だ。

——お寺巡《めぐ》り⁉ なにそれ、年寄りくせえ。瀬里、地味なのは見た目だけじゃないんだ。

和輝にさんざん嘲笑《あざわら》われて以来、誰にもその話をしたことはなかった。だから、大智にあっさりと言いあてられて、とても驚《おどろ》いたし嬉しかった。

瀬里がなにを好きでいるのか、なにを考えているのか、そんなことに気づいてくれるひとなどいままでになかった。だからもしかしたら、大智はそういうことを話すひとりになってくれるかもしれないと、広い背中を見て瀬里は上擦《うわず》りそうな声をなんとかこらえる。

「あの、今日からお世話になります宮上です。よろしくお願いします」

だが、挨拶《あいさつ》を済ませた直後の大智の開口一番は、そんな瀬里の気持ちを萎縮《いしゅく》させるに充分なものだった。

「あれ、マジでバイト決めたの⁉」

「え……」

ぎこちなく頭を下げたとき、仕こみの最中だったのだろう、大鍋《おおなべ》を煮立《にた》たせてアクを掬《すく》っていた大智は、長身を軽く曲げてひどく驚いたように瀬里を見た。

なんでそんなに驚くのだろうかと、逆に瀬里はびっくりした。べそべそしながらバイトさせてくれと告げたとき、確かに大智はそこにいたはずなのだ。

「や、あのさ。フロア仕事って結構体力勝負になるけど、きついよ。平気？」

「あ、はい、それは」

なにかまずいのか、と問うよりも先に、心配そうに言われてしまう。あげくずけずけと、大智はずいぶんなことを言ってくれた。

「あと、接客するから、その髪《かみ》もう少しさっぱりさせた方がいいと思うんだけど……それじゃ印象暗いよ、なんか」

「は……」

痩せて貧相《ひんそう》な身体《からだ》や、ださい髪型についてストレートに指摘《してき》され、少なからず落ちこんだ。

(自分だって髪長いくせに……)

反抗的《はんこう》な気分になった瀬里が絶句していると、あげくに大智はそのまま瀬里ではなく傍《かたわ》らの藤木に向かってこう言ったのだ。

「……聖司さんさあ、大丈夫《だいじょうぶ》なの？　この子、接客経験ないんだろ」

「俺だって経験ゼロからはじめたよ。慣れれば難しいことじゃない」

「だからって……きついんじゃない？」

どうしてこんなに渋《しぶ》られるのか、さっぱりわからなかった。ただなんだか、期待していたなにかを裏切られたような落胆《らくたん》を瀬里は覚えていた。

一連の大智の言葉は、瀬里など相手にしていられないと言われているようだった。

大丈夫なのかというそれも、瀬里を思いやってのものなどではなく、大智の目にはありありと「使い物になるのか」という危惧《きぐ》が浮《う》かんでいる気がした。

少しだけ高揚《こうよう》していた気分もそれですうっと冷めてしまい、用意していた言葉はそれですべて引っこんだ。

あれから、いくつか時間を見て巡った場所の話を、大智には礼をまじえて告げたいと思っていた。食事のことも、親身になってくれたようでとても嬉しかったと伝えられればいいなと思っていた。だがそれも全部、いまはむなしいだけだ。

大歓迎《だいかんげい》、とはいかないまでも、きっと彼なら快く迎《むか》えてくれると思っていたあれは、ただ瀬里が勝手に都合よく思いこんだだけの話だったんだろう。

（そっか。……そうだよね、あれは俺が、客の立場だったから）

親切にしてくれたのも、サービスの一環《いっかん》だったのだろう。親しげな笑《え》みも全部、常連客の機《き》嫌《げん》を損《そこ》ねまいとしただけで、瀬里自身に向けられた情などではなかった。

下手に、あのときの礼など言わなくてよかったかもしれない。大智は覚えてもいないだろうから、それをいちいち口にしてさらに不審《ふしん》な顔までされたら、もっと痛い。

「……経験、ないですけど、覚えますから」

気づけば、ひどく硬《かた》い口調で、まるで睨《にら》むように背の高い男を見あげて瀬里は告げていた。

「髪も見苦しくないように、明日切ってきます。それでいいですか」

「あ、いや……見苦しいとまでは、べつに」

きっと強い目で断じると、なぜか大智ははっとしたように口を開いた。そういう意味じゃなかったんだけど、と次の瞬間《しゅんかん》には困ったように眉《まゆ》を下げる。しかし唇《くちびる》を引き結び、負けないと訴《うった》える瀬里のまなざしに対し、彼が返したのはため息混じりのひとことだけだった。

「……まあ、うん。じゃあ、頑張《がんば》って。よろしくな」

「はい」

　ぺこりと頭を下げたあと、もう瀬里は大智を振《ふ》り向きもしなかった。正直言えば、なんであんなにいやそうにされなければならないのかと、好感を持っていただけにショックも受けた。だがこの程度のことで、めげて引っこむわけにはいかない。バイトをやると決めたのは、別に大智がいるせいではないのだ。

「ごめんね、大智ちょっと心配性《しょう》なとこあるんだ。この間も、夜シフトで入った子が、体調崩《くず》してやめちゃったりしたから……でもいつもは、あんなふうじゃないんだけど」

「いえ、気にしてません」

　少なくとも、気まずい感じになってもフォローを入れてくれる藤木がいる。大丈夫、と頷《うなず》いてみせた瀬里に、彼はとりなすような笑みを浮かべた。

「じゃあ瀬里ちゃん、こっち来て。真雪ー、さっきも紹介《しょうかい》したけど、ちょっといろいろ教えてあげてくれる？」

「はいよー。んじゃまず、掃除《そうじ》からやろっか」

「あ、はい」

　第一印象と違うといえば、こちらの真雪の方がいい意味で裏切られた。

　顔立ちも少しきつそうで、巻いた茶色い髪も派手な印象の彼女なのに、案外と面倒見《めんどうみ》はいい。てきぱきと、はっきりした口調で説明する姿にも、面倒そうな気配はなにもない。

「ここ倉庫ね。ストッカーはあっち。んでここが用具入れ。いまから掃除の手順教えるから、一回で覚えてね」

「真雪さんは、この店、長いんですか？」

「さんとかいらないよー。あんたの方が上でしょ。ま、一応そっちよか一年先輩《せんぱい》なんで、なんでも訊《き》いて」

かっかっか、と大口を開けて笑い、まあよろしくねと言った真雪にようやく肩《かた》の力が抜《ぬ》けた。

ほっとして俯《うつむ》くと前髪が目にかかり、確かに最近散髪《さんぱつ》していなかったなと気づかされる。自分で切ると無惨《むざん》になるのでとりあえず床屋《とこや》に通ってはいるが、近頃《ちかごろ》はそんな余裕《よゆう》もなくて伸《の》びるに任せていたのだ。

(確かに、お客さんに応対するのに、見た目きたなっぽいとまずいよね……料理出すし)

近所の床屋にでも明日行こうか、とそれをいじっていると、真雪がきょろんと大きな、猫《ねこ》のようにきれいなラインの目を瞬《しばた》かせた。

「瀬里、前髪邪魔《じゃま》？　ピン留め貸してあげよっか」

突然《とつぜん》の呼び捨てに少し驚いた。女の子に下の名をそんなふうに呼ばれたのもはじめてでどぎまぎした瀬里は、うっかり言わなくてもいいことを言ってしまう。

「え、あ……いや、さっき、大智さんに切れって言われて」

「ああ。あの説教オヤジ、うっさいこと言ったんでしょ」

「せ、説教おやじ？」

ひがみっぽく聞こえはしないかと一瞬ひやりとしたが、それ以上に「けっ」と吐《は》き捨てた真雪の言葉にびっくりした。

「飲食店だからどうだこうだ言うんなら、自分こそ髪切れってのよねえ。ったくいちいちうっさいしさー」

「あ、で、でも……大智さんはおしゃれっぽいし。……俺は、印象暗いから、って」

「んん？　ま、そういやそっか。それじゃ目もよく見えないっしょ」

あまりにずけずけと言ってのける真雪に思わずフォローを入れてしまった。おまけに真雪にも「暗い」の部分を肯定《こうてい》されて、少なからず瀬里は落ちこみそうになるが、そうだ、と頷いた彼女に腕《うで》を取られてしまう。

「あたしの行ってるやつ、紹介すっから明日行こう。カットモデル探してる、美容師の卵なんだ。タダでしてもらえるから、そうしよ」

「へ……？」

「だってあんた金ないんでしょ？」

ストレートな言いざまに思わず頷いて、なんでわかるのだろうという疑問はあとからわいた。それを口にするより早く、苦笑《くしょう》した真雪は瀬里のだぶついたシャツの襟《えり》をついと引っ張る。

「聖ちゃんが紹介したアパート、そうとうの値切り品だって聞いてるもん。そうじゃなくても、服見りゃわかるよ。安物は洗濯《せんたく》すっと却《かえ》ってもたないんだから、着回しのインナーはちゃんとしたの買いなよ。……ああ、ついでに古着屋教えてあげよか？」

「え、えっと、でも、そんなにしてもらっても」

悪いのでは、と遠慮《えんりょ》する瀬里に、真雪はまたざっくり来ることを言った。

「一緒《いっしょ》に働くやつが、もさっとしてんのやなんだってば。それにあたし、誰《だれ》かの服とか見立てんのスキだし、気にすんな」

「う、うん……いた、痛《たた》いよ」

ばしばしと背中を叩かれて、同じくらいの体格なのにずいぶん真雪は力が強いようだと思った。よく見れば華奢《きゃしゃ》な身体には引き締《し》まった筋肉がついていて、なにかスポーツをやっているのだろうかと思う。

「この程度でよろけてちゃ、フロア一日つとまんないよ。肉体労働なんだからね」

「は、はい」

「声が小さぁいっ！　うぃっす！」

「はいっ！」

「……いやそこ突《つ》っこんでよ、ドリフかよって」

冗談《じょうだん》にも気づかず、頑張りますと生真面目《きまじめ》に頷《わた》いただけの瀬里にけらけらと笑い、「んじゃ、下《した》っ端《ぱ》はまず掃除から」と彼女はモップを渡してくれた。

木目の床《ゆか》を拭《ふ》く瀬里に、へっぴり腰《ごし》だのちゃんと水を切れだのと言いたい放題言ってくれたけれど、どうしてか真雪の言葉には少しも傷ついた気分にならなかった。

それよりも、日々覚えることがあまりにも多く、慣れきっていた無力感や倦怠《けんたい》感など、どこかに吹《ふ》き飛ぶほどにめまぐるしかった。

ブルーサウンドでのバイトは、確かに大智や真雪の言う通り、楽なものではなかった。終日のシフトとなれば丸一日立ちっぱなしだし、皿やグラスをサーブするにもある程度うつくしく見せるためにはそれなりの力もいる。最初のうちは全身が筋肉痛になったし、うまくオーダーを復唱することさえできなくて、恥《はじ》をかくような場面もたくさんあった。

それでも瀬里らしくこつこつと努力して、一ヶ月も経《た》つころには、一通りの仕事は覚えた。シェーカーを振るのは無理でもステアするタイプのものならば、カクテルも作れるようになり、愛想笑《あいそわら》いも少しだけ身についた。

それも、藤木の丁寧《ていねい》な教え方があってこそのことだと思う。準備中や店を閉めたあとの時間など、瀬里が教えを請《こ》えば、彼はやさしくそれに応《こた》えてくれた。

「そうそう、色が混ざらないように……」

「はい……とと、わわわ」

ぷるぷると震《ふる》える指で最も比重の軽いブランデーを最後にグラスへ注ぎこんだ瞬間、ほっと瀬里の唇から息が零《こぼ》れた。この日チャレンジしていたのは、プース・カフェ。幾《いく》層にも比重の違《ちが》うリキュールを重ねた、見た目も華《はな》やかなカクテルだ。

「ん、できたできた。しかしずいぶん難しいのチャレンジしようと思ったねえ、瀬里ちゃん」

「あ……なんかこれ、きれいだったから……作ってみたくて」

無謀《むぼう》だったかと肩を竦《すく》める。実際きれいな層を描《えが》いたこれ一杯《いっぱい》を作るのに、どれだけのリキュールを無駄《むだ》にしたかわからないのだ。むろん実費で清算はしていたけれど、つきあう藤木は完全にボランティアだった。

「いいよ、瀬里ちゃんがいろいろ覚えてくれれば俺も助かるしね。真面目だから、いい生徒さんだし」

誉《ほ》められて、くすぐったく首を竦める。瀬里ちゃん、とまるで子どものように自分を呼ぶ藤木の声が、瀬里はとても好きなのだ。心のやわらかいところを、そっと撫《な》でられたような甘い気分になってしまう。

藤木は第一印象通り、面倒見がよく穏和《おんわ》な人物だった。

人当たりよくやさしくうつくしい彼は、若いながら独特の包容力があって、瀬里の周囲にいた、押さえつけるようにしてきたり、見ないふりをするひとたちとはまるで違っていた。

彼は親のように誰かと瀬里を比べたりはしないし、和輝のように見ていられないと横からそれを取りあげたりしない。

「聖司さんの教え方が、丁寧だからです。俺……ぶきっちょだから。でもやってみたくて」

「うん、その気持ちが大事。ゆっくりでいいよ。誰でも最初は、へたくそなんだから」

やさしい笑い方で、じっと見ていてくれる藤木の傍《そば》は本当にほっとして、瀬里は彼の近くであれば呼吸が楽になれると思った。

「よし。じゃ、上手にできたからこれはおごってあげる」

「わ、……それは嬉《うれ》しいけど、俺、あんまり強くないです」

見た目はカラフルでかわいらしいこのカクテルは、じつはけっこう強い酒を使っている。おまけに層を崩さないようにとストローで飲むものだから、よけいに酔《よ》いやすいものなのだ。

「あはは。お酒扱《あつか》う店なんだから、少しは覚えないと」

そう告げる藤木の手には、透明《とうめい》な酒に氷を浮《う》かべたタンブラーがある。甘い顔だちに似合わずきつい酒を好む彼は、店を閉めたあと時折ひとりで、この薄暗《うすぐら》い照明の中で飲んでいることもあるようだった。

「聖司さん、最初から強かったんですか？」

「ううん。そうだなあ……やっぱりここに勤めるようになったころから、かな？」

くいくいと水でも飲むようにグラスを口に運んでいる彼は顔色ひとつ変えないけれど、あれも確か四十度はある焼酎《しょうちゅう》だったはずだ。たぶん自分はひとくちでむせてしまうだろうなと思いつつ問いかけると、ふっと藤木は不思議な笑《え》みを浮かべた。

「……俺もね、この店にちゃんと来るようになったの、瀬里ちゃんと同じ年のころなんだよね」

「そうなんですか？」

「うん。言ったでしょう、オーナーにスカウトされてね。……まあいまでは、それでよかったと思うけど」

瀬里にというより、独り言のように呟《つぶや》いた曖昧《あいまい》なそれを、適当な相づちで聞き流した。

甘いブース・カフェをストローで啜《すす》りながら、こっそりと盗《ぬす》み見た藤木の表情は、濃《こ》く長い睫毛《まつげ》の陰影《いんえい》によって、ひどく儚《はかな》げに見えた。

（部屋に、帰らないのかな？）

この店の上には、大智や真雪と暮らす彼の部屋がある。だけれどときどき、藤木はひとりになりたい時間があるようで、ぼんやりとこのカウンターバーに座り、グラスを傾《かたむ》けている。

「俺、邪魔《じゃま》してないですか……？」

「うん？　なんで、急に」

そういうときの藤木はどこか、記憶《きおく》の中にあるものを探すようにじっと空《くう》を見据《みす》えていることが多かった。たまたま、伝票の整理を手伝っていて見かけたその表情があまりにも遠くて、だからカクテルを教えてくれと言い出したのも、半分は藤木を放《ほう》っておけなかったからだ。

藤木は、常に瀬里に安寧《あんねい》をくれた。恩人と言ってもいいそのひとの、時折どうしようもなく寂《さび》しげな表情に、ふっと置いて行かれるような感覚を覚え、なんでもいいから共有する時間が欲しかったのかもしれない。

「いや、あの。店終わってからも、教えてもらっちゃってるから――」

なんだか母親にかまってもらいたい子どものような、そんな甘ったれた感情をどう言っていいのかわからないまま、瀬里が言い訳ともつかない言葉を口にすると、静かな空間をかき混ぜるような真雪の声がした。

「あっいいな！　ふたりで飲んでる」

あたしもちょうだい、と寝間着《ねまき》代わりのジャージを着こんだ真雪が邪気《じゃき》のない顔でやってきて、藤木は静かに笑った。

「あれ。まゆきち、明日海に行くから早寝じゃなかったの？」

「目が冴《さ》えて寝れないんで、ちょこっとねー」

　彼女は、バイト初日に瀬里が感じた通り、かなり真面目にサーフィンに取り組んでいるようだった。筋力があるのも、ロングボードを抱《かか》えて海に飛びこむための基礎《きそ》体力作りをかかさないからと知った。

「ちょこっと店の酒くすねに？」

「ちゃんといつも精算してんじゃんっ。あ、瀬里これ作れたんだ」

　茶化すと、同じほどの高さにある頭をはたかれるけれど、苦労して作ったプース・カフェに目をとめ、よかったねえと笑いかけてくれる。

「ぶきっちょのくせにめげないもんねえ。どんだけのリキュール無駄にするかと思ったけど」

「……ごめんよ失敗作いっぱい飲ませて」

　きゃんきゃん賑《にぎ》やかな真雪も、おおざっぱで無神経そうなのは見た目だけの話だ。

　バイトをはじめて以来ずっと、細かいことを教えてくれたのは真雪だった。飲みこみの遅《おそ》い瀬里はひどく彼女に引け目があったけれども、きつい言いざまでも決してばかにして言っているわけではないのはよくわかる。

「あたしは味とか気にしないからいっけどねー。それよか、大智うるさくなかった？」

「う……」

　にやっと笑いながら覗《のぞ》きこんでくる真雪には、瀬里の心中はお見通しのようだった。

バイト初日できついことを言われたせいか、あれ以来完全に瀬里にとって大智は鬼門《きもん》だ。

仕事中にも、はっきりした声であれこれと指示を出されると腰《こし》が引けた。もたもたと危なっかしい瀬里を見守ってくれる藤木や、こっそりフォローしてくれる真雪とは違い、大智は真っ向から叱《しか》ってくるからだ。

「今日もなんだか注意されてたもんね。なにやったんさ」

「オーダーミス……と、声がちっさいのと」

基本は夜シフトの瀬里だが、この日の昼間は藤木が休みで、手が足りないからとかり出された。夜と昼では微妙《びみょう》に品目が違うのだが、瀬里は季節が変わったためそれをすべて覚えておらず、それで常連のひとりにメニューを見ないまま、夜のみであるシチューを注文され、うっかり受けてしまったのだ。

「それ、どうしたん」

「大智さんが、お詫《わ》びしてた……自分でやるって言ったんだけど」

がっくりと薄い肩《かた》を落として瀬里が呟くと、あーあ、と真雪も苦笑する。

「瀬里がごめんなさいすると、ときどき失敗するもんねえ」

「うん……」

彼女の言う通り、不器用な上に表情の少ない瀬里は、失敗をフォローしようとすればするほど泥沼《どろぬま》にはまる。能面のような顔、硬《かた》い声ですみませんと告げると、逆に怒《いか》りを倍増させる客が多いのだ。

――ああ、いいよもう。俺が行くから。

それをわかっていたのだろう、瀬里から失敗を聞くなり、大智はため息をついて口早に言い、止める暇《ひま》もなく長い脚《あし》で素早《すばや》く客席へと近づいていった。幸い常連客は大智のファンであり、にこやかに「ごめんね」と言われただけであっさり許し、どころか逆に嬉しがる始末だった。

「頑張《がんば》ってる、んだけど……」

確かに藤木が不在の場合、この店の責任者は大智だ。謝罪は少しでも早いに越《こ》したことはないし、あの場では当たり前の判断だったと瀬里もわかっている。

けれど、大智からやりかけの仕事に手を出されることが、あまりにも多々あるのだ。

「なんか、年中フォローされちゃってて、情けない」

おまえでは無理だと、言葉ではなく態度で示されている気がしてしまう。そういう部分は和輝を思い出させてときどき、つらかった。

「んー、まあ、あいつ基本お節介《せっかい》だからさ……悪気はないから、瀬里もあんましょげんな」

わかるけれども気にするな、と真雪が背中を叩《たた》いてくる。こくりと頷《うなず》いてそれでも、瀬里の眉《まゆ》は寄せられたままだった。

「わかってんだけどね、俺が悪いんだけど」

頭では、大智のそれは一方的な押しつけではないと理解できた。彼は和輝のように頭ごなしに「瀬里には無理」とすべてを封《ふう》じるのではなく、一通りの手本を見せたあとは「やってみろ」と言ってくるからだ。

——仕事中は、新人だからって客には関係ないんだからな。

実際今日の失敗のあと、大智は「すみません」と頭を下げた瀬里に対し、次は気をつけろときっちり叱って、そのあとはにっこり笑いかけてきた。

——メニューちゃんと覚えて。それからお客さんの前ではおろおろしないこと。あと、俺にすぐ言ったのは、正解ね。

なにも、最初から全部完璧《かんぺき》にやれとは言わない。自助努力でどうにもならないことはある、そんなときは素直に人を頼《たよ》りにしろ、という言い方は、少し新鮮《しんせん》だった。

「……物覚え、悪いから」

だが、なかなかものにならない自分への歯がゆさもあるだけに、それらの言葉を素直に受け止めきれない自分が、いちばんいやだった。

「つーか、瀬里悪くないって。だいたいデフォで偉《えら》そうなんだよー、大智は。自分だって好き勝手ばっかしてるくせにさ。来週だってまた、インドだか行くらしいし」

ひとに説教するならまず、自分こそが真面目《まじめ》に勤めろと真雪が口を尖《とが》らせる。

彼はただ単に面倒見《めんどうみ》がいいだけで、決して瀬里をばかにしているわけではない。ただ、真雪が茶化すように、性格的に言動がストレートなだけらしかった。

だが、そうと理解しても大智への苦手意識は拭《ぬぐ》いきれなかった。その根底にあるのは、自分でも子どもっぽい感情だと瀬里自身理解している。

「って……大智さん、旅行でもすんの？」

「病気だよあれは。世界一周でもして地図でも作るつもりなんじゃないの」

呆《あき》れかえったような彼女の言葉に、「ああ」と瀬里は頷いた。

面接のとき、ちらりとオーナーから聞いてはいたが、大智は世界各地を旅して歩くのが好きで、ことにインドやカンボジアあたりの遺跡巡《いせきめぐ》りがここ数年のはまりものらしい。

大柄《おおがら》な体格と、いかにも自信のあるような野性的な雰囲気《ふんいき》の彼は、容姿も秀《ひい》でていたがそれ以上に、生き様があまりにも独特だった。

有名大学を卒業し、船舶《せんぱく》や大型車両の免許《めんきょ》から、調理師資格、なんの役に立つのかわからないが華道《かどう》の免許やGG《ジージー》――Graduate Gemologist――宝石鑑定《かんてい》や鑑別《かんべつ》、倫理《りんり》試験を経て取れる国際的資格免許まで持っている。

死ぬまでにはひとがたどり着けるすべての場所に行ってみたいと言う彼は、遠出と言えば修学旅行程度の瀬里には想像もつかない経験を、たくさんしてきたようだった。

（俺には、とても無理だ）

大智に対してどうしても臆《おく》してしまうのは、そんなことを知ってしまったせいだろう。感嘆《かんたん》するような思いもあるし、純粋《じゅんすい》に男としてすごいな、とも思う。だがその分だけ、引け目を感じてもしまうのだ。

「……危ないとことか、怖《こわ》くないのかな」

伸《の》びやかな手足で自由に世界を歩き回るような相手と、ほんの小さな出来事にさえうろたえる瀬里の違いを思うと、どんどん萎縮《いしゅく》してしまいそうになる。想像するだけで臆してしまう小心な自分とのあまりの違《ちが》いに遠い目になって呟《つぶや》くと、真雪は瀬里のプース・カフェを取りあげ豪快《ごうかい》に啜《すす》って手を振《ふ》った。

「あー、あいつそんな、怖いとかいう普《ふ》通《つう》の神経持ってないよ。ばかだから」

「……誰《だれ》がばかだって？」

「げ、来やがった」

地獄耳《じごくみみ》、と真雪が顔をしかめ、藤木がそれに笑いながら背の高い青年を手招く。

「大智来たの。千客万来《ばんらい》だなあ。一緒《いっしょ》に飲む？」

「飲む飲む。……まあそれは、いいとしても、おい。げってなんなんだよ、まゆきち」

「っさいなあ……寝《ね》てればいいでしょー」

それにたいしてやんわりと微笑《ほほえ》んだ大智は、長い腕《うで》を伸ばしてまずはと真雪の頭をひっぱたいたあと、がっちりと首をホールドする。

「っつーか寝てたんだよ。けどおまえの声がでかいわ足音はうるさいわ、ドアはばったんばったん閉めるわで、起こされちまったんだよ！」

「ぎゃあっ、痛い痛い！　ちょっと、女子相手にネック決めるのやめてよね！」

「おまえのどこに女子の成分があるんだっつの！」

いっそこのまま落ちてしまえ、と絞《し》めあげる大智に、真雪もまけじと腕を引っ搔《か》き脚を蹴《け》る。

「なんでこのふたりは、いちいち喧嘩《けんか》しながら会話するんでしょうか……」

「似たもの同士だからじゃないかな？」

呆れて呟いた瀬里に藤木が笑いながら返すと「似てないっ！」とふたり同時に叫《さけ》ぶからおかしかった。がるがると唸《うな》りながら睨《にら》み合ったあと、ふんと目を逸《そ》らすのもやはり同時だ。

「あーもう、アホの相手して疲《つか》れた。聖司さん、それちょうだい」

「もう薄いよ？」

「薄いのでいいよ。寝酒にはちょうどいい」

スツールに腰掛《こしか》けた藤木の脇《わき》から彼の手にしたグラスを奪《うば》って、大智はそれを一気に流しこむ。一連のやりとりに、なぜか瀬里はとっさに目を逸らしてしまった。

寝起きをともにするせいか、彼らは割と平気で互《たが》いに口をつけた飲み物や食事を分け合うこともある。だが、真雪とのそれより大智と藤木の親しげなさまに、どうしてか胸がざわざわしてしまうのだ。

（……やだな、なんか、下世話っぽくて）

やわらかな顔立ちの藤木と、男らしく端整《たんせい》な大智がふたり並んでいる姿は、やけに絵になる。本来であれば真雪との仲を勘《かん》ぐるものだと思うけれど、瀬里が奇妙《きみょう》にうろたえてしまうのは、面接時のオーナーが言ったよけいなひとことのせいだった。

「うちは基本的に、好きなようにやってくれていいよ。生活第一、趣味《しゅみ》第一。楽しくなければなにごとも、続かないからね」

オーナーである曾我は、にこやかでひと当たりのいい、しかしどこか掴《つか》みづらいような壮年《そうねん》の人物だった。

「中河原くんなんか、いい例だけどね。正直、年の三分の一は日本にいないけど、腕もいいし立派にやってくれてますし」

そういって、自分が大智と出会ったのはそれこそインド、それも医者に行くのに小一時間はかかる辺境のホテルで、食中毒を起こした曾我に正露丸《せいろがん》を提供してくれたのだという。

(どういう出会いだ……)

それだけでも充分呆《じゆうぶんあき》れたのだが、曾我の話はそれだけに終わらなかった。

「でも、そんなでよく、定職に就《つ》こうなんて思ったんですね、大智さん」

よくは知らないが、バックパッカーという人種はそもそも束縛《そくばく》を嫌《きら》うと聞いたことがある。

むろん大智がこの店に勤め続けられるのは曾我のような酔狂《すいきよう》な雇《やと》い主あってのことだろうけれど、そもそもはなぜなのだと首を傾《かし》げた瀬里に向けて、曾我は悦《えつ》に入《い》ったような笑みを浮《う》かべてみせた。

「ああ、それは愛ゆえというか」

「は……？　愛、ですか？」

「彼じつは、最初うちに来るの渋《しぶ》ってたんだよね。でも、ぼくがとにかくバイトでいいからいらっしゃいって呼びつけて」

この場にはあまりに不似合いな単語に目を瞠《みは》ると、うんそうよ、と印象的な口元の髭《ひげ》をざらりと撫《な》でて、曾我はけろんとこう言ったのだ。

「そこで藤木くんに一目惚《ひとめぼ》れして、就職をＯＫしてくれたんだよねえ」

「ほ、惚れ……!?」

あっさりと告げられたそれに、瀬里は絶句するしかなかった。

「もう本当に、ひと目見るなり、ってやつでねえ。藤木くんが名乗った途端《とたん》、ぎゅっと手を握《にぎ》って『好きです』って叫んだ彼の目は、じつによかったなあ」

そのあとも、とにかく情熱的だった、若いっていいねえと楽しげに曾我は言葉を続けたけれど、瀬里は半分以上覚えてはいない。

ただ、彼らが男同士であるとかいう基本的な問題は、曾我のあまりに自然な様子に瀬里の頭から吹《ふ》っ飛んでしまっていたけれど、ショックを受けていたのは事実だった。

（なんで、そんなの……）

曾我の話に瀬里が真っ先に考えたのは、偏見《へんけん》よりもっと幼稚《ようち》でみっともない感情だ。

（そんなの、ずるいよ）

なにに対してとか、誰がとか、そんなことではなく、ただ「ずるい」と思った。反射的に浮かんだその感情にまず驚《おどろ》き、そのあと混乱したままの頭でゆっくりと反芻《はんすう》したあと、瀬里が理由づけたのは、やはり大智へのコンプレックスだった。

（そうだよ、やっと……俺にやさしくしてくれたひと、だったのに）

なんでもできて、かっこよくて自由で、その上藤木のようなきれいなやさしいひとまで手に入れているのは、いくらなんでもずるい。

瀬里の憧《あこが》れの藤木の気持ちまで摑んで、大智はずるい。本当の意味で狡《ずる》いわけではないけれど、そんなのはあんまりできすぎじゃないかと、瀬里は悔《くや》しくなった。

そしてそれ以来、さらに大智が苦手になったのだ。


衝撃《しょうげき》の過去をつらつらと思い出していた瀬里は、こっそりと口元を覆《おお》ってため息をつく。

(でも……俺が口を出す事じゃ、ないんだよね)

苦手だし怖いけれど、大智はたぶん男性として非常に魅力《みりょく》的だと思う。藤木もそんな彼を頼《たよ》りにしているようで、傍目《はため》からはカップルのように見えなくもない。

実際のところはとても訊《き》けるものではないけれど、お似合いだなとも感じた。真雪も含《ふく》め三人で仲良く暮らしているのが羨《うらや》ましいとも思って、その中に入りこんでいけない自分に少し、哀《かな》しいような疎外《そがい》感を覚えてもいる。

「……なんかついてる？」

「え？」

無意識にじっと見ていたのだろう。ふと、大智が困ったように笑いながら問いかけてきて、瀬里は内心慌《あわ》てた。

「あ、いえべつに——」

どきりとしたのは、あまりに強く瞳《ひとみ》を覗《のぞ》きこまれたせいだ。藤木や真雪もひとと話すときには目を見るタイプであるけれど、大智はさらにその奥を探《さぐ》るような目を向けてくる。

これも、彼を苦手とする一因だ。それが大智のくせと知っているけれど、真っ黒な澄《す》んだ瞳には、なにもかも見透《みす》かされそうなまっすぐな強さがあって、あまりまじまじと見つめられるという経験の少ない瀬里は、いつもどぎまぎさせられる。

「瀬里は大智の神経がどうかしてんじゃないかって心配してんだよ」

言いつくろう言葉を探すより先、プース・カフェを飲み干した真雪がそんなことを言い、今度は大智がむっと口を尖《とが》らせる。

「おまえ勝手にそういうこと言うなよなあ。瀬里ちゃんがんなこと言うわけねえだろ」

「だあってさっき、インドの山奥だの修行《しゅぎょう》しに行って怖《こわ》くないのかって言ってたもん」

「レインボーマンかっつうの！　なんだそりゃ！」

がしがしと乱暴に真雪の髪《かみ》をかき混ぜ、痛いやめろと騒《さわ》ぐふたりに、瀬里はあわあわと手を振《ふ》った。

「あ、いや、あの、その……あちこち、旅行してるっていうから、すごいなあって」

取りなすように言ったのは、うしろめたさのせいだったろう。藤木と大智がどういう関係であれ、瀬里が羨む筋合いはどこにもない。

「いままでどういうところに行ってきたんですか？　昔から、旅行とか趣味なんですか？」

「ああ。俺中学のころくらいから、あちこち遠出するの好きだったんだよね」

問いかけると、大智はなぜかひどく嬉《うれ》しそうな顔をした。なんだろう、と思いながらも自分から話題をふった手前、話の流れを遮《さえぎ》ることはできず、瀬里は頷《うなず》く。

「チャリンコ飛ばすの好きでさあ、中学に入ってすぐ、小遣《こづか》いためてロードレーサー買ったの。んで、最初の夏休みに関東縦断して、翌年は東北までいって、中三のときは日本縦断したのね」

「へえ……あ、泊《と》まるときのお金とかどうしたんですか？」

大智の放浪癖《ほうろうへき》は思春期にはその萌芽《ほうが》が見られていたようだ。感心しつつ瀬里が促《うなが》せば、また仰天《ぎょうてん》するような返事がある。

「はは、中坊《ちゅうぼう》でそんな、まともに泊まれるとこなんかないから、寝袋《ねぶくろ》持ってほとんど野宿。日割り計算して予定外の出費出さないようにして。あとはキャンプ地とかだと適当に仲間に入れてもらったりとか、そんな感じ」

「危なくないんですか⁉」

「楽しかったよ？」

初対面のひとのバーベキューに交ぜてもらって、その日の夕飯代を浮かしたりしたという彼の行動は、引っこみ思案の瀬里には考えもつかない。

「まあでも、日本だとだいたいどこに行ってもおんなじ感じだなあと思って、もっと広いとこ見てえなあって思ってさ」

高校にあがるころには、さらに日本では飽《あ》きたらず、世界に脚《あし》を延ばしたのだと言った。

「最初はまあ、ホームステイのシステム利用したのね。んで、そこんちの息子《むすこ》がまた似たような趣味《しゅみ》だったもんで、意気投合して……アメリカに行ったときはいつでもって言ってくれて」

ことに強烈《きょうれつ》だったのは、十九歳の折に彼がNY《ニューヨーク》に行ったときのことだった。

「大学に入ってからは、バイトして金貯《た》めて旅行して、帰ってきてまたバイトして……って感じだったかなあ。おかげで留年しそうになったけど、なんとか単位だけはクリア」

くだんのホームステイで知り合った知人は、独立してアパートに住むようになっていた。大学の長い夏休みを利用して、彼の部屋に泊まりこんでいた大智は、ある夜ハーレムの方へ行く用事があった。その区域にいるストリート系アーティストに会いたかったのだそうだ。

「知り合いかなんかですか？」

「うん、それも旅行中に知り合ったひとなんだけど。個展前にパーティーやるから来てって言われて……でも、すぐ隣《となり》のビルで麻薬絡《まやくがら》みの殺人事件が起きちゃってねえ」

「えっ⁉」

「やー、さすがにびびったんだけどさ」

少しも臆《おく》したように見えない表情で言われ、瀬里のほうが惚《ほう》けてしまう。

それでもさすがに物騒《ぶっそう》すぎる街に青ざめて、大智が向かう場所を告げ、部屋の主《あるじ》である彼に「そこは大丈夫《だいじょうぶ》なんだろうか」と問うと呆《あき》れた顔で銃《じゅう》を差し出されたという。

「自分で大丈夫だと思えばそうだろう、そうじゃなければだめだろうって、なんでもない顔をされてさ……日本じゃないって痛感したよ。本当にね」

「銃……って、それ、まさか」

持っていったんですか、という問いは口にできず、上目におずおずと見つめる。瀬里の視線にこめられた疑念に対して、大智はひどく含みのある目つきのまま、にやりと笑った。

「……ん？」

「いえ……」

意味深なその笑《え》みに、瀬里ももうなにも言えなくなる。言葉にしては答えてはくれなかった、それこそが答えなのだとはさすがにわかる。

（知りたくないかも……）

実際、はっきりと言われてしまったら、胸の中でざわざわとするこの恐怖《きょうふ》に似た感情が、もっと大きくなることはわかっていたから、瀬里もそれ以上を追及《ついきゅう》はしなかった。

「まあ、あとは――うっかりスピード違反《いはん》で捕《つか》まったこともあるけど、いきなり車から引きずり出されて頭踏《ふ》みつけられて、ホールドアップ。まあそれでも、インドやなんかに比べれば警察機構がまともに機能してるし、危険も少ない方だけどね」

けろりと笑いながら危なげな経験を語ってのける大智に、どういう人だと思った。そして、怖いなと感じた。

「……でもいまは、その危ないインドとかタイとか多いんですよね。なんでですか？」

アメリカや欧米《おうべい》あたりの先進国への旅行は、学生時代にほぼこなしたようだとはわかったが、ずいぶん極端《きょくたん》な方へいったものだと瀬里は首を傾《かし》げる。

「ああ。まあ基本は日本で旅行してるうちにあちこちで伝承とか知って、それで民俗学《みんぞく》に最初興味持ったんだよね。で……土地神さまの話とか神話とかいろいろ辿《たど》っていくと、結構世界的に共通する部分もあって、それで宗教ってなんだろう、みたいなとこに行き着いて」

だから大学では宗教哲学《てつがく》を専攻《せんこう》してみたと大智は言った。

「あ、だから御朱印帳《ごしゅいん》、すぐ」

「うん、日本のお寺さんも結構いろいろ見たよ。あれはあれで興味深い」

ただ、テキストで学ぶことになにかしらの違和感を覚えはじめ、それでもとからの身の軽さも相まって、どんどんアジア方面に興味が向かっていったのだという。

「あと俺結構ミーハーなんだよねえ。本とか読むとすぐ、そこ行きたくなっちゃう」

たまたま読んだ、戦場カメラマンの伝記によって、神秘の地であるアンコールワットへの想《おも》いがつのり、実際訪《おとず》れてみるとその迫力《はくりょく》に圧倒《あっとう》され、また魅《み》せられたのだと大智は語った。

「俺が生まれるずっと前に、俺と大して歳《とし》も変わらないヤツが、そこにいたんだ。情勢もぜんぜん、いまより厳しくて……実際それでそのひと死んじゃったけど、でも行きたくて仕方なかったんだなあって」

そんなにもひとを惹《ひ》きつけるなにかを持つ場所には、やはり行ってみたいじゃないかと大智は軽《かろ》やかに笑う。

「まあ、山なんか入ればヒルはいるし病気はあるし。おまけにうっかり国境付近になんか近寄れば、洒落《しゃれ》になんないことになっちゃうから。遭難《そうなん》しかかったこともあるしさ」

大変なんだけど、でもその先に見るものには代え難《がた》いと目を輝《かがや》かせている大智の話に、瀬里はもはや相づちも打てないまま絶句していた。

(なんなんだ、このひと)

冒険家《ぼうけん》とかバックパッカーとか、そう呼ばれる人種が存在するのは知っていたけれど、少なくとも瀬里の近くにそうした経験のある者がいた例《ためし》はない。だからテレビや本の中にのみ存在する、どこか遠い世界のおとぎ話めいたできごとのように感じていたそれを、目の前の彼は経験してきたという事実がにわかに信じられなかった。

呆然《ぼうぜん》と眺《なが》める横顔は、生気に満ちている。気負いもなにもなく、心から彼がそれらの経験を楽しんできたのだろうことは知れる。

だが、その生き生きとした表情は、瀬里を息苦しくさせるだけだった。

「怖く、ないんですか……そういうの」

「ん？　言ったじゃん。楽しいよ、なんでも。知らないこと知るのは。まあでも、雪山で三日救援《きゅうえん》待ったときはさすがに、死ぬかなーと思ったけどさ」

なにより、この明るい笑みこそがわからない。死にそうな目に遭《あ》ってそれをなぜ、楽しいなんて言いきってしまえるのか。

考えてみれば、瀬里が大智と個人的に話したのは、ある意味この夜がはじめてだ。そしてこんなに楽しそうに、自分に語りかけてくれるとも思ってはいなかった。

(悪いひとじゃ、ないんだ。嫌《きら》われてるわけでもない、でも——)

大智はあまりにも瀬里にとってはかりしれないものがある。飄々《ひょうひょう》としたまま、長い脚でどこまでもどこまでも遠くを目指して世界を見るひと、そんなはるかなまなざしの前で、自分はどれだけ卑小《ひしょう》に映っているのだろう。

「……やっぱ大智、神経おかしいよねー、凍傷《とうしょう》で足落としかけてたくせに」

「うっせえ！　台風のたびに海にほいほい出かけるおまえのほうがよっぽどいかれてるだろ！」

「海にはライフセーバーいるもん！」

「ってオい、ひと任せかよ、他人さまに迷惑《めいわく》かけんじゃねえよ！」

「あんただって遭難したとき現地のレスキューのひとに迷惑かけてるじゃないよっ」

雑《ま》ぜ返した真雪の言葉には内心頷いたものの、言った彼女自身もサーフィンに関しては怖《こわ》いもの知らずだ。

「もーきみたち、五十歩百歩とか、目くそ鼻くそって知ってる……？」

どっちもどっちだと、苦笑《くしょう》する藤木がいちばん正しい気もした。だがそれをおっとり笑って聞き流せるのは、どうしてなんだろうと思う。

（心配じゃ、ないんですか？）

恋人《こいびと》がそんな危ないところにばかり飛び歩いてしまうのを、どうしてそう笑って待っていられるのだろうか。そう考えると、藤木もよくわからないなと思う。

そして、そんなことを考えさせる大智に、理不尽《りふじん》と知りつつ苛立《いらだ》ちが募《つの》った。

（やっぱり、苦手だ……）

大智を見ていると、胸がざわつく。じっと目を見つめられると苦しいし、いつでも引け目を感じてしまう。

それを瀬里は、すべておのれのコンプレックスのせいだと感じ取った。なんでもできて自由に駆《か》け抜《ぬ》けていく大智には、自分の矮小《わいしょう》さを見透《みす》かされるようでいやなのだと、そう思った。

「んじゃ、お開きにしますか。聖司さん、かたしとくから先に寝《ね》たら？」

「そ？　悪いね、よろしく」

藤木と誰《だれ》より親しげに接することも、大智に対して気を許した様子をするうつくしい彼に胸が締《し》めつけられるのも——友人の少ない自分はきっと、子どもじみた独占欲《どくせんよく》を感じているせいなのだ。

（気をつけよう）

分相応、という言葉がある。彼らの中に入りこんでいくことなど、自分なんかにできるわけがない。

だったらせめて、これ以上の不興を買わないよう、そして——大智に怯《おび》えずに済むようにしようと、瀬里は誓《ちか》う。

誰の攻撃《こうげき》にも晒《さら》されないよう小さく身を縮めて、なにもないように、邪魔《じゃま》にならないように。

そうして過ごしていくことは、瀬里はなによりも得意だった。

ただそれが、実家にいたころとなんら代わり映《ば》えのしない行動であることは、重く瀬里の胸を塞《ふさ》いだけれども、ほかにどうしていいのかなど、わかるはずもなかったのだ。

＊　＊　＊

ブルーサウンドでのアルバイトをはじめてからの一年は、またたくまに過ぎた。

店での仕事を一通り覚え、藤木にデータ管理の提案をするまでになったいまでは、自分でも少しはこの店に必要な人材になっただろうかと感じてもいる。

変わらないのは、大智に対しての距離感《きょり》だけだ。どころか日々、それはひどくなっているかもしれない。

大智の仰天《ぎょうてん》するような経験談を聞いた後日、それでも少しは彼を理解できる手がかりにならないかと思って、くだんの伝説的なカメラマンの話をもとにした映画も観《み》てみた。地雷《じらい》を踏んだらサヨウナラ、それが末期《まつご》の言葉となった男性の話は、映画としては素晴《すば》らしいものだとは思えたけれど、瀬里はただせつなくて胸が塞ぐばかりだった。

(わかんないよ。なんで死んじゃうかもしれないのに、そんなとこに行くの)

むろんあの映画で語られた時代といまではずいぶんと事情も違《ちが》う。大智も戦場カメラマンなどでなく、ただの旅行者で、危険区域に立ち入ることなど許されていないのも理性ではわかっていた。

けれど、それでも理解できないものはある。

エンドロールを見ながら、瀬里は涙《なみだ》が出た。置いてきぼりにされた、恋人《こいびと》の女性や彼の家族のせつなさばかりが最も瀬里の胸に残った。あんな危ないひとに恋をしたら、きっとやっていられないと、そんなふうに思えてならなかった。

藤木が時折遠い目をしているのはそのせいではないのかと考えれば、よけいに胸は痛くて、その分だけ大智に対しての反感は静かに募っていくばかりだったのだ。

声をかけられると身が竦《すく》む。じっと見つめられるのが苦手だから、目を伏《ふ》せてろくに顔も見ない。そんな態度を彼も持て余すらしく、会話はいつまで経《た》ってもぎこちないものになる。

（こんなんじゃ、まずいのに）

店の中でのぎくしゃくした人間関係は、きっとなにかのきっかけで失敗に結びついてしまう。器用なタチでない瀬里はよけいにそれを気をつけるべきなのに、どうしてもうまくいかない。

（いっぱいいっぱいに、なってく……）

それでも日々をやりすごせば、少しはわかりあえたり、大智の傍《そば》にあることが平気になる日も、来るだろうか。

そんな消極的な希望だけしか持てなかった瀬里だが、いくら苦手な相手がいても、バイトをやめようという気には少しもならないことが不思議だった。

いままでは不得手な現象やひとがいる場所には近寄ろうともしなかったのに。それとも少しは、この一年で変われたのかもしれない――と、そんなふうに思っていた。

だが、そううかうかとしてもいられないかと気づいたのは、大学四年の秋という時期のせいだ。就職活動もしていない瀬里を心配した担当教官が、大学に顔を出したことを知るなりついに呼び出しをかけてきたのだ。

「宮上、本気でどうするんだ？　このままじゃあ、就職浪人《ろうにん》になっちまうだろ」

「はあ……」

「単位だって有り余るくらいに取ってるし、卒論もあとはまとめて出すだけなんだろう。なんでそんな、ぐずぐずしてるんだ」

事務机の前でため息混じりに告げられ、瀬里はなんとも答えられずにいた。真面目《まじめ》でこつこつと努力する瀬里の性質をこの教授は買ってくれていて、ひとり暮らしの極貧《ごくひん》生活だった折には、バイトの斡旋《あっせん》もしてくれていた。

会社組織の拘束《こうそく》を嫌ったり、またこの不況《ふきょう》に将来への希望を持てないまま、無気力化して就職をしない若者は多い。せっかく育てた人材がただ埋《う》もれていくのは惜《お》しいと、壮年《そうねん》の教授は普段《ふだん》から苦く思っていたようで、学生の就職斡旋にも熱心なタイプだった。

「おまえ、成績も悪くないんだし、俺がどっか勤め先に紹介《しょうかい》状書いてやってもいいんだぞ？」

「あ、いえ……そこまでは」

まともに就職活動をしないのは、単に瀬里の迷いのせいだ。そこまで面倒《めんどう》をみられては却《かえ》って申し訳ないと慌《あわ》てつつ、少し考えますとだけ告げて、親身な教授の前を去った。

大学構内の自転車置き場から、使いこなした自転車を引きずり出しつつ、ぼんやりと瀬里は考える。じりじりとした焦《あせ》りは感じているが、だからといって周囲の促《うなが》すままに就職を決めることもしたくないのが本音だった。

考える、とは言ったものの、いったいいつまで、そしてなにを考えればいいのか、それすらはっきりと見えはしないのだ。

(このまま、しばらくはフリーターでもいいか……なんて、言えないなあ)

藤木に、正社員として雇《やと》ってくれるかどうか訊《き》いてみようかと思ったこともある。だが、そうとなれば一応は両親に報告せねばなるまいし、それが憂鬱《ゆううつ》の種とも言えた。あの店は決していかがわしいものではないけれど、バイト先に選んだことを報告した際、非常にいやな顔をされたのだ。レストランバーであるというだけで、頭の固い母には水商売と決めつけられている。せっかく大学まで進んでウエイターを本業にするとは、母が危惧《きぐ》した通りの、ドロップアウト的な人生だなと、皮肉に瀬里は笑った。

自転車にまたがり、秋の曇《くも》り空を見あげた。そろそろ風には冷たい匂《にお》いが混じるようになっていて、肺の奥が清浄《せいじょう》化されるような気分になるこの季節はとても好ましいけれど、鬱々と淀《よど》んでいく心まではきれいにさらってくれそうにない。

考えることが多すぎる、でも本音では、そのどれをも考えたくない――そう思っていると、ぽつりぽつりと空から冷たいものが降ってくる。

「うわ、やば。降ってきた」

朝からあやしい雲行きだったけれど、やはり天気は帰宅までは持ちそうにない。ペダルをこぐ速度を速め、ふと瀬里は大智のことを考えた。

中学生の彼は、自転車で日本中を旅したのだと言った。その中にはこんなふうに、急に雨に降られたりした日もあっただろう。濡《ぬ》れ鼠《ねずみ》で必死に自転車をこぐ大智少年は、そんなときにどんな顔をしていたのだろうか。

（……きっと、これもまた楽しいって、そんなふうに言うんだろうな）

ハプニングもなにもかも、あっさりと笑って乗り越《こ》えていくあの彼のようには、瀬里は到底《とうてい》なれやしない。雨から身を庇《かば》うように必死に小さくなって、地面を睨《にら》みながら重くなるペダルをこぐだけだ。

首筋から流れこんでくる雨の粒《つぶ》が、ひんやりと冷たかった。そしてどうしてこんなときに、苦手な大智のことを考えるのか、それが少しだけ不思議だった。

・

秋の雨は台風を連れてくる前の激しさを増していた。

就職に関しても膠着《こうちゃく》状態のまま、いつものようにアルバイトに赴《おもむ》いた瀬里は、ここ連日の過《か》剰《じょう》シフトで下準備をし接客をするのも、少しばかり上の空だった。

だがぼうっとしてもいられない。この日は悪天候に喜んだ真雪が海に行くため唐突《とうとつ》に休みたいと言い出して、藤木が休みを返上して出勤していた。

おまけに週末となれば観光客で忙《せわ》しなくなるのはいつものことだが、こんな天気だというのに予想外に客の入りは多かった。

午後になり、いよいよひどくなった雨脚《あまあし》は遣《や》らずの雨となって店内にひとを封《ふう》じこめ、また雨宿りがてらにブルーサウンドで時間を潰《つぶ》す客もいたからだ。

くるくると店内を歩き回っていた瀬里も、少し疲《つか》れた顔を隠《かく》せないでいた。先日雨に打たれたせいか、少し頭も重かったが、具合が悪いというほどではない。ようは、決めかねている就職について鬱々と考えているせいで、気が塞《ふさ》いでいたのだ。

「ため息多いね」

「……すみません」

オーダーを申し送りする際、ふっと息をついた瞬間《しゅんかん》大智にそう告げられた。窘《たしな》められたのだと反射的に謝罪を口にすると、なぜか今度は大智の方が吐息《といき》する。

「だから、怒《おこ》ってるんじゃないんだけど……」

「あ、すみ……えっと」

もうすっかり日常茶飯事《さはんじ》になったぎこちないやりとりに、まあいいけれどと大智は苦笑《くしょう》した。瀬里の見せるどうしようもないぎこちなさに、彼も手をこまねいてはいるようだけれど、いい加減慣れっこだというような態度だった。

「瀬里ちゃん、ごめん。ちょっとフロア替《か》わって」

間の持たない空気に困り果てていると、藤木がタオルを片手に湿《しめ》った髪《かみ》を拭《ぬぐ》いながら現れる。

「うわ。聖司さん、どうしたんですか⁉」

「もー、外すごいんだよ……参った」

風が強くなり、外にある植木鉢《うえきばち》が倒《たお》れたのを戻《もど》したほんの一瞬で、びしょぬれになってしまったそうだ。

「ちょっと着替えてくるから、いいかな」

「はい、すぐ出ます。風邪《かぜ》ひかないようにしてくださいね」

みっともないから髪を乾《かわ》かしてすぐに戻ると、藤木は急いで自室へ向かう。バックヤードの厨房脇《ちゅうぼうわき》から抜《ぬ》ける通路の向こうには、彼や大智の住まう部屋への直通階段があった。自宅部分へはむろん外階段もあり、けじめをきっちりする藤木は普段はそちらを使って出入りするのだが、緊急《きんきゅう》用の通路となっている。

だいじょうぶかな、と細い背中にぴったり貼《は》りついたシャツを見送った瀬里がフロアに出た途端《とたん》、さっそくの来客があった。男性のふたり連れは、雨に参ったという顔をして少し足早にドアをくぐる。片方は少しラフな服装をしていて、何度か店を訪《おとず》れたこともある客だ。

（あ、マセラティ）

馴染《なじ》みの男性は背が高く鷹揚《おうよう》な雰囲気《ふんいき》で、この店に来るときいつも派手目の外車に乗っているから印象深かった。車に負けない品のよい、高級そうな男前を、真雪と瀬里はこっそりと車の名で呼んでいる。

「いらっしゃいませ、何名様でしょう」

「ああ、ふたり」

むろんそんなあだ名のことなど瀬里はおくびにも出さず、やんわりと笑《え》みを浮《う》かべた彼と、連れらしいこれも非常に背の高い男性のふたりを奥のテーブルに案内した。

「ご注文がお決まりになったら声をおかけください」

「いや、いまいいかな？　もう決まってるから」

メニューを差し出し、型どおりに告げた瀬里を軽く手で制して、常連の方が長い指で文字の上を辿《たど》った。

「はい、どうぞ」

「じゃ、俺はナシゴレン。あと、そうだな……じゃこと水菜のサラダに、コーヒーを。嘉悦《かえつ》さんはどうします？」

「ああ……そうだな、この冷麺《れいめん》で。俺もコーヒーで」

嘉悦、と呼ばれた男性ははじめての来店だが、ざっとメニューをみただけでそう言った彼に、一瞬だけ手を止めて瀬里は小首を傾《かし》げる。

「なにか？」

「あ、いえ。ナシゴレンに冷麺、じゃこと水菜のサラダと、コーヒーですね。かしこまりました」

彼が頼《たの》んだ冷麺は、材料となる翡翠《ひすい》麺が切れそうなので、あと少しでオーダーストップをかけてくれと大智に言われていたものだった。だが確かあと二食分はあったはずだと瀬里は頷《うなず》く。

（でも一見《いちげん》さんなのに、決めるの早いなあ）

瀬里の主観だが、女性に比べ、男性客はオーダーが早い。ことに頭の回りそうな雰囲気のタイプはなおさらだ。

「俺は気にせず、飲んでくださいよ」

「そうですか？　じゃあ……青島《チンタオ》ビール」

友人同士というには、少しかしこまったしゃべり方のふたりだ。もしかしたら仕事の知り合いかなにかか、と思うがビジネスの話をする空気でもないらしい。少し不思議になりつつも瀬里は「かしこまりました」と手元の票にオーダーを書きつけ、一礼してその場を辞した。

「すみませーん、追加したいんでメニューください」

「はい、お待ちくださいませ」

途端、厨房《ちゅうぼう》に戻る途中でまた別の客に声をかけられ、いま下げたばかりのメニューを手にそちらへ向かう。そうこうしていれば今度は背後で、ドアがあき新しい客が来たことを知った。

（もうほんとに忙《いそが》しいよー……）

内心ぼやきつつ、いまここにいない真雪を恨《うら》みがましく思った瀬里は少しばかりひきつりそうな顔に力を入れた。疲れていても、そんな気配は出さない。これは再三大智に注意されていることだ。接客時にはできる限りトーンを高くし、明るい声を出すようにしなければならない。

「いらっしゃいませ、お席にご案内いたしますので、少々お待ちくださ……っ」

だが振《ふ》り向いた瞬間、瀬里の顔はさっと色をなくし、普段《ふだん》の無表情へと変わってしまった。

どうにか愛想《あいそ》笑《わら》いを浮かべ精一杯《せいいっぱい》発した声も、弱々しく途切れる。

「なに？　その顔。せっかく来てやったのに」

「か……和輝……」

家を出てからの二年近く、ろくに顔も見なかった弟は、また背が伸《の》びたようだった。覚えているよりずっと高い位置にある顔を見つめ、瀬里は小さく息を呑《の》む。

瀬里の目の前に立ちはだかる背の高い青年は、にっと悪戯《いたずら》でも思いついたかのような笑みを浮かべてみせた。しかし、凍《こお》りついたような瀬里の表情に、すぐにそれは見慣れた意地の悪いものへと変化する。

「……ちょっとさ。なにぼーっとしてんの。俺一応、お客なんだけど」

「あ、あ……す、すみません。こちらにどうぞ」

呆然《ぼうぜん》と立ち竦《すく》んでしまったことを恥《は》じ、瀬里は慌《あわ》てていつもの接客マニュアルどおりに先導した。もうテーブル席はいっぱいになりかけていて、いっそ満席だと断れないかと思ったけれど、瀬里にとっては残念なことに、ひとつだけ窓際《まどぎわ》の席が空いていた。

案内された席に座り、長い脚《あし》を少し邪魔《じゃま》そうに組んだ和輝にメニューを差し出しつつ、瀬里は少し小声で問いかける。

「急に……どうしたんだよ」

突然《とつぜん》の来訪にひどく驚《おどろ》いた。いままで和輝がブルーサウンドなどに来たこともなかったし、それ以前にひとり暮らしをしてから電話でさえも話していない。

「別に。来ちゃ悪い？」

「悪くは……ないけど。なんかあったのか？　いま、仕事中だから、ちょっと」

なんのつもりだろうと思って困惑《こんわく》顔を見せた瀬里に、和輝はじわじわとその機嫌《きげん》を降下させていくのがわかる。あげくじろりと睨《にら》んだあとには、吐《は》き捨てるようにこう言った。

「そんな迷惑《めいわく》そうにしなくていいだろ。別に瀬里になんか用はないよ」

久々に聞く、自分に向けられた険のある声に身が竦んだ。弟相手にどうしてこう怯《おび》えるような気分になってしまうのかと悔《くや》しいけれど、迫力《はくりょく》も体格も声も瀬里より圧倒《あっとう》的に強い和輝の姿は、幼いころからのコンプレックスを痛いほど刺激《しげき》する。

「じゃあ、注文決まったら、声かけて」

「言われなくてもそうするよ」

そう言い捨てるなり、メニューを睨んだ和輝はもう瀬里の顔を見ることもしなかった。なんとなく後ろ髪引かれる気分になりつつ、瀬里はそっとその場をあとにする。

「こちら三番さん、レモンスーザー追加です、あと十二番さん、ナシゴレン――」

「あのう、すみません。トイレどこですか?」

「あ、はい。あちら、右手の奥になります」

厨房へ回り、先ほどマセラティの常連に受けた注文の伝票を読みあげる途中で、女性客が背後から声をかけてきた。きょろきょろと周囲を見渡《みわた》す彼女に手洗い所の場所を教えると、瀬里に向かって大智が少しだけ焦《あせ》った声を出す。

「瀬里ちゃん、オーダー申し送り済んだら、九番さんの生春巻きできてるから、持ってって!」

まだ全部のオーダーを言い終えていなかったけれど、その声に含《ふく》まれた急《せ》かす気配に「わかりました」と頷き、ともかくこれはあとでと、瀬里は注文票を台の上に置いた。

「これですね、持っていきます」

「ごめん、よろしく！」

申し送りはし損《そこ》ねたが、これを運んだあとでちゃんとすればいい。そう思って、炒《いた》め物をする彼の背中に「わかりました」と答え瀬里はフロアに向かった。

（ちゃんとしなきゃ……）

ひっきりなしの注文を受け、大智の精悍《せいかん》な頬《ほお》も普段になく硬《かた》い。重い厨具《ちゅうぐ》を扱《あつか》う彼の手には筋肉の筋が盛りあがり、火を使うせいで肌寒《はだざむ》いようなこんな日にも汗《あせ》ばんでいる。

指示通りできあがった料理を運び、また途中のテーブルから空いた皿を下げる。だがその途中和輝の姿が目に入るたび、瀬里は緊張《きんちょう》を隠《かく》しきれなかった。

「ちょっと、さっきのまだですか？」

「はい、もう少々お待ちくださいませ！」

藤木はまだ戻らず、ただでさえ手が足りていない状態で、瀬里ひとりでフロアを切り回すのは少し無理があった。あちこちから遅《おそ》いとせっつかれ、そのたびに謝りながら早足に歩くと、窓際あたりから小さな含み笑いが聞こえるのだ。

「……すいませーん。こっちも早くオーダーお願いします」

「少々お待ちください……っ」

いかにも慌ただしい瀬里に対し、和輝は嫌味《いやみ》な笑みを含んだ声を発する。瀬里はため息をぐっと呑みこみ、弟のオーダーを取ってまたバックヤードへと引き返した。

「四番、ミ・ゴレンとアイスティです」

「はいよ。……どうかした？」

眉《まゆ》を寄せた顔に、大智が一瞬怪訝《いっしゅんけげん》そうな顔をした。なんでもない、と首を振って、下げた皿を置く瀬里は、大智から顔を隠すように俯《うつむ》きそうになったが、ばたばたと階段を下りてくる足音にはっとなった。

「ごめん、お待たせ！　すぐ入る」

「ちょっと聖司さん、頼むよ。今日、なんでこんなにひと来てるの⁉」

着替《きが》えた藤木が現れ、ほっと息をついた瀬里の背後から、大智が悲鳴じみた声をあげた。

「俺に訊《き》かないでくれよ……文句は雨に言って。ついでに、いない真雪に」

手早く汚《よご》れた皿をよけ、注文票に目を通しながらの藤木に、ミ・ゴレンを盛りつけた大智がうんざりと首を振ってみせる。

「聖司さん、もう絶対真雪の突発休《とっぱつきゅう》、許可出さないでくださいよ」

「今度からそうするよ。ごめんね、瀬里ちゃんも。ばたばたしちゃって」

「あ、いえ、そんな」

平気ですと言った瀬里は、藤木がいるだけでほっと気持ちがゆるんでいくのを感じた。

(頑張《がんば》らないと、ちゃんとしないと)

それからしばらくは、雑談をする暇《ひま》もないほど忙《せわ》しなく、精一杯店内を走り回った。手が足りないいま、和輝のことなどかまっていられない。そう必死になっていた瀬里に、奥まったテーブルにいたふたり連れ、マセラティの方が手を挙げた。

「……悪い、いいかな？」

「あ、はいっ。追加ですか？」

瀬里を呼びつけた彼は、なぜかその優美な眉をひそめている。いささか硬い表情に瀬里は一瞬首を傾《かし》げるが、まずはと彼が追加注文をするのを聞き取った。

「コーヒーのおかわりとジン・フィズ……以上でよろしいですか？」

確認《かくにん》に復唱し、瀬里が伝票を手に取るのも待ちきれないようで、ふっと彼はため息をついた。

「それとさ……きみ、なにか気づかない？」

「はい？　なんでしょうか、……っ、あ！」

そしてようやく気づき、瀬里ははっとする。彼が目線で促《うなが》した先は、テーブルの上にはほとんど食べ終えたナシゴレンとサラダの皿。しかし片割れの方にはなにも食事らしきものが運ばれた形跡《けいせき》はなく、瀬里はすうっと血の気が引くのを感じた。むろん伝票には終了《しゅうりょう》のチェックもない。

（しまった、ばか……っ）

慌ただしくて、めまぐるしくて――そうして忘れていたのだ。

女性客に手洗いの場所を訊かれた一瞬、申し送りをし損なった、品切れ間近の冷麺《れいめん》のことを。

「も、申し訳ありません、少々お待ちください！」

慌てて一礼し、厨房にとって返す。その瞬間、脇《わき》をすり抜《ぬ》けた和輝と確かに目が合ったけれど、瀬里はそれを無視した。

——相変わらずだな、瀬里。

そう嘲笑《ちょうしょう》するような弟の目になど、いまは傷ついている場合ではない。どうか頼《たの》むからまだ翡《ひ》翠《すい》麺が残っていてくれと祈《いの》るように思ったが、現実は瀬里に甘くなかった。

「……は？　冷麺の注文忘れてた⁉」

「すみませんっ」

いやなふうに胸を波打たせながら大智に訊いてみると、案の定既《すで》に品切れになったあとだと言う。おまけにそうとうの時間が経《た》っているとなれば、フォローのしようもない。

「すみませんったってなあ、もうこりゃ俺じゃどうにも。……聖司さーん、ちょっと」

カウンターの中でカクテルをステアしていた藤木を手招き、大智はおおまかな状況《じょうきょう》を報告した。メニュー変更《へんこう》を聞き入れてもらうしかないだろうという藤木に、かなりの時間をおいて気づいたのだと告げると「どれくらい待たせたの⁉」とさすがの彼も目を瞠《みは》る。

「すみません……もう三十分以上経ってます。いま、ドリンクの追加オーダーのついでにまだなのかって訊かれて気づいて」

「忙《せわ》しなくしちゃってたから……俺もちゃんと気づけばよかったんだけど」

大智もまた困った顔を浮《う》かべていたが、瀬里の青ざめた表情に、なにか思うところもあったのだろう。めずらしくフォローするようなことを言ってきたが、この場合そんなことはなんの慰《なぐさ》めにもならない。

「そりゃ、俺が謝りに行くしかないね。何番？」

苦笑いした藤木が、瀬里を責めないことがよけいにつらい。結局はこうして、迷惑をかけた後始末を彼に請《う》け負ってもらうことになるのかと情けないまま、瀬里はぼそぼそと答えた。

「十二番です。あの、衝立《ついたて》の奥の……」

籐《とう》と竹でできたパーティションの目隠《めかく》しがあるそこは、ほかの客席からも見えづらく、椅子《いす》もゆったりめで個室のような雰囲気《ふんいき》になっている。常連の彼は長居することの多い客なので、ゆっくりできる席がいいと瀬里は思ったのだが、こうなるとその判断自体も間違《まちが》いだったのだろうかと思えてしまう。

「相手、どんな？」

「なんかサラリーマンふうの、ふたり連れです……」

ふむ、と首を傾げた藤木はいくつか瀬里から客の様子を聞き出すなり、彼らしくやわらかい笑《え》みを浮かべたまますらりと言った。

「いいよ、俺がお詫《わ》びしてくる。大智、なんかお詫びの品、すぐ出せる？」

フォローのための品を作るよう指示した藤木の前に、真っ青になったまま立ち竦《すく》み、瀬里はひとことも発することができなかった。

「……瀬里ちゃんはじゃあ、代わりにカウンター入って。ひととおりはもう、作れるね？」

「はい、あの、すみません」

いいから気にしないでねと肩《かた》を叩《たた》き、大智が手早く作ったつまみのひと品を手に、涼《すず》やかな姿の店長は瀬里の後始末へと向かっていった。

「瀬里ちゃん。カウンター」

呆然《ぼうぜん》としていると、背後から大智の声が促してくる。言われた通りにしなければと思うのに、少しも足が動かなくて、代わりに開いた唇《くちびる》は、嗄《しゃが》れたようなひどい響《ひび》きの声を発した。

「大智さん、……叱《しか》らないんですか」

「叱ってどうすんの」

こんなことを言うのは、瀬里の甘えだとわかっていた。だからこそ、それに対して返された大智の言葉は、普段《ふだん》の彼が思い出せなくなるほどに素っ気ない響きに聞こえた。

「自分で少しぼうっとしてたのは、わかってるよね。それで、俺にオーダー申し送りをし損なったのも、自分のミスだって知ってるよね」

「……はい」

途中《とちゅう》で声をかけられ、言葉が途切れたこと自体は言い訳にもならない。厨房にこもる大智はフロアスタッフがその伝票を読みあげ確認作業をするまで、店内の様子を知ることはできない。それをちゃんと伝達するのが瀬里の仕事だ。

「じゃあそこは自分で反省したらいい。俺がいちいち言うまでもない。……それとも、怒《おこ》られた方が気が楽だっていうなら別だけど」

きっぱりした言葉は、ずしんと胃の奥を重くした。大智の言葉はすべて、図星だったからだ。

「手順は教えるし、わからないことなら誰《だれ》かに訊くのはありだよ。でもここは学校じゃないから、自分の取った行動を誰かが責任取ってくれることはない」

ミスをしてしょげかえって、叱られてほっとしたかったのだ。誰かの叱責《しっせき》を受ければそこで、瀬里の失態は一応の決着を見る。

だが大智はそれをせず、叱らない代わりに自分のやったことを考えろと言うだけだ。

真っ青な顔で大智の前にうなだれた瀬里は、彼の長い脚《あし》の先だけを睨《にら》むように見た。少しでも気を抜いたら、じんわりと来た目元がもっと濡《ぬ》れてしまう気がした。

（しっかりしろ。自分の責任なんだから）

バイトをして一年、それなりにスキルも身についたつもりだった。だが、その中に慣れから来る慢心《まんしん》はなかっただろうか。そんなふうだから、些細《ささい》な事柄《ことがら》に気がいってしまったのだ。あげくお客さんに不快な思いをさせて、藤木にまで迷惑《めいわく》をかけて。

（だからだめなんだ）

オーダーミスを詫びた瀬里を横目に、和輝は明らかにせせら笑うような表情を浮かべた。すれ違いざま、それまでまるで他人顔をしていた弟は、瀬里の耳にだけ聞こえる声ではっきりと、こう言ったのだ。

「──なんにも変わってねえな、瀬里。ドジばっか」

わんわんと頭の中で鳴り響く和輝の声に、血の気が下がった。あの見下すような目に晒《さら》されると、どうしても身体《からだ》が強《こわ》ばってしまう。だがそれがなんの言い訳にもならないことも、わかりきっている。

「ねえ。……気になるお客さんでもいたの？　ちらちら客席ばっかり見てたし、なんか──」

「いえ。……不注意でした。すみませんでした」

気遣《きづか》わしげな声を振り払《はら》うように深《ふ》く頭を下げた瞬間《しゅんかん》、客席の方でグラスが倒《たお》れるような、派手な音がした。はっとして顔をあげると、大智も驚《おどろ》いた顔で音のした方を見つめている。

「……なんだあ？　今度は聖司さん？」

「あ、ど、どうして……どうしよう」

どうやら藤木が、謝罪に行った先でグラスを倒してしまったらしい。しゃがみこみ、タブリエで床《ゆか》と男の足を拭《ぬぐ》う藤木の姿に驚き、瀬里はそのまま固まってしまう。

「ああもう、聖司さんもなにやってんだか……ちょっと、どいて」

「あっ」

硬直《こうちょく》した瀬里の肩を軽く押しのけ、軽く舌打ちしてタオルと雑巾《ぞうきん》を摑《つか》んだ大智は、ぼやきながら藤木のもとへ足早に歩いていく。

その背中を見ながら、瀬里はもうなにもかもに申し訳なくなった。

いまも、代わりに謝罪してくれた藤木の失敗をどうにかフォローしなければと思うのに、原因となった自分がすごすご出て行っていいものかどうか迷って、身じろぎひとつできなかった。

（どうしよう、俺……なんでこう、だめなんだろ）

そしてつくづく自分はハプニングに弱いとほぞを噬《か》む。たいしたことでもないのに、とっさのことに対応しきれず、一瞬真っ白になってしまう。

そして結局、瀬里がなにもできずにいる間に、話はついてしまったようだ。

藤木の倒したグラスは男性のスーツをかなりびしょぬれにしてしまっていて、それをクリーニングに出すあいだ、大智の服を貸しておくからということになったらしい。

「それじゃ……こちらにどうぞ」

上にある自宅で着替《きが》えてくださいと告げた藤木に、先導された客がだんだん近づいてくる。

「あの、俺っ……」

謝らないといけない、藤木にも、男性客にも。そう思うのに、喉《のど》の奥に声がつっかえて、喘《あえ》ぐように口を開いた瀬里がその先の言葉を失っていると、藤木は苦笑《くしょう》しながら言った。

「ちょっとまかすね」

あげく「大丈夫《だいじょうぶ》」と肩を叩いて、なにひとつ責めることもしないままの彼が「こちらへ」と裏口から自室へあがっていく姿を、瀬里はただ見送るだけだった。

（ごめんなさいも、言えない……）

本当に気《き》が利かない。おろおろとするだけで、なにもできない自分が恥《は》ずかしくて、けれどあまりに情けなくてもう涙《なみだ》も出ないと思ったとき、声をかけられた。

「瀬里ちゃん、これすぐ洗わないと染《し》みになるから洗濯機《せんたくき》にかけてきて。俺、もう一品お詫びの品作るから」

濡れたタオルと藤木のタブリエを手にした大智が、裏手奥の洗濯機へそれを運べと差し出してくる。特に急ぐはずもないそれをわざわざ「いま行ってこい」というのは、あからさまに情けない顔をしてみせた瀬里へ、頭を冷やせということだろうと察した。

「あの、すみません、でした」

「俺には謝らなくていいから。ものができたら呼ぶから、さっきのお客さんのとこに運んで」

「はい」

それできっちり詫びてこいと言われ、硬《かた》い表情のまま瀬里は頷《うなず》いた。結んだ唇の内側、切れそうなほどに薄《うす》い皮膚《ひふ》を噛《か》みしめて、それでも情けなさにぐだぐだするのは、いまはよそう。

(落ちこむのは、あとでいいんだ)

やることをやって、それでひとりになったらぐずぐずでもべそべそでもすればいい。

いまはただ、濡れて汚《よご》れたタオルとタブリエと、泣きそうに歪《ゆが》んだ自分の顔をきれいにするのが、なによりも先決だった。

＊　＊　＊

自宅に帰り着くと、瀬里はぐったりとベッドに倒れこんだ。精神的にもむろんだが、身体も疲《つか》れきっていて、もうなにをする気力もなかった。

夜半をすぎても弱まらない雨と、藤木が少し顔色が悪いようだったので、この日はいつもより数時間早く店じまいをすることになった。正直それで助かったと思う。閉店までの時間をやりこなすには、瀬里もかなり疲れていた。

どうにか自分のあがり時間までは精一杯《せいいっぱい》やったけれど、半分くらい頭の中は白いままだった。

平謝りした例の客は鷹揚《おうよう》に許してくれたけれど、瀬里としては身が縮むような思いだった。

和輝は、あのあと食事を済ませると別になにを言うでもなく帰っていった。なにをしにきたものか、結局はわからないままだったのもいささか気になったけれど、ミスを連発した自分の情けなさを弟が呆《あき》れていたのは間違《まちが》いないだろう。

こんなありさまだから、就職についても心を決められないのだ。

（あー、もう、へこむ……）

どうしてこう、ほかのひとのようにうまくやれないんだろうと瀬里が地の底まで落ちこんでいると、突然携帯《とつぜんけいたい》電話が鳴り響いた。

「な、なに。誰？」

実家にいるころには家族からの連絡《れんらく》用、現在ではブルーサウンドと大学からかかってくる以外にない携帯を取りあげ、瀬里は一瞬戸惑《とまど》った。ワン切りかと思ったがコール音は鳴り続け、ディスプレイを見ると見覚えのないナンバーだった。

「……もしもし？」

『もしもし、中河原ですけど。寝《ね》てた？』

時間も時間だったせいで、おずおずと電話に出ると、低い声が名乗った。ナカガワラさんって誰だろう。一瞬考え首を傾《かし》げたのち、はたと大智の名字であることに気づく。

「いえ、寝てませんけど、あの……どうか、したんですか」

いいことではないなと自分でも思いつつ、身構えたような声が出た。大智が電話などしてきたのもはじめてだったし、となれば用件は今日の失敗について以外思いつかない。

叱《しか》っても意味はないなどと大智は言ったけれど、やはり瀬里の態度が目に余ったのだろうか。

そう思って無意識にベッドの上に正座すると、少し困ったような大智の声がする。

『昼間のこと、まだ気にしてるかなあと思って』

「いえ、べつに……いいです、気にしないでください。すみませんでした、今日は」

かたくなな声に、まいったなあと大智が呟《つぶや》いた。そんなに困った声を出すくらいなら、放《ほう》っておいてくれればいいのにとささくれた気分で瀬里が考えたそのとき、意外なことを言われた。

『謝ろうと思って電話したんだからさ、そう、かまえないでくれないかな』

「大智さん、が？」

『うん、俺。あー、と、昼はちょっときつかったかと思って』

オーダーミスに関して「叱る必要はない」などと決めつけるように言ったそれは、あまりよくないふうに取られたかもしれないからと大智は詫《わ》びた。

『俺的には、もうわかってるみたいだから、もういいよって意味だったんだ。けど、なんかあれじゃ、突《つ》っ放したみたいな物言いだって思ってさ……』

「はあ……」

時折うなったりしながら、考え考え話すような大智の言葉が少し意外だった。彼はなんでも自分の感情をすっきりと整理していて、迷ったりするようなことはないのだろうと瀬里は感じていたからだ。

（こういう声、聞いたことなかったな）

ばつが悪そうな声に少しおかしくなって、ごく小さく笑った瀬里の耳に、どうやら電話の背後かららしい、真雪の声が聞こえた。

『もっとちゃんとフォロー入れろよなー！　瀬里、あんたのせいで落ちこんでんだから！』

『うっせえ、少し黙《だま》ってろばか！……あ、えっとごめんな、その』

その声にぴんと来る。らしくないフォローは、どうやら昼間の店での言い方がきついと、背後にいる真雪に相当怒《おこ》られたか、せっつかれでもしたのだろうと、突然の電話に納得《なっとく》がいった。

だが気づくと同時になぜだかひどく、がっかりした気分になる。

（なんだ、気にしてくれたのは、真雪か……）

ひとに言われての行動は、瀬里の気分を変えるには至らなかった。だいたい、昼からこっち大智の言うことはもっともだと思っていたし、慰《なぐさ》められるとむしろつらい。気遣《きづか》われることこそが、逆に半人前だという証拠《しょうこ》のようだ。

「わかりました。わざわざ、ありがとうございました。平気ですから、気にしてません」

とりつく島のないような声を出してしまった自覚はあった。だがこの日はひどく疲れを覚えていたし、情けなさを思い知らされるような会話はこれ以上は勘弁《かんべん》してほしかった。

「今後は、大智さんにも……真雪にも、迷惑《めいわく》かけないように気をつけますから」

『いや、あの……。電話は真雪に言われたばっかでも、ないからね？』

大丈夫ですと答えたけれどそれは少しも大丈夫ではなく聞こえたのだろう。ふうっと息をついて、大智は「あのさ」と声をやわらげた。

『瀬里ちゃんさ。そんなに、自分のこと追いつめなくていいからさ』

「え?」

なにか、心の裡《うち》をすうっと撫《な》でられたような気がして瀬里がどきりとすると、「言い方きつかったらごめん」と彼は続ける。

『嫌《きら》いでいろいろ言ってんじゃないし……俺、別に言葉以上の含《ふく》みとか、なんも、ないし。よくやってくれてるのもわかってるよ。礼儀《れいぎ》正しいし、きちんとしてるしさ、えらいなって』

「そんな、ことは……」

意外なそれに、さらに胸のざわつきはひどくなる。別にたいしたことじゃないし、いまこの状況《じょうきょう》で誉《ほ》め言葉らしいことを言われてもいっそ嫌味《いやみ》だと思うのに、なんでかひどく照れた。

『ただ、できるはずなのに、ときどき変に萎縮《いしゅく》してる気がすっからさあ。もちょっとしゃきっとすればいいなと思ったんだけど、言い方悪かったかなって』

だからごめんねとやわらかい声で告げられて、なにを言えばいいのかわからなくなった。さきほどまで胸にひたひたと満ちていた自己嫌悪《けんお》とはまた違う、不思議な甘みを帯びた痛さが息を苦しくする。

「——明日は午後出になりますけど、ちゃんとしますから」

だから結局、大智がせっかく言ってくれた言葉のどれにも応《こた》えられずに、瀬里はそんなひとことで電話をしめくくった。彼もまた、瀬里のガードの固さに手をこまねいたのだろう。なんとなくはっきりしない声で、「それじゃあ」と言って電話は終わった。

（……なんかもっと疲れた）

携帯を放《ほう》り投げ、ぐったりとベッドに倒《たお》れこむ。いっそ明日は休んでしまおうかと思うけれど、シフトの都合と今月の生活費を思うとそれはできない。

なにも考えたくないな、と上掛《うわが》けも剝《は》がさないままのベッドの上で、ごろごろと寝返りをうつ。着替《きが》えるのも面倒《めんどう》で、このまま寝てしまおうかと思うのに、頭の中では大智の声が響《ひび》いてしまう。

——そんなに、自分のこと追いつめなくていいからさ。

なぜあんなことを言ったのだろう。どうしていたわるみたいな言葉をかけてくるのだろう。

「別に俺なんか、放っておけばいいのに」

呟いた声がずいぶん、拗《す》ねた響きでびっくりした。そうして急に恥《は》ずかしいと思った。口にしたそれと、心の裡がまるで、正反対のような気がしたからだ。そしてそのことについて深く考える前に、瀬里は今度こそ寝ると、くしゃくしゃになった布団《ふとん》の中に潜《もぐ》りこむ。

（身体《からだ》、休めなきゃ）

週末、レストランバーであるブルーサウンドにとってはかき入れ時だ。こんな精神状態でもどうにか明日を乗り切って、気持ちを立て直さないといつまでも引きずってしまう。

週が明けて、水曜になれば店は連休だ。前の週の店休日が祝日と重なったため、翌日の木曜も休みになっている。幸い大学の講義もないし、少しひとりでのんびりしたい。

（今度の休みは、またお寺でも行ってこようかな……）

頭の中で、まだ訪《おとず》れていない寺やそこに行くためのルートについて、瀬里は思いを馳《は》せようとした。けれども、きつく固く目を瞑《つぶ》って意識を遮断《しゃだん》しようとするたびに、耳元に残る低い声が邪魔《じゃま》をする。

――礼儀正しいし、きちんとしてるしさ、えらいなって。

ほのかに笑《え》みを含んだようなあの声、たぶんはじめて瀬里に向けられた大智の好意的な言葉に、本当は少し嬉《うれ》しかったのだ。

（子どもみたいだ、俺）

何度も何度も反芻《はんすう》する自分がばかみたいだと思うのに、どうしてもそれを思い出すことをやめられない。

今夜はなんだか、とても寝つけそうにはなかった。

＊　＊　＊

そして待望の店休日、なぜか瀬里は予定していた寺巡《めぐ》りではなく、店からすぐ目と鼻の先の海岸にいた。

「うおっ、ちべてー！」

瀬里をここに誘《さそ》い出した張本人である真雪は悲鳴じみた声をあげ、ロングボードを持ったまましばしじたばたと波打ち際《ぎわ》で暴れていた。晴れているとはいえ秋も深まるこの時期、水温はそうとうに低いはずだ。防水防寒のウエットスーツを着ていても、さすがにこたえるのだろう。

「えと……ほんとに行くの？」

「ったりまえじゃん。なにしにこんなカッコでいるのよ」

「や、まあ、けど……波、高いよ？　平気なのか？」

「だからじゃん。いい具合に荒《あ》れてるし、乗らいでか。……っしゃ、いくぞおっ」

ぐお寒い！　とまた叫《さけ》びつつ、ボードを抱《かか》えた真雪は海岸を駆《か》けだし、波に合わせて勢いよくつっこんだ。そのままずうっと見えなくなったかと思いきや、うまく波をくぐったらしく、ぐんぐんときれいなパドルで先へ進んでいく。

「うわ、もうあんな沖《おき》までいっちゃった……」

あんなに華奢《きやしや》なくせにと、ボードに乗って腕《うで》の力だけで波を越《こ》えていく真雪に感心して呟《つぶや》いた瀬里は、一瞬《いっしゅん》だけ傍《かたわ》らにいる男のことを忘れていた。

「あいつ結構泳ぐのうまいよ。まあ、この冷てえ海に入っていくの、正気とは思えんけど」

だから苦笑《くしょう》混じりに「座らない？」と告げられて、かちんと固まりそうになってしまう。

「あ、そう……ですね」

そうしてまた、なんで自分はここにいるのかと困惑《こんわく》を隠《かく》せない顔のまま思う。

ちょっと出ておいでと真雪に言われたのは、今朝方のことだ。瀬里はもう朝から北鎌倉あたりを流す気満々で、たまっていた掃除《そうじ》と洗濯《せんたく》を済ませ、支度《したく》を調《ととの》えていた。

『あんた今日、別に予定ないっしょ？　気晴らしにつきあったるから、来いって』

和輝が来店した日以来、大智にフォローの電話をかけさせてくれたことといい、元気のない瀬里を真雪はいろいろ気遣ってくれていた。もともと休みの日には彼女の唐突《とうとつ》な呼び出しで買いものにつきあわされることもよくあったから、寺巡りはまた別の機会でもいいかと瀬里はふたつ返事で頷《うなず》いたのだ。

（でも、なんで大智さんまで……）

そうして待ち合わせたのは、ブルーサウンドの前だった。自転車でいつものように店に向かうと、そこにはウエットスーツの上にジャージを引っかけた真雪と、大智が立っていた。

おまけに、目を回していた瀬里が「なんで」と言う間もなく、寒いから早くいくぞとジモサーファー丸出しスタイルの真雪に手を引っ張られ、数分歩いて由比ヶ浜《ゆいがはま》。

広げたレジャーシートの上にジャージを脱《ぬ》ぎ捨てた真雪はとっとと海に入ってしまい、あとには状況を判断できない瀬里と、なにやら大きめのバスケットを持った大智が残された。

「うう、尻《しり》つめてえ……お茶どう？」

「……いただきます」

真雪の上着だけが残されたレジャーシートの端《はし》に座り、することもないのでぼんやりと、大智の差し出したあたたかいお茶をすする。口をつけて気づくと、瀬里がまだ客だったころによく頼《たの》んでいた、甘めのブレンドティだった。

なんだかピクニックにでも来たようだ。妙《みょう》な成り行きに内心首を傾《かし》げていると、今度はごそ

ごそとバスケットをあさった大智が目の前にピタパンを差し出してくる。

「飯食ってないっしょ。どうぞ」

「はあ、どうも……」

カレー風味に味つけしたツナと野菜を挟《はさ》んだそれは、ほんのりあたたかい。もしかするとパンから焼いたのかもしれないと思いながら、瀬里は香《こう》ばしいサンドイッチを齧《かじ》った。きらきらと秋の日を反射して、水平線が細い糸のように光る。だがそれが妙にぼんやりして見えて、視力が落ちたようだと瀬里は思った。

(前より見えないなあ……眼鏡《めがね》作らないとだめかな)

最近、藤木に頼まれてパソコンをいじる仕事が増えたせいだろうか。目をこらしても真雪の姿はもう遠すぎて、何人かのサーファーに紛《まぎ》れればどれが誰《だれ》だかわからない。けれど、大きな波が砕《くだ》けた瞬間、華奢なウエットスーツがボードの上からひっくり返ったような気がした。

「あ、あいつこけた。ばかでぇ」

もしかしたら真雪かな、と瀬里が目を細めていると、こちらも同じサンドイッチをほんの三口で平らげた大智が、指を舐《な》めながらけらけらと笑う。

「え……ここからで、見えるんですか?」

「俺両目2・0以上なの、じつは」

そんなことはあるのかと瀬里が驚《おどろ》くと、大智はけろりとしたまま次のサンドイッチを手に取った。今度はチーズとトマトとタマネギに、辛《から》そうなソースが挟まっている。

「よくわかんねえけど、遠視の一種とか言われた。そのせいか知らないけど、ときどき見えすぎて目眩《めまい》することもあるんだよね。だから広いとこ来るとすっとする」

さらっと言われて、少し驚いた。あまり他人に言うたぐいのことではないニュアンスを、彼の声に感じとったからだ。

見えすぎる目。もしかしたら大智があちこちと出かけてしまうのは、そういうことも理由のひとつなのだろうか。なにかちょっと微妙《びみょう》な部分に触《ふ》れそうな話題に、瀬里は必死に言葉を探したけれど、うまくいかずに諦《あきら》める。

「……そうですね、広いとこ。気持ちいいです」

結局、無難なことしか口にできなかった。我ながら不器用なと思ってしまうけれど、大智はかすかに笑う。

「や。瀬里ちゃんそういうとこ、いいよね」

「はい……？」

「ううん。わかんなきゃ、いいよ。あー、こっちタンドリーチキンね。じっくり漬《つ》けこんであるから、うまいよ」

食って食ってと促《うなが》されるまま、せっせと口に運んだ。会話の糸口が見つからないので食べる以外なかったのもあるけれど、確かに大智の手製のそれはどれも美味だった。

「いい天気だよねえ。雨のあとだから空も高いし、気持ちいい」

「そうですね」

言われて、ふっと空を見あげた。午前の光はまっすぐに瀬里の目を刺《さ》して、目を瞑ると波音に混じって幾人《いく》かのはしゃぐ声がする。

(静かだなあ)

ふっと息をつくと、肺から淀《よど》んだなにかが抜《ぬ》けていく気がした。近頃《ちかごろ》バイトに通うばかりで、のんびりと海を眺《なが》める余裕《よゆう》もなかったなと思う。

瞼《まぶた》をあたためるような陽光に、強《こわ》ばっていた頰《ほお》や肩《かた》から力が抜けていく。もう一度深呼吸して仰向《あおむ》けていた顔をもとに戻《もど》すと、じっとこちらを見ている大智と目が合った。

数秒に満たないだろうその沈黙《ちんもく》の時間を傍らで見守っていたらしい。なんだか急に恥《は》ずかしくなってぶっきらぼうに「なんですか」と言うと、うん、と彼は頷いた。

「瀬里ちゃんはさ。俺が苦手だよね。それ、なんでかなと」

唐突なそれに、ぐっとつまった。やはりこのひとは少し日本人的ではないなと思って言葉に窮《きゆう》すると、大智はいつものようには引き下がらなかった。

「俺、なんかしちゃったかなあ。よくわかんないんだけど」

「いえ、べつに……」

口ごもり、まだほのかにあたたかいチキンにかぶりつく。ぴりりとしたスパイスのきいたそれを咀嚼《そしやく》しつつも、横顔には大智の視線を感じた。なんでもないとごまかしてこの場を終わらせた方がいいんだろうなと、気まずい気分でいた瀬里はふと、先日の電話の言葉を思い出す。

——嫌《きら》いでいろいろ言ってんじゃないし……俺、別に言葉以上の含《ふく》みとか、なんも、ないし。

こっそりと隣《となり》を窺《うかが》うと、濁《にご》した言葉の先を待っているかのような大智がいた。じっとこちらを窺う視線は相変わらずまっすぐで、ここで胸の裡《うち》を隠したままでいるのは、なんだかとても卑怯《ひきょう》で臆病《おくびょう》なことなんじゃないだろうかと思えた。

(言っちゃった方が、いいのかな)

このひとはたぶん、瀬里の声を待ってくれている。なにを言う前から否定するような、そんな態度は取らないのではないか。揉《も》めるにしてもなにか、すっきりとした終わりを作ってくれるんじゃないだろうか。

澄《す》んだ瞳《ひとみ》を見つめ、ふと理由もなくそんなふうに思えて、気づけば唇《くちびる》が開いていた。

「……っていうか、大智さんは、俺が。バイトに来るの、反対だったんじゃないですか」

「え?」

ひとに対して、はっきりとその言動を非難するような言葉を発したのははじめてだった。自分でも少しぎょっとしつつ、ひとつ言えばいまさらだと居直るような気分で、最後まで瀬里は言いきった。

「最初、大丈夫《だいじょうぶ》なのかってすごい、念押ししてたから。それに、その……印象暗いとか言われたし。髪《かみ》はまあなんとか、真雪がやってくれて、……でも鈍《どん》くさいのは、そう変わらないし」

むしろこっちの方が疎《うと》ましがられているのだろうかと、そう思っていた。

「たぶん嫌われてるんだろうなあと思って、だからあんまり、話しかけないようにした、です」

これ以上悪印象を与《あた》えるのも怖《こわ》くて、ろくに口もきけなかったのだと俯《うつむ》いたままぼそぼそと告げると、うわちゃ、と大智は顔を歪《ゆが》めた。

「うあ、やっぱそれか、ごめん！　それも俺の言い方まずかったよな……マジごめん」

あああれか、そりゃだめだよな、とぶつぶつと大智は呟いて、ひたすらごめんと繰《く》り返して は長い髪を掻《か》きむしった。

（言ってＯＫだったのかな？）

うろたえているとと明らかにわかるその態度に、瀬里はほっと息をつく。どうやら思いきった 発言は、悪い方には転がらなかったようだ。

「この間っからなんかこんなんばっかだけど、言い訳していいかなあ」

「言い訳……ですか」

逡巡《しゅんじゅん》したあげくの大智は、ひどく困ったような顔で、反対したのも事実だがと前置きをした あとこう言った。

「や、だって瀬里ちゃんさ。すごい……なんていうか、繊細《せんさい》そうだったじゃん」

「そう、ですか？」

大智の意外な言葉に、瀬里は目を瞬《しばた》かせた。暗そうとか地味だとかはしょっちゅうだったけ れど、繊細という表現を使われたことは一度もない。

「あのさ、やっぱうち酒も出す店だから、たまにタチ悪いのもいないじゃないわけ」

「ええ、それは。はい」

おおむね品のいい客が多いブルーサウンドだが、飲み過ぎた客の中には大声で暴れたりトラブルを起こす者もいないわけではない。夜シフトのときなどは瀬里も絡《から》まれたことがあり、青くなった経験も幾度《いくど》かあった。

「そういうの、この子は平気かなあってさ。ちょっと心配だったんだよ」

「でも、俺、コンビニの深夜シフトもやったことあったし、男だし。その程度ならべつに」

「うん、実際勤めてくれてから、それはわかったんだけどね。なんていうか……初対面のとき、俺さ、瀬里ちゃんのことすっげえ年下だと思ったんだわ」

「あー……まあ、それはよく、言われます」

藤木にも、高校生だと思いこまれていたらしい。年齢《ねんれい》の割にかなり若く見えるのは彼も同じだと思うけれど、瀬里はさらにそこに「幼い」という印象が乗っかるらしい。

「そんでもって、なにあったかわからんけど……泣いちゃってたとこも、見たしさあ。そういう子に、いやなことも多い接客のバイトってきついんじゃないのかって、思ったわけ」

よけいなお世話でごめんねと、大智は少し気まずそうに頭を掻いた。

「けど、いざバイトはじまって様子見てれば、この子思ったより頑固《がんこ》だなあってね。話をしようにも、聞く耳持たないって感じだったじゃない」

「う……それは、すみません」

そんなふうに苦笑《くしよう》されて、おとなしそうに見えて頑固というのは家族や先生にもよく言われることであり、また自覚するだけに瀬里は謝るほかない。

「あと、意外に気が強いってか、負けず嫌いだよね。俺が注意したこと絶対忘れてないし、二度目に失敗すると、自分ですっげえ悔《くや》しそうな顔するし」

「え、そんな顔しましたか？」

「うん、あんまり表情変わらないけど、ここんとこに皺《しわ》寄るし、ぎーって口がへの字」

こういうふうに、と眉間《みけん》に指を立てられしかめっつらをした大智に、瀬里は首を竦《すく》めた。彼にかかると自分はまるっきり、癇性《かんしょう》な子どものようだ。観察されていたことは気恥ずかしかったけれど、同時によく見ていると感心もする。

「や、だからね。俺がくどくど叱《しか》ったりする必要はないんだよなあって。ほっといてもちゃんと、なんとかできるでしょ。緊張《きんちょう》したり焦《あせ》ったりしなきゃ、瀬里ちゃんはだいじょぶ」

軽く肩を叩《たた》き、信用はしているのだと笑われて、一年以上も燻《くすぶ》っていた感情が昇華《しょうか》していくのがわかる。今度は瀬里もしっかりと、目を見たまま頷《うなず》くことができた。

「そういうの説明するにも、なんかすげえ怒《おこ》らせちゃったみたいだったし。追っかけて説明しようにも、言い訳がましくなるかなあと思って……」

「そうだったんですか……」

言われてみれば、単純な話だった。顔合わせ以来、瀬里はずっと大智を苦手としてしまっていたし、そうなれば身構えられる彼も少し言葉に窮して、一年以上も気まずいままになってしまったのだ。

「ちゃんとできんだから、うっかりしたり気を取られたりしないでくれればＯＫだよって、それ言いたかったわけですよ」

「はい。そこは気をつけます、今度から」

認めてくれているのなら、どんな言葉を向けられても平気だ。そんなふうに素直《すなお》に思う。うん、と大智も頷いてまた笑《え》みを深くしたあとに、今度は少しばつが悪そうに眉《まゆ》を寄せた。

「まあだからって俺の言い方が雑《ざつ》いのの言い訳にならんけど。髪型のこととかも、その……ごめんな。あれもいい加減言葉足んねえって真雪にあとでどやされたんだ、じつは」

「ああ……」

印象が暗いと言われたあれは少なからず傷ついたけれど、仕方ないことだ。いまでこそ真雪のコーディネイトのおかげでそこそこ見られる状態になってはいるが、あの時期の瀬里は自分でもちょっと思い出したくないほど地味でどうしようもなかった。

髪を切って染め、視界が明るくなると同時に自分が変わった気にもなれた。そのきっかけになったのも大智のきつい言葉があったおかげと思えば、わだかまりもほどけていく。

「せっかくかわいいのに、もったいないなあって思ったせいだったんだけど」

「あは、別にフォローはいらないです。事実だし」

おまけに大智はいままでの誤解を解こうとするのか、そんなことまで言ってくれた。どうもお詫《わ》びモードらしいなと苦笑して、持ちあげすぎだと手を振《ふ》ってみせる。

（やっぱ、いまだに子どもっぽく見えるのかな）

素材がどうあっても地味な以上、ぱっと目を引くようになるわけではない。だが、小柄《こがら》なせいだろう、ここ一年真雪や妙齢《みょうれい》の女性客に「かわいいかわいい」と言われ続けている。

　ただ、彼女らはとにかくその形容詞が好きなようで、たとえば店の客が連れてきた、顔の潰《つぶ》れたようなブルテリア相手にも同じ単語を連発するのだ。察するに「かわいい」という形容詞はどうも、それがうつくしいとか造形的にすぐれているという意味ではないらしい。

　そのため自分に向けられる誉《ほ》め言葉とおぼしきものもまた、容姿がどうこうということではないだろうと瀬里は思っていた。

「……んーと、いまの俺の発言って、流された？　のかな？」

「はい？」

　だから大智の困ったような言葉の意味はわからないまま、きょとんと目を瞠《みは》って首を傾《かし》げる。

　心中を探《さぐ》るようにじっと、大智の真っ黒で印象の強い瞳に見つめられ、どきりとした。だがその不自然な鼓動《こどう》は、なにか聞き逃《のが》したのだろうかと不安になるせいだと瀬里は感じ取る。

（なんだろ……？）

「あー、天然か……いや、うん。いいよ」

　ふっと真剣《しんけん》な気配を覗《のぞ》かせた大智は、それが訪《おとず》れたときと同様、唐突《とうとつ》に表情を変え、ごまかすように笑った。

「あ、すみません……あの、俺、察し悪くて」

「いやいや。なんでもないから。そういえば、そっちはいつごろからお寺とか好きになったの？　きっかけとかあった？」

　気にしないでと大智は苦笑するまま、話題を変えてきた。気まずくならないよう配慮《はいりょ》してくれたのかと思い、瀬里もその話に乗ることにする。

「ええと、けっこう小さいころから……ですね。俺、おばあちゃん子だったんで」

お受験失敗のあとくらいから、母は極端《きょくたん》に和輝にかかりきりになった。実家より少し遠い受験メソッドに連れていくため、学校の下校時も弟を迎《むか》えに行き、休日も母子《おやこ》のための受験講座に顔を出し——という具合で、必然的に瀬里は放《ほう》っておかれることとなったからだ。

「祖母がまだ存命のころは、母がいないといつも俺をかまってくれて……」

「共働きかなんか？」

「ええ。まあ仕事もしてますけど……あとうちは、弟がすごくできがよくて、だから母はその、教育に熱心っていうか」

「ああ、お受験とか。じゃあ瀬里ちゃんも塾《じゅく》とかすごい行かされたりしたんだ？」

「いいえ。俺はそんなにできなかったから。高校まで全部、公立です」

問われて、あっさりと答えている自分に少し驚《おどろ》いた。だがそれ以上に「できなかったって」と驚く大智にきょとんとなる。

「だって瀬里ちゃんの大学、俺知ってるけどさ。けっこうこの辺じゃレベル高いとこでしょ。しかも公立ばっか行っててそこ入るのって、それ『できない』って言わないしょ」

真面目《まじめ》な顔で首をひねる彼に苦笑してしまう。瀬里もちらりと耳に挟《はさ》んだけれど、彼の方こそ東京の国立大学でトップクラスに在籍《ざいせき》していた頭脳の持ち主なのだ。

「……大智さんが言うとそれ、嫌味《いやみ》ですよ」

「なんでよ。俺とか超《ちょう》つぶし利《き》かない文学部よ。しかも宗教哲学《てつがく》。使えねえし」

なのにあっさりそんなことを言うから、今度こそ瀬里は笑ってしまった。

大智の不躾《ぶしつけ》なくらいまっすぐな言葉は、いままでのようには瀬里を怯《おび》えさせなかった。しかもこんなにあっさりと、自分の環境《かんきょう》や弟へのコンプレックスを打ち明けている。不思議な気分になりながら、ともかく弟はすごいのだと瀬里は言った。

「なんでもできるんですよ。小さいころからIQもすごかったけど、それ以上に成績もいいし、本人も勉強好きみたいで……周りも期待するから科目ごとに別の塾に行くとかやってたけど、ちゃんと部活も体育会系だし、俺と違《ちが》って友だち多いし」

本当に俺と違って。呟《つぶや》いた声には、いっそすがすがしいような気分を味わった。

「もうこんなちっちゃいころから、東大間違いないだろうみたいな感じで……まあそれで、母と一緒《いっしょ》になってせっせと頑張《がんば》ってたみたいです」

「ふーん……大変だなあ」

よくわからん、と大智は首を傾げた。たぶん彼の性格や、漏《も》れ聞いたいままでの生き様から推察するに、大智はあまり勉強しなくても成績のいいタイプだったのだろうと察せられる。

(このひとみたいな天然ものだと、そんなに苦労もしないんだろうなあ)

近頃《ちかごろ》ではどこの大学も学費が高騰《こうとう》していて、東大に行くには一千万以上の年収がないと厳しいとまで言われている。授業料自体は私立大学に比べればさほどではないが、人材を育てるための過程でかかる教育費こそ、ばかにならないからだ。

その学費は父の年収だけでは到底《とうてい》まかなうことは難しく、母もパートをはじめて、キャップにまで昇格《しょうかく》した。そうして仕事の合間には弟の送り迎え。とうてい瀬里をかまう暇《ひま》などない。

「まあそれで、必然的に祖母が俺の世話をしてくれて。休みの日は一日一緒で……それでお寺とか、そういうところに連れて行ってくれて、だからかな、いまもすごく落ち着くんです」

——ばばと一緒に、のんのんさん行こうかねえ、瀬里ちゃん。

父を産んだときにはかなりの高齢《こうれい》だった祖母は、もうそのころには七十を超《こ》えていた。足腰《あしこし》も弱くなっていて、けれどせめても孫を散歩に連れ出すくらいはと、彼女なりに思いやってくれていたのだ。

——あんたのおかあさんは、悪いひとじゃあないが、ちょおっと気持ちが忙《いそが》しいからねえ。ばばで我慢《がまん》して、おりこうさんして一緒にいようねえ。

彼女はやさしく、瀬里を誰《だれ》よりかわいがってくれた。皺《しわ》だらけのあたたかい手に引かれ、静かな境内《けいだい》や整った庭を眺《なが》める時間は、幼い瀬里にとってもっとも満たされていた時間だったかもしれない。

「あとは……高校一年のとき、修学旅行で熊本《くまもと》の、水前寺《すいぜんじ》公園に行ったんです。それでそのとき、庭園見ながらお抹茶《まっちゃ》を頂くのあって……みんな、地味でつまんないって言ってたけど、俺はすごく落ち着いて、なんか……なつかしいなあ、って。それからは、ひとりで回るようになりました」

そのころには既《すで》に、祖母はなくなっていた。思えばその修学旅行の折には、既に瀬里の中に、かつて祖母と見たものが原風景となって住み着いていたのだろう。そう口に出すと、大智はいままでにも見たことがないほど、やさしい顔で笑ってくれた。

「いいおばあちゃんだね。かわいがってもらってたんだ」

はい、と瀬里は頷きながら、自分でも顔がほころんでいるのを知る。微笑《ほほえ》みは自然に浮《う》かぶのに、なぜかじんわりと瞼《まぶた》が熱くなった。

「はい。大好きでした。もっと、長生きしてくれたら嬉《うれ》しかったけど……」

八十になる前に逝《い》ってしまったひとのことを、ちゃんと思い出したのは久しぶりだ。鎌倉を巡《めぐ》るのも、彼女と一緒にこの地のいろんな寺を回ったからだろうか。誰にも相手にされないといじけていた自分を、無条件に手放しで愛してくれたあのひとと過ごしたころの記憶《きおく》を、無意識に辿《たど》っていたのかもしれない。

「瀬里ちゃんが礼儀《れいぎ》正しいの、それでかな。ご老人って、言葉じゃないもの教えてくれるとこあるからね」

「そう……かも、しれません」

問われて、はじめて思い出すことがある。去りゆく記憶はときに、日々の生活に埋《う》もれるようなことも多く、けれどもらった愛情や思い出は、なくなってしまうわけではないのだろう。大好きなひととのやさしい記憶。それを思い出させてくれた大智に、瀬里は深く感謝した。

「——あのさ。お抹茶とか好きなら今度、報国寺でも行く？」

「え？」

赤い目を瞬《しばたた》かせ洟《はな》を啜《すす》っていると、大智は突然《とつぜん》そんなことを言い出し、瀬里は少し驚く。

「あそこ、本堂の裏手で竹林見ながら抹茶いただけるよ。いまの時期なら孟宗竹《もうそうちく》が枯《か》れてるのが、きれいでちょっといい感じなんだけど、……あ、もう行ったことある？」

「い、いいえ。知ってはいましたけど、ちょっと駅からは遠かったんで……」

鎌倉三十三観音のひとつ、報国寺は竹の寺として有名なものだが、瀬里は参詣《さんけい》したことはなかった。瀬里のお寺巡りはもっぱら北鎌倉から海寄りに集中していた。お詣《まい》りの後、由比ヶ浜や材木座《ざいもくざ》海岸あたりをぶらぶらする、というのがすっかりコースじみていたからだ。

なにしろ鎌倉には数えきれないほどの寺社仏閣が存在する。駅を中心にひとつひとつ巡るだけでも結構な時間は食うし、なにごともあまり冒険《ぼうけん》しない瀬里らしく、はずれた方面にはいまひとつ足を伸《の》ばさずにいた。

「そっか。山側もあれはあれで面白《おもしろ》いよ。バスもあるし、ついでに飯うまいとこ行かない？」

だが、にっこりと笑いながら誘《さそ》ってくる大智と一緒なら、それもいいかなと思えてくる。

「あの、じゃあ今度、是非《ぜひ》――」

むろん社交辞令のつもりだろうから、あまり期待はしないけれど、場所を教えてもらってひとりで行くのもいいだろう。そう思って「詳《くわ》しい場所を教えてくれ」と続けるつもりだった瀬里の言葉は、大智の声にかき消された。

「よしゃ、おっけーね。んじゃ明日、木曜どう？」

「え……」

「ああ、でも急すぎるかなあ。学校とかある？　都合悪いなら別の日でもいいんだけど」

いやそういうことでなく、と戸惑《とまど》っていた瀬里を、じっと大智が見つめてくる。

「いつがいい？　瀬里ちゃんの都合に合わせるよ。あ、でも俺来週はカンボジアだから、できればその前にと思って」

「あ、じゃ、じゃあ明日……で」

たたみかけるような勢いに負け、おずおずと瀬里が承諾《しょうだく》すると、なぜか彼はとても嬉しげに笑い、瀬里がどきりとするようなことを言った。

「おっしゃ了解《りょうかい》。んじゃ明日、瀬里ちゃんは俺とデートね」

「で……デートって」

冗談《じょうだん》に決まっているそれにうろたえるのも変だと、目を丸くしつつも瀬里は苦笑《くしょう》してみせる。

たぶんこれは大智なりに、気まずい関係を修復しようとしてくれているのだろう。気遣《きづか》いはありがたいし、意固地になって断る理由はなにもない。素直《すなお》に嬉しいと思えばいい。

そうわかっているのに、なぜか胸がざわざわする。

「なんかさ、枯れた竹の葉が、光の具合によってはすっごい金色っぽく見えるんだよね。俺、かぐや姫《ひめ》の伝説ってこういう情景からうまれたのかなとか思ったもん」

「へえ……」

そんな瀬里に気づいているのかいないのか。大智はなんだか熱心に、孟宗竹の林が光を遮《さえぎ》り、その中に一条の光が差しこむ瞬間《しゅんかん》の幽玄《ゆうげん》を思わせる情景について語る。

「たぶん、瀬里ちゃん、好きだと思うよ」

なにげない会話なのに落ち着かない気分になるのは、ひとことひとこと語る合間にじっと目を見つめられるせいだ。大智は相変わらず、心臓に悪いほど、まっすぐな目をする。それがひどく熱心な光を帯びているようで、少しだけどぎまぎした。

（あれ、なんで……なんか、へんだ。風邪《かぜ》ひいた、かな……？）

海風は相変わらず冷たいくらいで、手の中にしたお茶も冷めかけている。それなのに、ひどく頬《ほお》が熱くなる。瀬里が唐突《とうとつ》な自分の変化に混乱しかけたころ、息を切らした真雪が唇《くちびる》を震《ふる》わせながら海からあがってきた。

「ううう、寒い……大智、お茶ちょうだいお茶」

「おお。生きて戻《もど》ったかまゆきち。何回こけた」

「うっさいっ！　あーもー、波待ちで身体《からだ》冷えちゃったよ」

真紫《まむらさき》になった唇でも悪態をつくことは忘れず、タオルをかぶった真雪は大智の手からお茶の入ったカップをひったくる。ひどい顔色になっている彼女に、大丈夫《だいじょうぶ》かと声をかけるより早く、真雪はにっこり笑いかけてきた。

「ん。眉間《みけん》の皺取れた」

「え……？」

細い指に額をつつかれると、少し潮の匂《にお》いがする。驚《おどろ》いて目を丸くするけれど、真雪はそれ以上くどくどと言うこともなく、お茶を啜り、残った弁当の中身をあらかた平らげた。

（そっか……だから）

きっとこの日呼び出しておいて、さっさと自分だけ海に入っていったのも、真雪なりの気遣いだったのだろう。大智としっかり話をするようにセッティングしてくれたのだ。

案じてくれる友人がいるのは嬉しいことだなと瀬里は思った。だがそれをいちいち口にしたり、礼を言うのはヤボなのだろうと、そっけないほどの真雪の態度に知らされる。

「……うまく、乗れた？」

きっと彼女はそういう感謝は求めていない。そう思って、この日のサーフィンの調子を尋《たず》ねると、タンドリーチキンを食いちぎった唇がぶうっと尖《とが》らされた。

「訊《き》くなっつーの。くそう、どうも波が厚いのよ……」

「おまえの腕《うで》の悪さを海のせいにすんなよ」

「るさい！」

茶々を入れた大智に噛《か》みつかんばかりに歯を剝《む》いて、あとは毎度のどつき漫才《まんざい》だ。濡《ぬ》れた手を大智のシャツの中につっこむなど、なかなかえげつない攻撃《こうげき》をしかける真雪を見ながら、瀬里も久しぶりに声をあげて笑った。

「ううくそ、だめだもう、今日は帰る。風呂《ふろ》入って飲んで寝《ね》る！」

お茶と食事で少しは顔色はよくなったが、濡れたままの身体が冷えるのだろう。薄《うす》い肩《かた》を震わせた真雪はそう宣言して、勢いよく立ちあがる。

「大智これ持ってって。瀬里、しんどいからボード持つの手伝って」

「ああ、いいよ」

大きなロングボードは、行きはひとりで真雪が抱《かか》えてきたものの、海からあがって疲労感《ひろう》のひどい身体には持て余すのだろうと、瀬里は抗《あらが》わず端《はし》を抱えた。

「……ったく、自分の趣味《しゅみ》だろうが。ひとに面倒《めんどう》押しつけんなよ、おまえは」

ぶつくさと言いながら、たたんだレジャーシートその他を押しつけられた大智は先にゆく。ただでさえコンパスの違《ちが》いがあるうえ、大荷物のふたりはゆっくりとあとを追う形となった。

「しまった、身体でかいんだからあいつにこっち押しつければよかった」

「あはは、また怒《おこ》られるよ？」

ずっしりしたボードは、女の子ひとりで抱えるには結構な重さだ。だがそこで「女子だから」と甘やかさないのも、それはそれで大智らしいと思うと瀬里が苦笑していれば、真雪は「冗談じゃないよ」とむくれてみせる。

「誰《だれ》のおかげで瀬里とふたりで話できたと思ってんだっつうのよねえ。わざわざ朝からひとたき起こしてさあ」

「……え？」

なんだか妙《みょう》なことを言われた気がして首を傾《かし》げると、先を行く真雪はさらにぶつぶつと言う。

「だいたい毎度毎度、瀬里にへこまれるたび、あとでフォローさせられんだもん。自分で言えっつうの、自分で」

「なに、それ……？」

真雪の言葉の意味が、本気でわからない。毎度というのはどういう意味だと、瀬里はうろたえた。

「言葉どおりだよ、あんたさ、たまにセクハラされてるっしょ、客とか。あれでしくったりしても、大智あんま店の中見てないから気づかないんで、あーだこーだ言うじゃん？　なんでこの間、頭ごなしになんでも言うなって言ってやったのさ」

「え、ああ……」

「したらあいつ、やべーどうしようってうるさいからさ。まずいと思うなら自分でどうにかしろって言ったら、今朝になって電話突《つ》き出して、いまから呼び出せだもん」

おまけに、てっきり今日のこれは真雪が発案したものだと思ったのに、言い出しっぺは大智だったというのだ。

「あいつねー、ストレートに見えて変なとこシャイだし。自分から言うと、嫌《いや》がって来ないんじゃないかってさ」

結構かわいいとこあるねえと、揶揄《やゆ》する真雪の声が耳を素通りしていく。

瀬里がじっと見つめた先、長い脚《あし》で歩く大智は、今日は縛《しば》ることもしないままの長い髪《かみ》をなびかせていて、黒く艶《つや》やかなそれが秋の光と風をはらんで、ひどくまばゆいもののように映る。

——たぶん、瀬里ちゃん、好きだと思うよ。

あんなひとことがどうしようもなく嬉《うれ》しいと思う自分の中に、変化が起きはじめている。いや、もうとうに、根づいて切り離《はな》せない感情だったのかもしれない。

目を見つめて、言葉も熱心に、きっと好きだと思うからとまるで瀬里のことを一生懸命《けんめい》に考え、理解してくれているみたいな態度で、誘《さそ》ってくれて。

（ああいうのって、なんか……口説いてるみたい、じゃん）

あれじゃあ誤解されると考えて、自分はばかかと瀬里は内心自嘲《じちょう》する。

好きだとか、デートだとか、甘ったるいような単語をさらさら口にできるのも、きっと彼が世慣れているからなのだろう。それだけのことでなんの含《ふく》みもないのに、どうしてこんなに瀬里の心臓は落ち着かないままなのだろうか。

（自意識過剰《かじょう》だ）

だいたい大智は、あの藤木が好きなのだ。瀬里なんかにそういう意味での興味を持つわけがない。そう考えた瞬間、さきほどまでじわじわした甘いざわめきに満ちていた胸が、ずきっと鋭《するど》い痛みを覚える。

（……なんで）

てっきり苦手にされていると思っていたひとが、考えていた以上にこちらを気にかけてくれていた。ひとの好意に慣れない瀬里にはそれだけでも嬉しかったけれど、この痛みはそんな、やわらかいだけの情ではあり得ない。

（だって、聖司さんがいる、のに）

とっさに考えた瞬間、ぎゅうっと心臓がねじれたみたいに痛かった。そのことが答えだ。

もつれた糸が、ほんの些細《ささい》な力で一気にほどけるように、なにもかもがひと息に繋《つな》がった。

大智が藤木を好きらしいと知った瞬間《しゅんかん》、ずるいと感じたその理由。あのうつくしい店長に適《かな》うわけもないと、そうして諦《あきら》めるしかない自分の情けなさが、悔《くや》しかったのだ。

大智は実際瀬里の周囲では見たことがないほどの男らしい美形だったし、自分にない自信と行動力にも、憧《あこが》れていた。

反発を覚えたのは結局、そんな彼に相手にもされていないのが悔しくて——哀《かな》しいからで。

いちいち怯《おび》えるように身を竦《すく》めたのは、みっともない自分を見られたくないから。

それらを、たとえば中学生のとき、こっそり憧れていたクラスの女の子に対して覚えた感情に照らし合わせれば、すぐに答えは出たのに。

(ばかみたい)

気づくのが遅《おく》れたのは、やはり彼が同性だったからだろう。藤木とのことは、どこかあのうつくしい店長を瀬里が別格視していたせいで、あまり現実味のあることではなかったのだ。

好きなのだ。とっくに好きだった。こんなに好きになったひとは、たぶん大智がはじめてだ。

けれどそれはなんて望みのない、片恋《かたこい》の自覚だろうと瀬里は唇を歪《ゆが》める。

「……おい、遅《おそ》いぞー。俺持つか？」

無意識にじっと見つめていると、大智が突然振《とつぜんふ》り返った。ぎくっと身体を強《こわ》ばらせ、息を呑《の》んだ瀬里には気づいた様子もなく、こちらはうんざりしたように首を振った真雪が叫《さけ》ぶ。

「うるさい、もういいよ！　いらねーよ、ばか！」

「だあ、かっわいくねえ！　せっかく言ってやったのに」

「ブサイク上等！　あんたにかわいいとか言われたらキモい！」

賑《にぎ》やかなやりとりに、ほろ苦く瀬里は笑う。真雪のように、彼の言葉をあっさり切り捨てるほどの強さと鮮《あざ》やかさがあればよかったのにと、心から思う。

「瀬里ちゃん、んじゃ明日ね」

「……はい」

別れ際《ぎわ》、念押しをしながら瞳《ひとみ》を覗《のぞ》きこんできた大智の笑《え》みに、必死で瀬里は普通《ふつう》の顔を装《よそお》った。ぎこちなく強ばる表情が常からのものであることが、こんなに幸いだと思ったことはない。

明日のお寺巡《めぐ》りは、瀬里にとってはある意味、デートになるだろう。それも最初で、最後の。

「楽しみです」

大智には洒落《しゃれ》でも、本当に嬉しい。そして翌週から、彼はしばらくいなくなる。

彼の不在の間に、こんなややこしい感情は整理して捨ててしまえばいい。

好きなんて気づいても、どうしようもない。見こみのない恋の自覚なんてしない方がましだ。いままでも他愛《たわい》ない会話に笑う彼を見ただけで、胸がひどく苦しくなることはあった。きっとまた店で、藤木と大智が親しげにしている姿を見たら、想像以上につらいだろう。

(でも、……いいんだ)

それでも、あのふたりが、真雪をまじえて一緒《いっしょ》にいる時間の穏《おだ》やかさがとても好きだと思う。

(面倒くさいことに、したくない。聖司さんとの間に、割りこめるはずないんだ)

藤木のことも、大智とはまったく違う意味であれ、瀬里はとても好きなのだ。きれいでやさしくて、瀬里に大事な場所をくれたあのひとが、幸せであってくれればいいと思う。

そのためになら、芽生えはじめた恋心など押しつぶしてしまえばいい。諦めるのは慣れているし、いまならきっと、忘れられる。

そうひとり決め、瀬里はできるだけ自然に見えるように、唇《くちびる》を綻《ほころ》ばせた。

＊　＊　＊

不毛な恋というやつを自覚しても、瀬里の単調な生活はさほどには変わらなかった。淡々《たんたん》とバイトをこなし、たまに大学に行き、食事をして眠《ねむ》る。

驚《おどろ》くくらい変化のない原因は、なによりその対象である大智の不在だろう。

（ほんとに、いなくてよかった……）

大智は予告どおり、あの翌週からまた旅に出て、一ヶ月はカンボジアから戻《もど》らないということだった。正直な話、冷却《れいきゃく》期間があるのはありがたかった。

（目の前にいたら、きっと変な顔しちゃうもんな）

大智に対する感情を自覚した翌日、彼曰《いわ》く『デート』の最中、瀬里は緊張《きんちょう》しっぱなしだった。

報国寺の竹林は大智の話どおり素晴《すば》らしいもので、平日ということもあってかひとの姿も少なく、ひとりであれば瀬里はのんびりとその光景を楽しんだだろう。

だが庭の光景に気持ちを静めるどころか、抹茶《まっちゃ》を啜《すす》りながら隣《となり》に腰《こし》掛《か》けた大智と肩《かた》が触《ふ》れただけでも瀬里の心拍数《しんぱくすう》はあがりっぱなしで、正直あまり、記憶《きおく》がない。

代わりに覚えているものといえば、茶碗《ちゃわん》を摑《つか》んだ手の大きさとか、隣《とな》り合わせに座ると案外目線が近くて、脚が長いんだと感心したこととか――先導してあれこれ教えてくれる彼の背中の広さ、そんなものばかりだ。

(俺、変だ)

ひとたび自覚した感情は、大智のなにもかもを眩《まぶ》しくした。一挙手一投足に目を奪《うば》われ、厚みのある肩や腕《うで》の長さにもどぎまぎとする自分がひどく浅ましい気がして、恥《は》ずかしかった。

もともとあまり顔や声に表情が出にくいタイプだったし、いままでがいままでだから大智はたいして気にしていなかったようだけれど、まともに顔を見ることはできなかった。

それはそれで態度が悪いと思われはしなかったろうかと不安に思ったり、まったく不毛でどうしようもない。

結局こんなに一喜一憂《いちゆう》していては神経が保《も》たないと、『デート』は日も明るいうちに切りあげた。あげくあとになってから、もっといろいろ話せばよかったのにとがっかりしたりする自分は、ただのばかだと瀬里は思う。

それからすぐに彼はカンボジアに旅立ってしまった。瀬里が知る限りで一番長い大智の不在で、おかげでここ三週間はまるっきり平和だ。

その代わり、なんとなく張り合いがないのも否《いな》めない。

「瀬里ー、掃除《そうじ》済んだらボードにインフォメ出しといて。いま受けたやつでランチはオーダーストップしたから」

「わかった」

ウッドデッキにせっせとモップをかけたあと、真雪の指示に頷《うなず》いてテラスから続く階段を下り、脇《わき》に立てかけてあるインフォメーション用の小さな黒板にランチタイム終了《しゅうりょう》の文字を書く。

『15：00〜17：00、平日はティタイムのみです』

素っ気なく必要な伝達事項《じこう》を記したのみのそれに、味気ないなと我ながら苦笑《くしょう》した。

（大智さんなら、もっときれいに書くのにな）

器用な彼は絵心もあるようで、このインフォメーションボードに色とりどりのチョークを使ってイラストを添《そ》え、ちょっとしたアートを作り出すこともできた。

不器用な自分にはこれが限界だけれどと、右上がりの文字を眺《なが》めて一瞬だけ瀬里は唇を綻ばせ、その直後にため息をつく。

（また考えちゃった）

ことあるごとに、いまここにいない彼を思い出している自分に、呆《あき》れるような気分になるのはもう何度目だろう。報国寺に一緒に行ったときのことだけでなく、なんだかもう右を見ても左を見ても、大智のことばかりな気がする。

（でも、慣れなきゃ。慣れて、忘れないと）

大智がいない間にどうにか、彼を想《おも》うたび跳《は》ねあがる心臓を宥《なだ》めよう。努力するのは得意だし、ひと月もあれば気持ちも冷めるかもしれない。そう思ってここ三週間やってきたのに、少しもおさまりそうにない。

帰国した彼が顔を出すまで、あと正味一週間。こんなんで本当に平気だろうかと不安もある。

(無理でも……平気な顔をできるように、しなきゃ)

あらためてそう決意を固めるのは、どこか覇気《はき》のない藤木を知るせいだ。

藤木も、大智が去ったあとからひどく寂《さび》しそうに見える。やはり平気そうに見えても、藤木にとって彼のいないことはこたえるものらしい。

精神的な支えを失っているのだろうと瀬里が思ったのは、大智が旅立ってすぐのことだ。

藤木が客対応のあと、貧血《ひんけつ》を起こしたらしく椅子《いす》にへたりこむという事態が起きた。おまけにそのときの客というのが、瀬里がオーダーミスをし、藤木がスーツに酒をぶちまけた、嘉悦という男性だった。

(あれはなにか、クレームでもつけられたのかな……)

わざわざ店長を呼んでくれと言われ、断りきれず真雪に相談すると、彼女はそのまま藤木を客席まで行かせた。そうしてはらはらと事態を見守っていれば、数分も経《た》たないうちに嘉悦は去り、そして藤木はくたくたと座りこんでしまったのだ。

慌《あわ》てて駆《か》け寄り、大丈夫《だいじょうぶ》かと問うても藤木はろくに返事もできないようだった。真っ青な顔色で、なんだかその数日前から、思いつめたような顔はしていたけれど、こんなひどい状態の彼は見たこともなかったと瀬里は息を呑んだ。

真雪はそんな藤木に「しばらくそこで休んでいろ」と告げ、代わりに伝票整理をしろと瀬里に言った。指示を出す彼女に引っ張られながら、それでも気になって振《ふ》り向いた先。

――大智……。

無意識だったのだろう。ごく小さな声で、縋《すが》るように呟《つぶや》く藤木の唇は、確かに彼の名を紡《つむ》いだ。聞いている方がせつなくなるような響《ひび》きと、痛ましいくらい強《こわ》ばった頬《ほお》に、瀬里は胸が苦しかった。

（やっぱり、聖司さんは……大智さんのこと、必要なんだ）

自分よりずっと長いつきあいのふたりの間には、たぶん瀬里には計り知れないくらいの絆《きずな》があるのだ。疲《つか》れて、ふと口をついて出たのだろう呟きが大智の名前だったという事実が、どれだけ藤木があの大柄《おおがら》な青年を頼《たよ》りにしているかという証拠《しょうこ》だ。

それに比べれば、まだ瀬里の気持ちなど浅いものだ。

大丈夫、全然忘れられる。

（忘れてみせるんだ）

決意もあらたに、ふっと息をついて目の前の海を眺めると、日に日にひとの姿が減っていくのがわかる。風の冷たさに、観光客もだいぶ少なくなったようだ。年間を通しての制服であるTシャツから伸《の》びた腕に鳥肌《とりはだ》が立ち、今年も秋は短そうだと瀬里は小さく身震《みぶる》いした。

「真雪、ボード書いてきたよ、……っと、失礼しました」

肌寒さに肩を竦《すく》めつつ店内に戻ると、なにやら真剣《しんけん》な顔で話しこんでいる藤木と、久々に顔を見せたオーナー、曾我の姿があった。瀬里の声にふたりが一瞬《いっしゅん》顔をあげたのに気づき、軽く会釈《えしゃく》して通り過ぎる。

平日の午後、ランチタイムをすぎたこの時間帯、店はかなり暇《ひま》になる。そのため店のいちばん隅《すみ》で、彼らは長いこと話しこんでいるようだった。

「あ、真雪、あの」

「あとでー。曾我ちゃんにお茶出してくる」

厨房《ちゅうぼう》にいる真雪を捕《つか》まえようとしたが、お茶を運ぶ彼女を引き留めることはできなかった。

「——なあ、瀬里ちゃん。えらいひとたち、なんか難しい話してるっぽいなあ」

「そうなんですか?」

おっとりした声で話しかけてきたのは山下《やました》だ。大柄で鷹揚《おうよう》な彼は、大智が不在の間の厨房担当ヘルプであり、彼の後輩《こうはい》である。実家がイタリアンレストランを経営しているらしいが、跡《あと》取《と》りでもない次男の立場から融通《ゆうずう》がきき、不定期な代打を快く引き受けてくれる希有《けう》な人材だ。

また、少し面長《おもなが》な顔立ちとソフトな雰囲気《ふんいき》、ややゆったりめの口調で、人見知りの瀬里をもリラックスさせてしまう、穏《おだ》やかな人柄の持ち主でもあった。

「どうも新店がどうとか言ってるらしいよ。まゆちゃんがさっきちらっと聞こえたって」

「あ……新店、ですか」

このところ藤木が落ち着かない様子だったのは、そのせいもあったのだろうか。だいぶ疲れているように見えたのも、大智がいないだけでなく、オーナーから新店の企画《きかく》を持ちこまれていたのだとすれば納得《なっとく》はいく。

「西麻布《にしあざぶ》にめどつけてるとか……もしかすると、中河原先輩、店長昇格《しょうかく》かな?」

「えっ……」

喜ばしいことのように呟いた山下のそれに、瀬里は一瞬戸惑《とまど》った。

「俺、正式に雇《やと》ってくんないかなあ。じつは俺イタメシより、こういうのやりたいんだよね」

実際向いているのだろう、大智に比べると格段に所作もおっとりしている山下だが、仕事ぶりは紹介者《しょうかい》に劣《おと》らず手際《てぎわ》がいい。ヘルプも気楽で楽しいけれどと呟く山下の声も、半分以上耳に入ってこない。

(聖司さんが東京に行ってここの店長になるのか、それとも――)

大智がこの店から、去ることになるのか。大智が店長になるのであれば、その可能性はふたつある。

「ランチラストのオーダーあがりましたよ。パッタイにえびせんべい、アイスジャスミン」

「――あっ、はい」

散漫《さんまん》になりかけた意識を、のんびりとした声が引き戻《もど》した。はっとしながらできあがった料理をトレイに載《の》せ、瀬里はひともまばらなフロアへと向かった。

「お待たせいたしました、ご注文は以上でよろしいでしょうか――」

ほとんど条件反射だけで料理を運び、型どおりの挨拶《あいさつ》をしてテーブルを離《はな》れる。ちょうど曾我と藤木の話も一段落ついたようで、そわそわしていた真雪が勇んで飛んでいくのが見え、瀬里もなんとなくあとを追った。

(どうなるんだろう……)

藤木自身が東京に行くかもしれないという話になれば、むろん瀬里は寂しさを覚えるだろうが、大智がもしここからいなくなってしまったら――。

（もう、会えない……？）

そう考えた瞬間、すうっと血の気が引いていくのを感じた瀬里の耳に、オーナーの見送りを終えた真雪の声が飛びこんでくる。

「聖ちゃん、曾我ちゃんなんだったの？」

「あ？　うーん……ちょっと聞こえてたと思うけど、西麻布に新店出すらしいんだよね。で、俺に手伝ってほしいって」

奔放《ほんぽう》で気まぐれなオーナーが、西麻布にある店舗《てんぽ》を既《すで》に買い取ってしまったらしい。テナントを手に入れたから店でも作るか、という常識とは反対の思いつきなのだと、少し疲れた顔の藤木は語った。どうやら明確なビジョンがあるわけではないらしいが、たぶん曾我が言い出したことなら、実現してもしまうのだろう。藤木自身、大変なことになったという表情を浮《う》かべていて、まだ心を決めかねているのはわかる。

（あんまり詮索《せんさく》しちゃ、いけないのかもしれない）

そう思うのに、どうにも気になっているひとことが、考えるより先に瀬里の口をついて出た。

「……大智さんは、どうするんですか？」

「ん？　どうするって？」

きょとんとなった藤木に、さきほど山下が「新店店長は大智かもしれない」と言っていたことを告げると、藤木は一笑《いっしょう》に付すように「ない、ない」と手を振った。

「正直な話、大智が新店やってくれるようだったらそりゃ、いいと思うよ。でも瀬里ちゃん、根本的な見落とし。なんであいつ、ここの上に住んでると思うの？」

「え……と、それは」

あなたがいるからなのでは、とはさすがに言えず口ごもると、瀬里の心中に気づいた様子もなく、藤木は「常識で考えてごらん」と笑った。

「あのね、今回のカンボジアで一ヶ月でしょう。去年もインドで二週間、タイに一週間……かな。ここ一年は割と出歩くの減ったけど、それまでの大智って、日本には年間のうち三ヶ月はいなかったんだよ」

その彷徨《さまよ》う旅の間、解雇《かいこ》することもなくまた正社員として雇ってくれるような就職先は、酔《すい》狂《きょう》な曾我と鷹揚な藤木のいるこの店以外むろんない。

「それに、そんなに長い間留守にする人間に、部屋貸してくれる大家さんっていると思う？　しかもあいつ、そんなにお金ないよ、旅行につぎこんでるから」

「あ……そうか」

アパートやマンションは管理形態もあるけれど、基本は部屋が傷《いた》むし防犯上の問題もあるため、あまり留守がちの相手には貸したがらない。おまけにそんなに長期で空ける家の家賃を払《はら》うのも、実際ばかにならないだろう。

「曾我さんの厚意《こうい》で、いる間の日数割りの家賃っていう、とんでもない条件になってるんだよ、大智は。……まあそれに新店立ちあげて軌道《きどう》に乗せるには二年か三年はかかる」

よしんば店長に任命されたとして、あのふらふらした男が、休まず真面目《まじめ》に勤めあげることができると思うかと問われ、瀬里は唸《うな》った。

「無理……かも」

ね、と微笑《ほほえ》みかけられ、こくりと頷《うなず》く。そして、無意識に強ばっていた肩《かた》から力を抜《ぬ》いた。

「それは即時却下《そくじきゃっか》だったんだけど……新店はどうもねえ、本気なんだよね、あれは。どうしたもんか」

どうでも手伝わされるのは必至だと藤木はため息をつき、真雪がいやそうな声を出す。

「ええ？　じゃあ聖ちゃん東京に行っちゃうの？」

「いや、それは断ったんだけど……」

（あ、じゃあ聖司さんも行かないんだ）

少なくとも彼らはここに留《とど》まるらしい。それだけはほっとして、けれどそのあと瀬里を仰天《ぎょうてん》させたのは、藤木の苦笑混じりの言葉だった。

「どうもねえ、このところの報告書の出来がいたくお気に召《め》したみたいで」

「……俺の作ったやつですか？」

ちらりとそこで視線を流され、急に我がこととして振ってこられた話に瀬里はぎょっとした。

「うん。月別収支表とか、あれですごく仕入れのロスがなくなってる部分があるんだよね」

「でもあんなものはただの、素人《しろうと》仕事で……！」

瀬里は焦《あせ》って手を振《ふ》る。しかし、瀬里が表計算マクロを組む以前のどんぶり勘定《かんじょう》すぎる経営を自覚する藤木は「いままでがいままでだったしねえ」と苦笑し、それについては瀬里も否定はできなかった。

（そんな、俺のせい……？）

評価されたことが嬉《うれ》しくないとは言わないけれど、それで藤木らが引き抜かれてしまったのでは、瀬里にとってあまり歓迎《かんげい》できる事態ではない。

「でもそうすると、瀬里が新店やるってのが正しい評価なんじゃないの？」

「じょ、冗談《じょうだん》じゃないよ！　できないよそんな！」

困惑《こんわく》したまま言葉を失っていると、さらに真雪が追い打ちをかけるようなことを言い出し、瀬里は慌《あわ》てて否定する。

「ああ、その案があったね」

「お、俺まだ二十二ですし、大学も卒業してないしっ」

「……でも俺も大学出るなり、ここの店長やらされたんだけど」

あげくに、そうかそれもいいなどと藤木まで悪のりしてくれるから、瀬里は本気で青ざめる。いくら冗談でも、そんなことができるはずもない。

「勘弁してください、無理です！」

涙目《なみだめ》になってぶんぶんとかぶりを振っていると、冗談だよと藤木は笑って肩を叩《たた》いた。そして、ふっと表情を改め、真面目《まじめ》な声で穏やかに告げる。

「でも……卒業後、うちに勤める気はあるんでしょう？」

やわらかな声に、もうそろそろ気持ちを決めてもいいんじゃないかと諭《さと》された気がした。

「それは、ありますけど……でもそれは、俺は」

言葉を切り、瀬里は目を伏《ふ》せる。

さんざんせっつかれた就職活動についてうやむやにし続けたのは、バイトであれ正社員であれ、この店以外で働く自分を結局想像できなかったからなのだ。

だがそこには、この店にいるべきひとたちの誰《だれ》が欠けても違和《いわ》感がある。就職したい意志を汲《く》み取ってくれるのは嬉しかったけれど、彼らがいない場所での自分など考えたくもない。

藤木も、真雪も――そして。

（大智さん……）

いまここにいてはくれない、背の高い彼のことを思うと、息が止まりそうに苦しい。考えまい、思い出すまいとするたびに、結局大智は瀬里の中でその存在を大きくしてしまう。

「……聖司さんがいる店だから、ここがいいなって思ったんです」

鬱屈《うっくつ》し、行き詰《づ》まった心理を読み取られるのはさすがに怖《こわ》くて、瀬里は息のつまったような声で、我が儘《まま》と知りつつそう告げた。

「そうじゃなかったら、やです……なんで、いまのままじゃ、だめなんですか」

拗《す》ねたような声になった自覚はあった。じわっと瞼《まぶた》が熱くなって、情けなかった。

「瀬里ちゃん……」

子どもじみた自分の発言が恥《は》ずかしくなり、それ以上に藤木に心配そうな顔をされるのもつらくて、瀬里は口早に「すみません」とだけ呟《つぶや》き、その場をあとにする。

頭を冷やそうと、店の外に出た。いまは客もいないオープンテラスにたたずみ、眼下に広がる海の鈍《にぶ》く重い色を眺《なが》めながら、瀬里は唇《くちびる》を嚙《か》みしめる。

（ばかみたい、俺）

忘れることとなんて、これじゃできもしない。目の前にいるきれいなひとが、きっとあのおおらかな彼の心を全部摑《つか》んでいても、それでもいいとさえ思ってしまう。

彼のそばにいられるなら、自分の位置づけなどなんでもいい。そしてあの自由なひとを繫《つな》ぎとめている藤木が、ここにいま、いるのだ。

（だったら、ここにいて、ちゃんと……あのひと、捕《つか》まえていてください）

縋《すが》るように、そんなことを考えている。惨《みじ》めなものだと自嘲《じちょう》が浮かんで、それでも本気だからやっていられない。

瀬里にはほかになんにも、できやしない。結局成長しきれない自分への呆《あき》れとも諦《あきら》めともつかないものを嚙みしめたところで、階段を上ってくる足音に気づいてはっとする。

「……っ、いらっしゃいませ」

鬱々《うつうつ》と考えている場合ではない。さっきの会話ではなんとなく勢いで頷いたけれど、来年にはこの店で本格的に働くことになるのだ——と、気持ちを切り替《か》えるべく笑みを浮かべた瀬里の表情は、しかしさきほど以上に強《こわ》ばった。

そこには、見あげるほど背の高い男がいる。一瞬《いっしゅん》その背丈《せたけ》に大智を思い出し、しかし見慣れた不遜《ふそん》に笑う表情は、彼と似ても似つかない。

「だからさあ、この店って客にいちいち、そういういやな顔するわけ？」

「……和輝」

ふんと肩をそびやかした弟に、またかと瀬里はため息をついた。

「今日、平日だろう。学校は？」

「午前中で終わり。うちの学校じゃ三年はこの時期、自由学習の時間があんの」

和輝の通う私立の進学校は最近、大学のように単位制を導入したらしかった。一律でコマをこなしていく授業では、優秀《ゆうしゅう》な生徒をさほどでもない面子《メンツ》に合わせるしかなくなる。そのため、飛び抜けて成績のいい者については必修の単位さえこなせば、あとは時間を自由に取れるようになっているのだと、瀬里も聞いたことがある。

たぶん要領のいい和輝のことだから、その自由学習の時間の使い方に抜かりはないだろう。しかし、自宅からも高校からも遠いこんな場所までわざわざ――と、瀬里は首を傾《かし》げた。

「それにしても……和輝、一昨日《おととい》も来たし」

「別に俺の勝手だろ。席に案内しろよ」

いらいらと髪《かみ》を掻《か》きむしり、和輝は吐《は》き捨てるように瀬里を睨《にら》んだ。二十センチ近い身長差に威圧《いあつ》感を覚え、情けないとは思いつつ瀬里はため息をつき「こちらにどうぞ」と先導する。

「この時間は食事はないけど……」

「知ってるよ。表のボード、瀬里が書いたんだろ。もうちょっとレイアウトなんとかしたら?」

つまんねえインフォメーション出して、あれじゃ台無し。せせら笑うように言った和輝に、瀬里はできるだけ平静な声を出すよう努めた。

「……オーダーは?」

「コーヒー」

メニューを一瞥《いちべつ》することもなく言ってのけ、長い脚《あし》を組んだ和輝はすぐに鞄《かばん》から文庫本を取り出した。早くあっちに行けというような態度に、少なからず困惑しながら瀬里は引き下がる。

(……なにしに来るんだ、あいつは)

先日以来、なぜかしょっちゅう和輝はこの店に来るようになったのだ。だからといって瀬里となにか話したがるわけではなく、はじめて訪《おとず》れた日のようにじっと仕事中の兄を観察しては、会計のときにひとことふたこと皮肉を投げてくるだけだ。

こっそりと遠くから窺《うかが》った弟は、顔立ちもいっそう精悍《せいかん》なものになった。もともと大人びていたが、生徒の自治制に任せ、制服のない高校に通うようになってからはなおのこと、成人を迎《むか》えていると見なされることが増えているらしい。

「コーヒー、お待たせしました」

「……ああ」

ソーサーを置くと、文庫本に目を落としていた和輝はふっと顔をあげた。そのまま読めない表情で瀬里をまじまじと見つめてくるから、話でもあるのかと首を傾げる。

BLUE
SOUND

「瀬里さあ。いつまでこんなことやってんの」

「……え？」

「家飛び出して、就職活動もまともにしなくてさ。そうやって逃《に》げてていいと思ってるわけ？」

なんだかそういう言い方をされると、自分がひどい無責任な行動を取っているようだ。むっと顔をしかめ、瀬里は「そっちこそ」と口を開く。

「受験、そろそろだろ……こんなとこ来て、予備校の方はいいのか？　母さんは知って――」

「うるさいなあっ。オヤとか関係ないだろっ、早くあっち行けよ！」

切って捨てるような声は、ひそめていても鋭《するど》かった。同じフロアにいた真雪がふっと「なにごとだ」という顔をしたのが目の端《はし》に映り、瀬里は黙《だま》って首を振《ふ》る。

どうしてか男性客に絡《から》まれる確率は、真雪よりも瀬里の方が多いため、またかと心配していたのだろう。和輝の席を離《はな》れるなり、手招く真雪に近づくと、こっそり耳打ちされた。

「ちょっと瀬里……あいつまたあんたに絡んでんの？　いい加減、出入禁《でいりきん》かますか？」

昔から似ていない兄弟だったけれども、いま並び立っても、瀬里が兄、和輝が弟と気づくものはいないだろう。店の人間にも特に紹介《しょうかい》していないから、この店での彼はただの客だ。

「たいしたこと、ないから。ただきついお客さんってだけで」

弟だと言ってしまえばいいのだろうが、そうなればあの険悪さの理由を説明しなければならなくなる。第一、和輝自身もそういう紹介を拒《こば》んでいる空気はあった。そのため、平気だと曖《あい》昧《まい》に笑い、心配顔の真雪を宥《なだ》める。

（でも……なんで、あんなにびりびりしてるんだ）

仲がいいとは言い難《がた》い関係だったが、和輝の瀬里に対しての辛辣《しんらつ》さは以前より増している。初来店でたまたまひどいオーダーミスをした場面を見られたせいで、兄としての沽券《こけん》は地に落ちてはいたけれど、それにしても会うたびに嘲笑《ちょうしょう》以外の表情を向けられたことがない。

（家でなんかあったのか……？）

さきほど、母のことを口にしただけで目に見えて和輝の気配は険しくなった、そのことがどうにも気になってしまう。実家に顔を出さなくなって二年、父からはごくたまに「元気か」という短い電話はあったが、母と弟に関しては没交渉《ぼっこうしょう》もいいところだった。

だが、このところどうも様子がおかしいのだ。じつは和輝がここを訪ねるようになってから、再三母親からの電話がある。それも、なにかを探《さぐ》ろうとしている気配はあって、しかしはっきりとは口に出さないから、妙《みょう》な気疲《きづか》ればかりが募《つの》った。

どうしたものかとため息をつくと、本当に平気なのかと真雪が覗《のぞ》きこんでくる。

「んなこと言って……またセクハラされてないよね？」

ないない、と苦笑して瀬里は手を振った。大智にしろ彼女にしろ、どうにもこの店では瀬里は心配の対象らしく、ありがたくも情けない。

「セクハラって、おおげさだよ。酔《よ》っぱらって絡まれただけだろ？」

「だってこないだのやつ、お尻撫《しりな》でてたじゃん！」

「……まあ、それは。でもそのあと真雪が凄《すご》んだらやめてくれたし」

藤木も酔客《すいきゃく》に絡まれることはあるが、あのやんわりしながらも線引きのはっきりしている店長相手にはあまりいやらしい行為《こうい》は仕掛《しか》けられないらしい。対して、瀬里は藤木ほどの美形でもないのに、小柄《こがら》でおとなしげな空気のせいか、卑猥《ひわい》なからかいを向けられるのだ。

「お酒飲んでるひとに目くじら立てても仕方ないだろ？」

「なんかあんたちょっとその辺、危機意識が欠けてるよねえ……」

平気だよ、と苦笑していると、むっつりとした顔の和輝が立ちあがるのが見えた。今日は引きあげるのが早いなと思いながら、真雪に目顔で合図を送り、瀬里はレジに入る。

「ありがとうございました。消費税こみで、六九三円です。……あの、和輝」

千円札を突《つ》き出され、釣《つ》り銭とレシートを手にした瀬里は、こっそりと声をひそめて話でもあるのかと聞き出そうとした。

しかし、見あげた弟の憮然《ぶぜん》とした表情と、続く言葉にその問いかけは喉奥《のどおく》に引っこむ。

「……尻触《さわ》らせて、なに平気な顔してんの？」

「な……」

「ここって、そういうサービスでもしてんの？　それとも瀬里、そこまで恥知《はじし》らずだったのか」

真雪との会話を漏《も》れ聞いていたのだろうけれど、その言いざまはいったいなんなのだ。軽蔑《けいべつ》しきったような目で見下され、愕然《がくぜん》となっていると、和輝はふんと鼻を鳴らした。

「まあ……瀬里もさ。ちゃらちゃらしてんのもいいけど。もう少し仕事で、ちゃんとしたら」

「どう、いう……っ痛！」

「似合わねえよ、なにその頭。……あーあ、いいよな暇《ひま》な大学生は。なんでも自由で」

最後に、誰《だれ》にも見えない角度でぐっと髪を摑《つか》んで、吐き捨てた和輝は店を出て行った。残された瀬里はもう、なにからショックを受けていいのかわからないまま、呆然《ぼうぜん》と立ち竦《すく》む。

「……なんで」

ああまでされるほどの、なにを自分はしたというのだろう。あまりのことに神経が麻痺《まひ》してしまって、身体中が冷えきっている。

（だから、見えないように、……ちゃんといなくなったじゃないか……！）

自分の姿があるのが不愉快《ふゆかい》というのなら、消えてやろうと思ったのに。追いかけてきてまで皮肉って苛《いじ》めて、いったい和輝はなにがしたいんだろう。

もはや弟は自分の理解の範疇《はんちゅう》を超《こ》えた生き物にでもなってしまったのだろうか――と、重苦しく胸を塞《ふさ》ぐ感情に、瀬里は肩《かた》を落とすしかなかった。

げっそりとしたまま、どうにか仕事中はやり過ごしたつもりだった。しかし、心配顔の彼女にも口添《くちぞ》えされ、早番であがらせてもらうことになった。

目に見えて悄然《しょうぜん》とした瀬里に、真雪は「やっぱあの客シメんべか」と過去を匂《にお》わせる剣呑《けんのん》な顔をしていたが、それを宥める気力もなく、ともかくもと帰途《きと》につく。

だがこの日の瀬里の不幸は、和輝の来訪だけに留《とど》まらなかった。

アパートに帰り着いた途端《とたん》、弟が店に顔を出したことを知っていたかのようなタイミングで、母からの電話がかかってきたのだ。

『──瀬里、あなたいったい、なにをしたの!?』

(もしもくらい、言えって……)

通話をオンにした途端凄《すさ》まじい勢いで怒鳴《どな》られ、瀬里はただ面食《めんく》らう。きんきんとヒステリックなそれは、疲れきっているときに決して聞きたいと思う声ではなく、うんざりとしたため息がこぼれた。

「なにって……なにが? 俺、そっちとはいま全然関係ないし──なんの話だよ」

『その言いぐさはなんなのよ、本当に勝手な子ね。心配ばかりかけて、ろくに連絡《れんらく》もしないで』

「それはいまいいだろ。なんの用なの」

『なんの用じゃありません。あなた、自分の胸に訊《き》いてごらんなさい』

最後のひとことはそっくりそのまま返したい。なにが心配だと瀬里は不機嫌《ふきげん》に思う。家を出てからこっち、母に身体《からだ》のことや食事の件を案じられた覚えもないのだ。

(相変わらずすぎるよ……)

突然《とつぜん》に気が向いたときだけこちらをかまおうとして、けれどその方法は瀬里を追いつめる言葉だけ。和輝も母も本当にそっくりで、瀬里はげんなりしてしまう。

「だから、なにが言いたいんだよ……」

『和輝のことよ! あなた、あの子と連絡取っていたの? いったいなにを吹《ふ》きこんだの!』

「吹きこんだ、って」

どういういいざまだと唖然《あぜん》となっていると、母親は一方的にまくし立てた。

『いまごろになって、あなたと同じ大学に行くなんて言い出して……どういうつもりなのって訊いてもうるさいとしか言わないのよ！』

「なん……⁉」

あまりに意外なそれに、瀬里は目を瞠《みは》って絶句する。和輝は東大ランクを目指せる成績のくせに、瀬里と同じ大学に行きたいと言っているというのだ。

「ちょ、ちょっと待ってよ。でもそれでなんで、俺が……俺のせいなのか⁉」

確かにそれは正気の沙汰《さた》ではないし、反抗《はんこう》的すぎる態度は店での様子を見ても察せられる。だがそれがどうして、瀬里のせいだという話になるのだ。目を回した瀬里に、いかにも不機嫌そうな低い声で、母は「あなたいったい、あの子になにを言ったの？」と探るように言った。

『瀬里がいいんなら、俺だって好きにするって言うのよ。そんなこと考える子じゃないのよ、怒《おこ》らないから正直に言ってごらんなさい』

「正直に……って……」

なぜ久々の電話でここまで決めつけられるのだ。これは瀬里の咎《とが》である話だというのか。瀬里には怒られるような心当たりも、ましてや和輝とのろくな会話もないというのに。

「あのさ……悪いけど、俺なんのことかわからないし。疲れてるから、その話は和輝としてよ」

いきなり責めるのは勘弁《かんべん》してくれと、それでもできるだけ抑《おさ》えた口調で瀬里は告げた。だが、その態度に彼女はさらに不機嫌さを増したようだった。

『疲れたなんて……たかがバイトでしょう。——妙な店でバイトしてるから、やっぱり少し変わったのね、あなた。そんな口の利《き》き方するなんて』

「なにっ……」

どうでも瀬里の責任に仕立てあげたい母に、胃の奥がかっと熱くなった。

普段《ふだん》ならそれでも、適当に受け流しただろう。相手の機嫌をこれ以上損《そこ》ねる方が面倒《めんどう》だとわかっていた。口の立つ彼らに瀬里が言い負かされることはしょっちゅうだし、無駄《むだ》な労力を払《はら》うくらいならはいはいと聞いておいた方がいい。

(なんなんだよ、あなたは)

だがこの日はひどく疲れていて、余裕《よゆう》もなかった。就職のことや大智のことや、いきなりやってきた弟に絡《から》まれたこと、そのすべてが混沌《こんとん》と瀬里の中で重く渦巻《うずま》いて、これ以上母のヒステリックな声など聞く余裕はない。

『まったく……勝手なところばっかり父さんに似て。だから反対だったのよ、あんな店』

なにより困ったことが、この無神経な言いざまに悪気がないことなのだ。彼女の基準では、酒を出す店イコール水商売としか考えられず、そんな店でアルバイトをするような瀬里は彼女の「常識」からはずれてしまっている存在なだけだ。

『いい加減、もうあんないかがわしいバイトやめなさい。就職もちゃんと考える時期でしょう』

その言いざまは、弟にそっくりで、瀬里は意味もなく唇《くちびる》が笑いの形に歪《ゆが》むのを知った。

「……そういうところ、母さんも和輝とそっくりだよね」

『え……』

冷笑《れいしょう》を含《ふく》んだ声が、意識の遠い部分で響《ひび》く。あまりに低いそれに、母は一瞬《いっしゅん》言葉を失ったようだ。

「俺はあいつとまともに会話なんか二年前からしてないよ。ついでに言えばブルーサウンドはいかがわしい店なんかじゃない。失礼なこと言わないで」

『……っ、そんな話をしてるんじゃないでしょう、いまは。だいたい、和輝のことを――』

だがそれでも謝ることさえせず、もはやなんの意味もない親としての威厳《いげん》を――なけなしのそれを保とうとする彼女の声に、ぶっつりとなにかが切れる音がする。

「……なんでもかんでも俺のせいなのか？」

気づけば、瀬里はひどく冷めた、低い声でそう告げていた。ぐうっと腹の奥に冷たい固まりが押しあがってきて、いままでに経験したことがないほど腹を立てている自分に気づかされる。

「久々に電話してきて、普通《ふつう》親なら元気なのかどうかくらい訊くもんなんじゃないの。そういうの、ここしばらくで一度だって母さんが言ったことあった？」

『な……』

「この一年、俺の体調とか食事とか、……気持ちのこととか。心配してくれたのは全部お店のひとたちだよ。あなたじゃない」

瀬里が決して声音《こわね》を感情的にせず、責めるでもなくむしろ淡々《たんたん》と告げると、母親は絶句した。

「母さんがそうだから、和輝だって煮詰《につ》まって、ばかなこと言い出したんじゃないのか？　もうちょっとひとの話を聞きなよ、全部決めつけて……なんでも罵《ののし》るばっかじゃなくて！」

『せ、瀬里……』

最後はさすがに、叫《さけ》ぶような口調になった。自分が興奮していることを知り、もうこれ以上は言いたくないと電話を切った。ついでに電源もオフにして、部屋の隅《すみ》まで放《ほう》り投げる。

こんなにきつい物言いを、瀬里はしたことがない。けれど母や和輝の言いざまに、大事な場所まで汚《けが》された気がした。そんな腹立ちが真っ先に襲《おそ》ってきて、もう我慢《がまん》しきれなかったのだ。

だがあのまま会話していたら、さらにひどい繰《く》り言をぶつけただろう。そしてそれをそっくり、あの気の強い母は憎悪《ぞうお》に似た強さで返してくるはずだ。

「……っ、最悪」

歪んだ嗤《わら》いがこぼれて、部屋の隅で瀬里は膝《ひざ》を抱《かか》えて呻《うめ》く。

感情のまま言いたいことを言い放っても、少しも楽にはなれなかった。滅多《めった》に爆発《ばくはつ》しないせいか、むしろひたすら疲労《ひろう》感ばかりがひどくて、もう指一本動かしたくない。

ひとに対してレアな感情をぶつけるのは、やはり自分には向いていないと瀬里は思う。

頭を抱えればわんわんと、母と弟の声が脳の中で響き渡《わた》る。

――いい加減、もうあんないかがわしいバイトやめなさい。就職もちゃんと考える時期でしょう。

――ちゃらちゃらしてんのもいいけど。もう少し仕事で、ちゃんとしたら。

「俺は、ちゃんと……自分で考えて、選んで……やってるのに……っ」

ひどい言いざまであっても、彼らはある意味では心配もしてくれているのだろうし、別に特に憎《にく》まれたわけではないのもちゃんとわかっている。ただ、母は瀬里に関心がなく、意識が向くのは叱責《しっせき》か説教のときだけという、それだけのことだ。

それだけなのだ。別に傷つくようなことではない。実の親だろうが兄弟だろうが、理解しあえないことはたくさんある。

冷静にそう考えながら、ならばなぜ自分はこんなに、手も足も動かせないくらいに——涙《なみだ》も出ないほどに、痛みを感じているのだろうと瀬里は思った。

(もうやだ、疲《つか》れた……立ちあがれない)

固く自分の膝を抱《だ》きしめ、もうなにも誰《だれ》も触《さわ》るなというように縮こまった瀬里は、ふと顔をあげた先にカレンダーを見つける。

——ほっといてもちゃんと、なんとかできるでしょ。

ぽんと肩《かた》を叩《たた》いて、信じているとそう言ってくれた彼の帰国まで、あと一週間。

——緊張《きんちょう》したり焦《あせ》ったりしなきゃ、瀬里ちゃんはだいじょぶ。

「……もう一回、言ってよ」

縋《すが》るように、いまここにいない彼に向けて呟《つぶや》いてしまう自分の弱さに呆《あき》れた。

それでも、からりと笑ったあのやさしい顔で、低い甘い声で、大丈夫《だいじょうぶ》だと言ってほしい。

「そしたら、……なんにも、いらないから。もうちょっと、頑張《がんば》るから」

ひとりで平気にするからと、うずくまったまま呟いて、瀬里はきつく唇を噛《か》みしめた。

＊　＊　＊

そうして、瀬里が待ち望みながらも不安の種であった、大智の帰国の日がやってきた。

「大智何時に帰ってくんだっけ」

「さあ……成田《なりた》に朝着くとか言ってたけど、あっちの便は不安定だから」

からりとした彼に似合い、空はよく晴れて、瀬里は朝から浮《う》き足立つ自分を感じていた。なにげない会話で真雪や藤木が彼の名を出すたび、そわそわと胸が騒《さわ》いでしまう。

(平気だよな。普通な顔、できるよな)

まだ顔を見る前からこんな状態で、どうしたものかと自分でも焦る。けれど、それも仕方ないかと半分、居直ってもいた。

本当に自分でもばかだと思うけれど、この日の朝から瀬里は鏡を見るたびに、普通の顔を作る練習までしようとした。

けれど逆に呆れたのは、あまりにも表情が乏《とぼ》しい自分に気づかされたことだ。緊張しきって、能面のように鏡を睨《にら》んでいる痩《や》せた青年は、どこをどう見ても機嫌《きげん》がよさそうには見えない。

(大丈夫、これなら別に変じゃない。……けど)

なにをどうしたところで、好きなひとに見せたいような顔でないことにこっそり落ちこむ。

それこそ大智のように、にこやかに明るい表情のひとつも作れたら、もう少しは好感度もあがるだろうけれど、年中こんな仏頂面《ぶっちょうづら》でいてはどうしようもない。かといって、いまさら愛想《あいそ》を浮かべたところでなんの意味があるだろうと、瀬里は藤木を盗《ぬす》み見る。

この日の藤木は頭が痛いらしく、朝から艶《つや》っぽいため息をつくことが多かった。瞳《ひとみ》は物憂《ものう》げに伏《ふ》せられて、いつもより少し覇気《はき》がない様子でいるのも、どこか儚《はかな》げにうつくしい。

(疲れた顔しててもきれいだな、聖司さん)

素直《すなお》な感嘆《かんたん》は、敗北感を伴《ともな》って瀬里の胸に落ちる。彼もまた大智の帰国を心待ちにしていたのだろうかと考えるだけで、ずきずきと指の先まで痛み出す。

もうこれ以上考えていると、藤木ではないが瀬里まで頭痛を起こしそうだと思い詰《つ》めたところ、よく通る声が店に響き渡った。

「ども、ただいま戻《もど》りましたー」

いざ彼の声を耳にした瞬間には心臓が壊《こわ》れたのかと思うほどだったけれども——それ以上に、あまりの彼の風体《ふうてい》に、瀬里はぽかんと口を開けるほかなかった。

「よ。瀬里ちゃんもただいま」

「は……はあ」

階段脇《わき》、いちばんの近場にいたというのに気づくことができなかったのは、大智があの爽《さわ》やかな彼とは思えない有様だったからだ。

(だ……誰?)

長身に纏《まと》うのは、横須賀《よこすか》で買ったと聞いた軍用コートの流れ品に、ミリタリーベストとカーゴパンツ。そのチョイスは別にいいとしても、あちこち泥《どろ》だらけのワークブーツから跳《は》ねあがったとおぼしき汚れ、そしてもしかすると旅行中まともに剃《そ》らなかったのか、一瞬人相がわからないまでの無精髭《ぶしょうひげ》。

「うわー、また今回一段とむさーい……」

げんなりと呟いた真雪のそれが、この場にいる全員の気持ちを代弁していただろう。うるさいと凄《すご》んだ大智に怯《ひる》むことなく、えんがちょを切って真雪は顔をしかめる。

「きちゃない、くさそう。つうか、誰あんた？　人相違《ちが》うよ大智」

ほんとに誰、と瀬里も呆然《ぼうぜん》となったまま、あまりに胡散臭《うさんくさ》い彼を眺《なが》める。見かねた藤木は頭痛がひどくなったと言わんばかりにこめかみを押さえ、呻いた。

「大智、ちょっと。店から入らないで、家戻ってきれいにしてきて」

「あ、やっぱ汚《きたな》い？　向こう出るとき、ちょうどスコールぶちあたって、車がぬかるみに――」

「理由はいいからっ。もう、汚いのレベルが違う……今回またひどすぎだよ」

犬でも追い払《はら》うような手つきで告げた藤木に、あんまりじゃないのかと大智は呟く。だが眉《まゆ》を下げた彼に、客が来る前になんとかしろと藤木はにべもなかった。

「うわー、床《ゆか》も階段も泥べたに……瀬里ちゃんモップ持ってきて」

「あ、はいっ」

大智が歩いたあとには点々と泥汚れが残っていて、階段からテラスの床から悲惨《ひさん》な有様だ。ほとほと呆れたという藤木の声にようやく我に返り、瀬里はダッシュで取りに行く。

「なんだ、あれ……」

用具入れから掃除《そうじ》道具を取り出しつつ、瀬里はぼんやり呟いてしまう。何度か旅行明けの大智は見たことがあったけれど、あそこまで汚らしい状態になっているのははじめてだ。

面食《めんく》らって驚《おどろ》いて、笑いそうになった。けれどそれ以上に――ときめいている。

(いくらなんでもあんな格好なのに)

モップを片手に戻った瀬里は、この胸の高鳴りはなにかの間違いかとあらためて見つめた大智に、やはりぎゅうっと心臓が絞《しぼ》られることを知る。

(どうしよう)

口を開いたらなんだか妙《みょう》なことを口走ったりしないだろうかと不安で、けれどとっさに俯《うつむ》いた瀬里は開口一番、上擦《うわず》った悲鳴をあげるしかなかった。

「――あっあっ、大智さん、そこ歩いちゃだめ!」

瀬里のめずらしい大声に、ぎょっとした顔をした彼はとっさに足を上げるけれど、もはや遅《おそ》い。せっかく朝磨《みが》いた床は、無惨《むざん》な靴《くつ》あとまみれになっていた。

「靴せめてきれいにして、泥がつく! っていうかそれほんとに泥⁉ 変な菌《きん》とかついてないよね⁉」

「せ、瀬里ちゃん……俺ごと拭《ふ》かないで」

思わずモップで彼を追い立てたのは、隠《かく》しようもなく赤らんだ顔をごまかすためと、奇妙《きみょう》にテンションがあがった自分をどうにもできないせいだった。

（どうしよう、俺。すごく好きだ、このひと）

驚くくらいに日焼けしてむさ苦しい状態の大智を見ても、失望するどころかどうしようもなくどきどきしている。

姿を見た途端《とたん》、瀬里はここしばらくの鬱屈《うっくつ》のすべてが吹っ飛《と》んでいくような気がした。もう自分の抱《かか》えているのが錯覚《さっかく》や憧《あこが》れではないと思い知った気分だった。

（どうしよう、どうしよう……こんなに好きになっちゃってる）

意味もなく叫《さけ》んではしゃぎたいくらいに、大智が好きだ。

報《むく》われる見こみもないのに、ばかみたいに。

「なんか俺バイキン扱《あつか》い……？　とにかく着替《きが》えます」

「はいはい。……おかえり」

瀬里にモップで追いかけ回され、情けない顔をした大智に藤木が苦笑《くしょう》する。

「……ん、なに？」

「なに、って。……聖司さんこそどうしたの」

その表情はやはり少し疲れてもいるようで、瀬里ですら気づいたそれを、見落とす大智ではなかったのだろう。

「こめかみ押さえてるってことは、風邪《かぜ》じゃないね」

「まあ、大丈夫だよ……いつものことだし」

眉をひそめ、叱《しか》るような口調で告げた彼に、藤木が肩を竦《すく》めている。親密なその様子はあまり見ていたくないなと、せつなく瀬里は視線を逸らす。

けれど無意識に追ってしまうのだろうか、ふと顔をあげた瞬間《しゅんかん》には、耳打ちでもするように藤木に話しかける大智を横目に見つけてしまった。

頼《たよ》りなげな藤木に、見たこともない険しい表情を浮かべている大智。なんだか入りこめない空気を醸《かも》し出すふたりを見つけてしまうと、あらためて、諦《あきら》めるしかないのだろうなと思う。

(……痛いなあ)

わかっていても、やはり現実は厳しいと思う。それでも、逃《に》げるまいと瀬里は思った。

(もっと、強くなんなきゃ……また、和輝にばかにされる)

あれからも、和輝は相変わらず店に来ていた。だが真雪のチェックが厳しく、場合によっては瀬里に寄りつけないことさえあったが、たまにすれ違いざま嫌味《いやみ》を言うのは忘れない。

母からは――あのまま連絡《れんらく》はなかった。ただあの苛立《いらだ》ちをぶつけ合うような会話のあと、父の方から電話があり、瀬里がなにを言う前から、大丈夫《だいじょうぶ》なのかと逆に問われた。

『――もう、和輝の受験で我が家はえらいことになっててなあ。母さんもちょっと神経質で……けど、おまえに電話したあと、なんだか落ちこんでたぞ』

さらなる火種を放《ほう》りこんだ瀬里に対し、特に責めることもせず、相変わらずの気弱そうな声で笑うばかりだった。

「怒《おこ》ってたんじゃなくて?」

『まあ、そうとも言うか』

あっさりと動じない父は、瀬里が思うより度量が大きいようだった。気弱そうに見えて、案外揺《ゆ》るがない男だったのかと逆に感心したけれど、瀬里には謝る以外になにも言えなかった。

あげく、就職についてこのままバイト先に勤めたいと告げても、あっさりと了解《りょうかい》してくれた。

『瀬里が自分で選んだんだったら、そして後悔《こうかい》しないと思えたなら、好きにしなさい』

そう告げた父もまた、いまの人生をどこで選んだのだろうか。うるさい妻や勝手な子どもたち、それらに囲まれて後悔はなかったのかと問いたくもあったが、彼はきっと答えまい。

『なにも、してやれないけどな。おまえの人生だから、おまえが決めればそれでいいと思うよ』

特に手助けをすることもしない、それこそがたぶん、父なりの瀬里への示し方だ。それ以上は本当にただの甘えだと、静かな声にそう思った。

(もう……帰るとこは、ないようなもんだから)

藤木も、大智も、比べられない次元でそれぞれに瀬里はとても好きだ。その大好きなふたりが一緒《いっしょ》にいるこの場所で、やっていくと自分で決めたのだ。

(慣れなきゃな)

もっとしっかりしなくては、これくらいで傷ついていたらここにもいられなくなる。泥まみれになったモップを絞りつつ、大事な店の床を丁寧《ていねい》に瀬里は磨き続けた。

＊　＊　＊

冬も近づくころには新店の話がかなり具体的に動きはじめ、藤木はしょっちゅう店を空けることが多くなった。

「あれ、聖司さんまたお出かけ？」

「うん。用事あるみたいだよ」

ここしばらくは出勤日にも途中で抜《ぬ》け出すこともままあった。てっきり曾我に呼び出されていると瀬里は思っていたのだが、休みは休みでどこか出かけているらしいし、場合によると顔も見ない日もあるほどだ。そういえばこのところ、夜半に店で飲んでいることもない。

「大丈夫なのかなあ……なんかこの間から、疲《つか》れた顔してるし」

のんびりする余裕《よゆう》さえないのだろうかと、日に日に元気をなくしていく藤木のことが、やはり瀬里は心配だ。あんなに華奢《きゃしゃ》なひとなのに、身体《からだ》を壊《こわ》しはしないかと瀬里が眉をひそめると、しかし真雪はのほほんとこう告げる。

「好きで苦労してんだから、いんだよ」

「え……？　真雪、心配じゃないの？」

新店のことは曾我に振《ふ》り回されている気配があって、あまり藤木自身乗り気とも思えないのにと、瀬里は目を瞠《みは》る。

「大人なんだから、自分のことは自分でわかるでしょ。瀬里もそんなに心配することないよ」

それ以上に、自分よりよほど藤木に対して気持ちの深い真雪が、どこか距離《きょり》を置いたような物言いをするのが不思議だった。

また、不思議といえばもうひとり、帰国以来大智もあまり藤木になにくれと話しかけることをしなくなっている。別に揉《も》めたような気配もないし、ぎこちない態度というわけではないのだが、店での平素の会話が減り、少し遠巻きにしているような感じなのだ。

（なんか、あったのかな……）

なんとなく、あの三人の空気がいままでとはひどく変わっていると思う。よそよそしいとまでは言わないけれど、どこか以前ほどの親密さが見つけられない。

それに対してなにが言える自分でもないことが、少し寂《さび》しかった。

だが、瀬里自身ひとのことをかまっている余裕もないのは事実だ。

いよいよ年末、年明け早々の卒論提出日が近づいてきている。レジュメや提案書は提出済みで、内容についての下準備もとうに済んでいたのだが、少し考えが甘かったようだ。

「間に合うのかな……こんなんで」

気がゆるんでいたのかこのところの慌《あわ》ただしさに負けたのか、予定よりも論文の作成に時間を食っていた。もともと長文を書くのは得手でない上に、下書きは手書きだったので全文をパソコンのワープロソフトで打ちこみする作業が残っていたのだ。

（やばいな、打ちこみだけでも結構時間食っちゃう……）

おまけにその下書きも半年以上前に済ませていたので、いまになって気になる箇所《かしょ》が出てきてしまい、教授にも相談しつつ一部を書き直したりと、予想外に手間取っている。

だんだん自宅での作業だけでは不安が出てきて、瀬里はバイト中にも空き時間を見つけては持ちこんだノートパソコンで論文を綴《つづ》るという羽目に陥《おちい》っていた。

「……お、卒論の清書？」

「あっ……すみません」

この日もちまちまと手書きのルーズリーフを横目にキーを叩《たた》いていたが、背後からの声にはっとする。慌ててラップトップを閉じようとすると、続けていいよと大智が笑った。

「てか、なんでこんな端《はし》っこでやってんの？　休憩室《きゅうけい》でもやればいいのに」

「や、なんとなく……」

この作業はむろん藤木に了承《りょうしょう》をもらっていたけれど、要領の悪さを露呈《ろてい》しているようで恥《は》ずかしいのも本音だった。そのため毎回、普段着《ふだんぎ》替《が》えや事務仕事に使用する休憩室ではなく、裏口に続く階段の端に腰掛《こしか》け、ノートパソコンを膝《ひざ》に抱えてこっそりやっていたのだ。

「大智さんは、なにか？」

「ん？　俺は倉庫からこれ取ってきただけ。こんなとこ座っててお尻《しり》痛くなんない？」

これ、とストッカーから引っ張り出したらしい未開封《みかいふう》の料理酒を手に、大智は心配そうに問いかけてくる。この階段を下りきるとそのまま倉庫のある駐車場《ちゅうしゃ》奥へと繋《つな》がっているのだ。

そろそろ本格的に寒さの増す時期、外壁《がいへき》の近いコンクリートの階段はしんしんと冷えこむ。それでもどうせ十分かそこらの作業だからと、瀬里は硬《かた》いそこに直《じか》に座りこんでいたのだ。

「頭使ってるから……涼《すず》しいとこで、いいんです」

「いや涼しいってレベルじゃないでしょ、ここ。……てか、そんなに切羽詰《せっぱつ》まってるなら、しばらくバイト休んで家でやった方が効率よくない？」

当然の提案に、瀬里は曖昧《あいまい》に笑ってみせるしかない。藤木にも実際、論文を持ちこんでいいかと頼《たの》んだ折、バイト代は有給扱《あつか》いで出してもいいから休んではどうかとまで言ってもらったのだ。どうせ来春からは正社員になることだし、研修扱いでかまわないと言ってくれたのを、そこまでは悪いと拒《こば》んだのは瀬里だった。

「家でやるより、こっちの方がいいんです」

俯《うつむ》いて答えたのは、あまりアパートに帰りたくない気分を見透《みす》かされるのがいやだったからだ。しかしその表情は暗く、隠《かく》しようもない憂鬱《ゆううつ》に大智がつと眉《まゆ》を寄せる。

「なんか、あった？」

「いえ、べつになにも。……俺もすぐ戻《もど》るから、大智さんも行ってください」

「そ？　んじゃ、行くね」

即答《そくとう》には嘘《うそ》の匂《にお》いを嗅《か》ぎ取っただろうに、大智はひとつため息をつくだけで、なにも言いはしなかった。代わりに座りこんだ瀬里の頭に軽く手を置いて、くしゃくしゃと撫《な》でてくれる。

「……った」

ぎゅっと心臓が縮まった気がして、瀬里は息を呑《の》んだ。彼の足音が聞こえなくなったころ、なにか喉《のど》にものでもつまらせたように息苦しくなり、瀬里はきつく摑《つか》んだ胸に爪《つめ》を立てる。

そうでもしないと、破裂《はれつ》しそうに痛んだそこが、耐《た》えられそうになかった。

海辺で話してからこっち、彼に対しての妙《みょう》にかまえるような気持ちはなくなっていた。大智もまた以前よりぐっと親しげで、なにくれとなく話しかけてくれるのが嬉《うれ》しいとも思うけれど、距離が近づいたその分だけ苦しさは増していく。

　スキンシップの好きな大智の大きな手は、不意打ちのようにして触《ふ》れてくる。完全に子ども扱いなのだろうと知れる所作なのに、それでも嬉しくて——そしてせつない。

「慣れろって……いい加減」

　深々とため息をつき、大智の手のひらの感触《かんしょく》にじんと痺《しび》れた頭を戒《いまし》めるよう、強く髪《かみ》を握《にぎ》りしめる。しかしすぐにはっとなって手を離《はな》したのは、先日こうして弟に髪を摑まれたことを思い出したからだ。

（なんなんだろうな、あいつは……）

　大学の方は普通《ふつう》に卒業できる程度には単位もこなしていたし、藤木との就職内定についても確定した。先日の件もあって、父はもとより母親も好きにしろと言ってくれた。

　けれど、和輝がとにかく猛《もう》反対なのだ。

　毎晩のように電話をかけてきては文句をつける。おまけにそれだけでは飽《あ》きたらず、店に来ては瀬里を呼び出し、仕事中だと窘《たしな》めても聞きはしない。おかげで自室でも落ち着いた気分になれず、そのため卒論のまとめもかんばしくないという有様だった。

「瀬里、ちょっと」

　どうしたらいいのだろうとため息をつくと、真雪のひそめた声がかけられる。しかめた顔に、この日もご多分に漏《も》れず、和輝が来訪したことを知った。

「弟、また来たよ。あんたほんとに平気？」

「うん……ごめんね、身内のごたごたで」

瀬里は彼女にだけは、あの似ていない青年は弟だと打ち明けてある。あまりの頻度《ひんど》と剣呑《けんのん》な雰囲気《ふんいき》に、さすがにおかしいから警察でも呼ぶかと真雪が言い出してしまったからだ。

「そんなのいいけどさ。……どうする、このまま出てかなきゃ、それで諦《あきら》めるかも」

「うーん……でも、粘《ねば》っていつまでもいるかもしれないし」

話をしてくるよとパソコンを終了《しゅうりょう》させ、瀬里は立ちあがる。少しだけ脚《あし》が震《ふる》えるのは、冷えた階段に座りこんでいたせいか、それとも和輝に怯《おび》えているのか。

(怖《こわ》いもんか)

自分に言い聞かせ、瀬里はきっと唇《くちびる》を結んだ。なにをどう言われたところで、いまさら意志を変えるつもりはないのだ。そして決然と顔をあげ、心配顔の真雪へと笑いかける。

「ちょっと、行ってくるね。ごめんね」

んん、と唸《うな》った彼女はきつく眉をひそめたが、瀬里の顔を見てそれ以上を口にするのはやめたらしい。

「……和輝」

店の内部を横切り、テラスへと出ると、コートのポケットに両手を突《つ》っこんだ和輝が不機嫌《ふきげん》そうに立っていた。声をかけるなりじろりと睨《にら》まれ、怯《ひる》みそうになりつつも瀬里はできるだけ冷静な声で告げる。

「話、あるなら下に行こう。ここじゃ迷惑《めいわく》だから」

「ああ」

不遜《ふそん》な態度で頷《うなず》く弟はすぐに身を翻《ひるがえ》し、外階段を下りていく。とにかくこの弟はせっかちなところがあって、自分の予定どおりに物事が運ばないと不機嫌さを増すのだ。瀬里もため息をついて、足早に和輝のうしろに続いた。

ふと視線を感じ振《ふ》り向くと、真雪が心配そうにこちらを窺《うかが》っていた。

(平気だよ)

ひらひらと手を振った瀬里に気づいたのか、階段を下りきった弟は舌打ちをする。

「なにへらへらしてんだよっ」

わんとコンクリートの壁《かべ》に和輝の怒声《どせい》が反響《はんきょう》し、瀬里はびくっと肩《かた》を竦《すく》めた。

「……してないよべつに。お客さんに聞こえるから、大声出すなよ」

ともかくも人目の少ない駐車場の奥へ誘《さそ》った瀬里の腕《うで》を振り払《はら》い、和輝は頭上から睨みつけてくる。

「で、なに？　寒いんだけど」

「なんだよその言い方は。来たら悪いのかよ」

「べつに……」

頭上からきつくしかめた顔で見下ろされ、瀬里は目を逸《そ》らす。本音を言えば来ないでくれと言いたかったけれど、それを言っては逆効果だ。弟は意志が強いだけに諦めも悪い。いつまでもしつこくされては、本当に藤木らにも迷惑をかけてしまうだろう。

和輝に対し反射的に怯えてしまうのが彼をつけあがらせるのだとわかっていても、幼いころからのすりこみにくわえ、体格差がありすぎる弟に凄《すご》まれると本能的に怖かった。

「なんでいちいち、びくつくんだよ。……そんなに俺が嫌《きら》いかよ」

けれど、てっきりまたなにか皮肉でも言うと思っていた和輝のどこか傷ついたような声に、瀬里はひどく驚《おどろ》いた。

「そんな、べつに……話が、あるんだろ……？」

「……話なんか、べつにないよ。そんなに……迷惑そうにしなくたって、いいだろ」

低く重い、瀬里よりよほど大人のようなそれなのに、その声は拗《す》ねた響《ひび》きを帯びている。

どうも和輝の様子がおかしい。急にどうしたんだと、瀬里は自分よりはるかに背の高い弟を見上げ、そしてはっと息を呑んだ。

（どうして……）

薄暗《うすぐら》い駐車場の奥、ほこりっぽいそこではあまり日の光もあたらない。けれども、歪《ゆが》んで苦しそうな表情だけは見てとれた。

和輝はなにかに追いつめられたような、そんな顔をしている。いつでも自信たっぷりに笑っていた弟の、見たこともないそれに瀬里は息を呑み、そしてそっと問いかけた。

「……なんか、あったのか？　なあ、そういえば大学変えるって」

できるだけ激昂《げっこう》を誘わないよう、声音《こわね》に気をつけつつ瀬里は問いかけたが、その言葉にはっとしたように、和輝は唇を噛《か》みしめ、唸った。

「うるさい……！」

けれどそのままぎりぎりと睨んできた弟は、それ以上なにも言えなくなったようで、瀬里の肩を摑んだままがくりと首をうなだれた。

「和輝、ちょっ、……重い！」

「くそ……」

しがみつくようにして、和輝はかすれきったごく小さな声で呻《うめ》く。助けてくれとでも言いたげなその声に、瀬里は戸惑《とまど》った。

「なあ……どうしたんだ？　なにがあった？」

本当にこれはいったい、と困惑《こんわく》しながら問うと、和輝は一瞬《いっしゅん》だけ小さく震える。

「瀬里、俺。……俺は」

だがそこから先は言葉にならなかったようで、ますます強くしがみつかれ、瀬里はよろける。

「なあ、和輝、話をちゃんと……」

のし掛《か》かられた瀬里がとにかく離れてくれと言おうとしたときだ。

「……ちょっとさ。その子になにしてんだよ、おまえ」

おそろしく低い声が聞こえ、はっと瀬里は目を瞠《みは》った。裏階段から下りてきたらしい大智は、その入り口に腕を組んだままこちらを睨みつけている。

突然《とつぜん》の邪魔《じゃま》者に、振り返った和輝は凄《すさ》まじい迫力《はくりょく》の大智に負けじと目を尖《とが》らせた。

「あんたはなんなんだよ。誰《だれ》だよ、関係ないだろ。口出すなよ」

「関係なくねえよ。手ぇ離せ」

凄まじい勢いで睨み合うふたりに、瀬里はおろおろしてしまう。和輝はともかく、なぜ大智までああんなに怒《おこ》っているのか、よくわからない。

「あ、あの……大智さん？」

「ナンパするにしたってやり方あんだろ。いきなり襲《おそ》うってのはどうかなー」

だが説明をしようとした瀬里は、その一言に絶句した。確かに、さきほどの状況《じょうきょう》を端《はた》から見ると、誤解されそうな場面ではある。セクハラされやすいタイプであることを真雪から吹《ふ》きこまれた大智が、瀬里のことをそういう面で心配してくれているのも知っている。

（けど、襲われるって……いくらなんでもおおげさな）

なんだそれは、と面食らって言葉を失った瀬里より早く、完全に大智を敵と見なしたのだろう和輝が鼻で笑った。

「はあ⁉　ばかじゃん、なんだそれ。いいから引っこんでろよ、俺が瀬里と話してんだから！」

「……知り合いなの？　瀬里ちゃん」

「や、はあ……まあ」

大智の問いに、瀬里は曖昧《あいまい》に頷いた。真雪以外に和輝のことを打ち明けずにいたのは、結局身内のごたごたで恥《はじ》をさらすのがいやだったからだ。

ことに大智相手には、弟ひとりあしらえないと思われるのも恥《は》ずかしくて言葉を濁《にご》すと、瀬里の微妙《びみょう》な態度に、さらに彼は誤解を深めたようだった。

「ふうん。……けどとにかく、手ぇ離《はな》せよ、おまえ」

「だからなんで、あんたに命令されなきゃなんないんだよ」

すたすたと長い脚で近寄ってきた大智に、不愉快《ふゆかい》さを増した様子の和輝はさらに瀬里の肩を強く抱《だ》く。子どもが気に入りのおもちゃを取られまいとでもするような仕種《しぐさ》に、瀬里は内心
「俺はモノか」とむっとしたが、次に発せられた大智の言葉に、それどころではなくなる。

「うるせえな、四の五の言ってねえで手ぇ離せ。その子、俺のなんだから」

「……は？」

突然のとんでもない言葉に、瀬里は一瞬なんのことやらと目を瞠る。だが、傍《かたわ》らの和輝の気配がさらに不穏《ふおん》なものになっていくことで、ようやくその言動の意味に気づいた。

「だから関係なくねえの。俺の許可なくべたべた触《さわ》るなっつってんだよ、わかったか」

（俺の。誰が、誰の？）

「あんたの……？　瀬里が？」

ぐるぐるとしていた瀬里の耳に、惚《ほう》けたような和輝の声が飛びこんできて、それでようやく大智の声が言語野に届く。

「なんだそれ……瀬里、そうなの？」

「っち、ちがうから！　あの……だ、大智さんっ、誤解を招く言動は……っ」

どういうこと、と愕然《がくぜん》とした顔で見つめてくる和輝に、瀬里はあわあわとかぶりを振る。瀬

里が双方《そうほう》に向けて、多大なる勘違《かんちが》いだと言うより先、和輝が冗談《じょうだん》じゃないと眉《まゆ》をひそめた。

「あいつと、そういうことなの？　だからこの店に？」

「え、いや、あのっ……違うよ、そうじゃなくて」

ものだのなんだのという事実は無根だが、瀬里の心情としてはおおむねあっている。そのため、否定する声にも説得力は出ず、また――内心を見透《みす》かされたような大智の言葉に混乱していた瀬里は、隠《かく》しようもなく頰《ほお》を染めていた。

羞恥《しゅうち》をこらえるような瀬里の表情に、弟は正確にその感情を読みとったようだった。

「んだそれ、……そういうことかよ。ふざけんな！」

「和輝、だから……っ」

吐《は》き捨てるかのように呟《つぶや》かれ、瀬里はひやりとする。そこでてっきり、ホモの兄など気持ち悪いとでも言うと思いきや、和輝はさらに瀬里の想像を超《こ》える怒声を発した。

「てめえのせいかよ！　瀬里を返せよ、俺のだったのに！」

「……は、はあ!?」

怒《いか》りの矛先《ほこさき》は、瀬里に向けてのものではなかった。ぎりぎりと眦《まなじり》を吊《つ》り上げ、嚙み殺しそうな勢いの和輝が、大智の胸《むな》ぐらへと摑《つか》みかかるのを見て啞然《あぜん》となる。

「ガキかおまえはっ。言われて誰が返すか、ばか！」

「あとから来てでしゃばってんじゃねえよ！」

「うっせえ、あともさきもあるか！」

「なんだってぇ!?」

おまけに大智まで同レベルで叫《さけ》んでくれるので、瀬里はもう恐慌《きょうこう》状態だ。だが怒鳴《どな》り返された和輝が「このっ」と拳《こぶし》を振《ふ》りあげた瞬間、どうでも止めなければと悟《さと》る。

「ちょっ、まっ……待って、ち、違う……違いますっ！　ストップ！　やめろってば!!」

一触即発《いっしょくそくはつ》のふたりの間に割って入り、和輝の腕《うで》を摑んで瀬里は叫んだ。

「和輝も落ち着いて！　大智さんも妙《みょう》なこと言わないでください、これ俺の弟！　弟だから！」

「へ……？　だってさっきなんだか、抱きついて」

「だから、ナンパとかそんなんじゃないんです、ただの兄弟げんか……っ！」

ぜいぜいと息を切らして言い切ると、大智はきょとんと目を瞠った。和輝もまた、必死の形相をする瀬里に毒気を抜《ぬ》かれたらしく、じっとこちらを見下ろしてくる。

「……でも、瀬里。こいつは」

「お店の厨房《ちゅうぼう》のひとで、お世話になってはいるよ。でもそんな、関係とかなんにもないからっ」

「ほんとに……？　なんにもない？」

じろりと胡散臭《うさんくさ》そうに大智を眺《なが》める和輝に、大智はなにごとかを言おうとした。だがもうこれ以上は黙《だま》っていてくれと、不満そうな大智を目顔で制し、瀬里はこくこくと頷《うなず》いてみせる。

「和輝もこの前、聞いてたろ？　お、俺……よくお客さんにセクハラされるから、それで……その、心配してくれたっていうか、それだけだよ」

「……ふうん。なら……いいけど」

どうにか誤解だからとなだめれば、和輝は半ば疑心暗鬼《あんき》な様子ではあったけれど、不承不承頷いた。拳を下ろした弟に、瀬里はほっと息をつく。

「もう、とにかく今日は帰れよ。話はまた、聞くから……」

「わかった……」

頼《たの》むからと見上げると、和輝はむっつりと唇《くちびる》を結んだまま背を向けた。なにやら言いたげな様子だったけれども、大智の爆弾《ばくだん》発言に混乱してもいたのだろう。あの強情《ごうじょう》な弟にしてはかなりあっさりした引き際《ぎわ》で、和輝の後ろ姿を見送りつつ瀬里はほっと息をつく。

(なんか変なことになったなあ……)

この妙な空気はいったいどうしたものだろうと思って、背後の大智を見ることもできないでいると、彼もまた戸惑ったように問いかけてくる。

「あの……彼ほんとに、弟？　似てないね」

「似てないんですけど、ほんとに兄弟です」

よく言われるけれどとふっと苦笑《くしょう》して、瀬里は肩《かた》を竦《すく》めた。

「そうか……前にほら、話聞いてたじゃん。できがいいんだって……でもなんとなくこう、想像と違っちゃって」

「どんな想像してたんですか」

まさかあそこまで対照的なタイプとは思わなかったと、頭のタオルを外して大智は髪《かみ》をばさばさと手櫛《てぐし》で梳《す》いた。

「いや、瀬里ちゃんがもうちょっとこう、つんとした感じになるのかなと……ああ、でもちょっとブラコンっぽいかもってのは当たってたかな」

「はは、そんな……嫌《きら》われてるんですよ。舐《な》められてるだけで」

「いや、そんなことないと思うけどねえ。あれはお兄ちゃん大好きっぽいよ？」

なにげない会話をしながらも、目線を合わせることもできない。大智の軽口に瀬里はぎこちなく笑ってみせたが、それもすぐに消えてしまう。

――その子、俺のなんだから。

ふたたび訪《おとず》れた沈黙《ちんもく》の中、大智が不遜《ふそん》に言いきった言葉ばかりが瀬里の頭の中をこだまする。あれは助けてくれるための方便だったのだとわかってはいても、ざわざわと胸が騒《さわ》いで、うまく息ができなかった。

（ちょっと、あんまりだ……）

気持ちを知らないにしても残酷《ざんこく》な嘘《うそ》だった。一瞬《いっしゅん》、ほんの短い間だけだったけれど、まっすぐにこちらに向けられた瞳《ひとみ》が本当になにかの熱を孕《はら》んでいるように錯覚《さっかく》して、赤くなった自分が恥ずかしい。

「寒くない？　戻《もど》ろう」

大智もまたどこか気まずげで、いつもの饒舌《じょうぜつ》さはなりをひそめてしまっている。間のもたなさを持て余し、とにかく店にと促《うなが》されたが、瀬里は彼を見ないままかぶりを振った。

「すみません、……ちょっとひとりにしてもらっていいですか」

うつむいたままのかたくなな態度に、大智が大きなため息をつく。久々に見せた静かな拒絶《きょぜつ》に彼が困惑《こんわく》しているのもわかっていたが、とてもいまは普通《ふつう》の態度など取る余裕《よゆう》はない。

「その、……変なこと言ってごめん。あれが一番手っ取り早いかと」

「――気にしてないですから！」

とりなすような声に、瀬里は押し被《かぶ》せるように声を放った。思うよりも大きなそれが周囲に響《ひび》き渡《わた》り、はっとなって口をつぐむ。

「ごめ、んなさい。……ちょっと、いらいらして。弟と……けんか、してたから」

「……瀬里ちゃん」

目を覗《のぞ》きこもうとする大智からとっさに顔を背《そむ》け、瀬里は唇を嚙《か》みしめる。

（これは、きついよ。大智さん）

いっそ好きだと言ってしまおうか。そうしたら彼も少しは気をつけて、気を持たせるような言葉や態度をやめてくれるのではないだろうか。そう思うけれど言葉はひとつも声にならぬまま、瀬里の声帯でぐずぐずとうずくまり、硬《かた》く尖《とが》った痛みになる。

（言えるわけない）

大智を困らせ、そして遠ざけるためだけの告白など、瀬里が口に出せるわけもない。結局はどれだけつらいと思っても、このおおらかでやさしい彼の手を拒《こば》みたくはないのだ。

「ちょっと、頭冷やしたいから……先に行ってください」

すべてをただ黙って飲みこんで、伏《ふ》し目のまま礼を言うのが精一杯《せいいっぱい》の瀬里の笑《え》みに、大智はどうしてかまたため息をつき、さきほどまでの軽さを払拭《ふっしょく》した口調でこう告げる。

「あー……ごめん、いまのずるいよな」

「なにが、ですか？」

べつに大智はなにもずるくはない。彼の態度を勝手に誤解する瀬里が悪いだけだろう。

唐突《とうとつ》な謝罪になんのことかと目を瞠《みは》っていると、ふっと目を伏せた彼が長身を折り曲げた。

（え）

近すぎて焦点《しょうてん》の合わない視界に、黒い影《かげ》が映った。ついでやわらかいものが、一瞬だけ唇の端《はし》に触《ふ》れる。さらりとしたものが頬をかすめた感触《かんしょく》で、それが大智の長い髪だとようやく悟り、瀬里はただ呆然《ぼうぜん》と言葉を失い立ち竦む。

「――こういうのいやなら、警戒《けいかい》しといて」

「え……」

吐息《といき》の触れそうな至近距離《きょり》に大智の端整《たんせい》な顔があった。そこで鮮《あざ》やかなまでに微笑《ほほえ》みかけられた瞬間、ようやく瀬里は状況《じょうきょう》を把握《はあく》した。

（なに、いま、……キスされた？）

微妙《びみょう》にはずした位置ではあったけれど、あの行為《こうい》はほかの言葉では表せない。けれどいったいなぜ、と驚《おどろ》いて固まっていると、大智がこっそりと囁《ささや》いてくる。

「さっきのも俺、べつに……嘘は言ってないよ。ああ、ただ、俺の『に、する予定』ってとこはちょっと、割愛《かつあい》させてもらったけど」

「は……？」

悪戯《いたずら》っぽく笑う彼は、だからねと瀬里の唇を長い指でつつく。

その所作は、まるで次にはここをもらうと予約でもするかのようで、やわらかく笑む瞳の奥には、いくらおくての瀬里でもわかる、熱を帯びたほのかに淫《みだ》らな色がある。

「とりあえず、意思表示前に襲《おそ》うのはなんなんで。ちょっとだけはずしておいたから、これはノーカウントでね」

「……っ」

軽く、唇を摘《つま》まれ、そして離《はな》れた指で大智は瀬里の頬《ほお》まで撫《な》でた。ざわっと首筋の産毛《うぶげ》が総毛立つかのような感触に、なにもかもが吹《ふ》っ飛んだ瀬里は、目を瞠ったまま息を呑《の》む。

「じゃあ、先に戻ってるから……早くおいでね、風邪《かぜ》ひくよ」

怯《おび》えるようなその反応に、軽い笑みを含《ふく》んだ声で大智は言い置いて、長い脚《あし》で去っていった。

彼の言葉や態度について、瀬里はなにひとつ答えることも問いただすこともできないまま、呆然と立ち竦む。

「くち、触《さわ》られた……」

ようやくの呟《つぶや》きがこぼれたのは、どれほど経《た》ってからのことだったろうか。まるで子どものようにあどけない響きに、瀬里は自分の混乱を知る。

(これ……は、ノーカウントって、なに)

次からはカウントでもするというのか。そしてそれはいったいどういう意味になるのだろう。

SOUND

吹きつける潮風の冷たさに肌《はだ》はとうに冷えきって、けれど瀬里は寒ささえも認識《にんしき》することはできない。かじかんだせいばかりでなく震《ふる》える指で唇を押さえ、火照《ほて》る頰の痛みをどうすればいいのかと思う。

「あれって、どゆこと……？」

へなへなと膝《ひざ》から力が抜《ぬ》けて、瀬里はその場にうずくまる。

なにがなんだか、本当にわけがわからなかった。

＊　　＊　　＊

月が変わり、いよいよ寒さも厳しくなる時期、いつものようにバイトに向かった店では、臨時休業の札がかかっていた。

「え、しばらく休み……ですか？」

『うん、ごめんね』

どうなっているのだと藤木の自宅へ電話をかければ、大智と真雪が同時にひどい風邪を引き、寝《ね》こんでいると聞かされた。

『さすがにあのふたりがいないと、無理だから……』

かすれた声で謝罪を繰《く》り返す藤木に、それはかまわないがと相づちを打ちつつ、瀬里はふとその疲《つか》れた様子が気になった。

「聖司さんは平気なんですか？　なんかちょっと、声が嗄《か》れてますけど」

『えっ、いや俺は平気。うん、全然』

心配で問いかけると、なぜか藤木は焦《あせ》った声を出す。上擦《うわず》ったそれはいつも落ち着いた風情《ふぜい》の彼らしくもなく、どこか妙《みょう》な気がした。

「ふたりの看病大変でしょう？　よかったら俺、お見舞《みま》いにでも行きましょうか？」

『いや、ちょっとひどい風邪みたいなんだ……感染《うつ》しちゃったら悪いから』

買い出しくらいはできるけれどと告げるが、しかし藤木はそれを承諾《しょうだく》してはくれなかった。

『それより、瀬里ちゃんこのところ卒論大変なんだろう？　こっちの都合で休みにしちゃったの申し訳ないけど、ちょうどいいから少しそっちに集中したら？』

卒業を控《ひか》えた大変な時期に、体調を崩《くず》させては申し訳ない。そう言ってくれる藤木の言葉は、瀬里を気遣《きづか》ってのこととはわかっている。けれど、気落ちする自分を瀬里はごまかせなかった。一連の藤木の言葉に、まるで、身内のことだからおまえは関係ないと言われたように感じてしまったからだ。

「そう……ですか。じゃあ、あの……お大事にって、伝えてください」

『うん。ありがとう。そっちも気をつけて』

電話を切って、深々と瀬里は息をつく。やはり彼らの中には、自分などは入りこめないのだろうか。すっかり瀬里はしょげた気分で、ベッドの上に転がった。

（やだな……なんか性格悪くなったみたいだ）

久方ぶりのひとりきりの静けさに、いやな考えが止まらない。不愉快《ふゆかい》な電話も来る気配はないから、皮肉なことに瀬里の孤独《こどく》感は増している。

あれ以来和輝は瀬里の前に顔を出すこともないし、電話も来ない。母親からの連絡《れんらく》も同様だが、しかし少しばかりの変化はあった。

母なりに先日の気まずい電話を気にしてもいたのだろう。突然《とつぜん》宅配便を送りつけてきて、レトルト食品や乾燥《かんそう》うどん、すいとん粉などの乾物、家で常備薬だったよく効く風邪薬、なにを思ったのか新品のセーターなどが、短い手紙とともに詰《つ》めこんであった。

『あなたはいつも気持ちが平常で、しっかりしているので、母は少し勘違《かんちが》いをしていたようです。けれど、こちらも心配していないわけではありません』

気の強い母らしい、謝罪なのか反論なのかわからないそれに、瀬里はしばし苦笑《くしょう》した。しっかりしているなどと、あの母に言われたのも驚いた。

(言いたいこと言ってたのって……もしかして、俺が強いから、平気だと思ってたのかな)

自分が感情を表すのが苦手なのは、ひょっとすると父よりもこの母に似たのだろうかとはじめて思う。そう思えば現金なもので、言いたい放題の母の態度もかわいらしく思えた。

だがどうにもひっかかるのは、やはり和輝のことだ。

母の手紙でも、荷物の礼の電話でも彼女は弟の件に触れることはなかった。少しは落ち着いてくれたのかと気がかりではあるが、面倒《めんどう》ごとをわざわざ自分から問う気にはなれないまま、放置してしまっている。

就職活動について心配してくれていた教授にも、このままブルーサウンドに勤める旨《むね》を伝え、ここしばらくはすっかり平和だ。だからいまのうちに卒論をやっつけて、身ぎれいにした方がいいのもわかっている。

けれど、なにもかもに身が入らないのは大智のせいだ。

大智はあれからもさして態度に変化を見せることはしておらず、瀬里もまたわざわざ蒸《む》し返すほどの勇気はなくて、気持ちは宙ぶらりんなままだった。

内心では大混乱のまま、けれど表面はなにごともなく日々は過ぎていく。

（どういうことなんだろう、あれ……少しは期待、しててもいいの？）

曖昧《あいまい》なキスの意味も問いただせないままで、捨てきれない期待に半ば熱に浮《う》かされたような状態を自覚はしていたが、そう楽観視もできないのは藤木の存在があるからだ。

（でも、じゃあ、聖司さんとはどうすんの……？）

ふと考えれば浮き足だった端《はな》から一気に落ちこんで、瀬里はその感情の乱高下にすっかり振《ふ》り回されている。おかげでバイト中にも大智の顔を見ることさえできず、このままでは神経が保《も》たないと思い詰めた、その矢先にこれだ。

「頭、冷やせってことかな……？」

でもあんなことをされていったい、どうやって。呟きながら、瀬里はふっくらとした下唇《したくちびる》を、あの日大智がしたように引っ張った。

このところ、無意識に指先で唇を摘むのがすっかりくせになっている。瀬里の細い指は、あの日の彼の感触《かんしょく》をなぞるように、忘れたくないというように、何度も何度も小さなやわらかいそこを撫でて去る。

（……なんか、やらしい）

ふにふにと摘んでいた指の動きがなんだかものほしげな仕種《しぐさ》に思えて、慌《あわ》ててやめるのだけれど、しばらくして気がつくとまた、この指は唇に触《ふ》れているのだ。

欲が出たのは、自覚していた。彼を見つめることができる場所にいられればいいと思っていただけなのに、一度触れられた身体《からだ》はふたたびのそれを望んで体温をあげていく。

（だって……はじめてだったんだ）

本当にこればかりは情けない話だが、瀬里はいっさいの恋愛《れんあい》経験がないのだ。こっそりとした淡《あわ》い片思い程度なら覚えがあるけれど、ろくな友人も作れずに来た二十二年間、むろん彼女ができた例《ためし》などあるわけがなかった。

おかげで、必要以上に意識してしまう。考えてしまう。

（ちゃんとしたキスって、どんな感じだろう）

そんな自分が恥《は》ずかしくて、だからうしろめたい。きっとみんな自分くらいの年齢《ねんれい》なら、もっとスマートに、こんな感情も経験もやり過ごしているのだろう。

（この年でファーストキスなんて、きっと引くよね）

ずんと胃の奥が重くなるほど落ちこみそうになる。それ以上に、いかにも手慣れた大智の雰《ふん》囲気《いき》に、引け目を感じてもいるし、また。

「からかった、だけだったりして」

ぼそりと呟き、さらに情けなくなった。そう考えるのがいちばん妥当《だとう》とわかっていても、泣きそうだ。いい加減はっきりさせてしまいたい。冗談《じょうだん》なら冗談と、早く言ってほしいのだ。ばかな自分が、口づけとも呼べないあの感触の先を、本気で望んでしまう前に。

「――ああ、もうやめ！」

叫《さけ》んでがばっと身を起こし、瀬里は机に向かった。いくらうだうだして考えたところで無駄《むだ》ならば、いっそ考えることをやめよう。

残り半分ほどになった卒論のデータをまとめ、ノートパソコンを開く。マシンを立ちあげている間に、店から譲《ゆず》ってもらった大智のブレンドしたお茶を淹《い》れ、いまはとにかく卒論に集中しようと心に決める。

努力することだけは得意な瀬里がそれまで放《ほう》り出しては、本当になんの取り柄《え》もなくなる。なにもかも中途半端《ちゅうとはんぱ》なままでは、もういられないのだ。店が再開し、大智の顔を見たら今度ははっきりと、訊《き》いてみよう。

（それでだめなら、だめでいいや）

キスとも言えないあのできごとや、藤木をどう想《おも》っているのか、そして瀬里になぜ、あんなことをするのか。どうせだめでもともとならば、訊いてすっぱり、終わりたかった。

哀《かな》しいかな、報《むく》われない想いにばかり慣れている瀬里は、ひとつも前向きな予想ができない。そのくせ諦《あきら》めが悪いから、きっと自分は大智をずっと好きでいるのだろうと、それだけはわかっていた。

＊　　＊　　＊

やけくそ混じりの努力が功を奏したのか、瀬里の卒論は提出期限に一ヶ月の余裕《よゆう》をもって完成したが、それには、生活のほとんどの時間を過ごしていたあの店の休みが、予想以上に長引いたという要因もあった。

なにしろようやくブルーサウンドが通常営業を再開したのは、突然の休みからじつに一週間が経《た》ってからだったのだ。

「うえっくし！」

「大智さん、真雪も！　こっち向いてくしゃみしないで！」

週のうちでも客足が遠のく火曜の夜、少し早めに店を閉めることになったのは、定休日前というばかりでもない。一週間寝《ね》こんでも、まだメイン戦力であるふたりの風邪《かぜ》が完治していなかったからだ。

「ほんとにもう、ただでさえ冬場は売り上げ落ちるのに……」

客の姿も消えた店内、カウンター脇《わき》のテーブルにパソコンを持ってきてこの日の売り上げを入力しながら、瀬里は深々とため息をつく。

オープンテラスが売りのこの店だが、それだけに客はやはり陽気のいい時期に集中する。この寒風吹《ふ》きすさぶ中、好きこのんでテラスで海を眺《なが》める客はそういない。

久々に見た大智も真雪も、目は潤《うる》んで鼻も赤かった。ひとこと言うたびにげほごほと咳《せ》きこみ、今日のフロアは藤木と瀬里のふたりのみで切り盛りする羽目になっていた。

おかげで、休みの間にせっかく覚悟《かくご》を決めたのに、とても大智と話している暇《ひま》はない。

(なんかこう、タイミング悪いなあ)

疲《つか》れた肩《かた》をたまに上下させつつ、休み前の最後の仕事だと黙々《もくもく》と入力を続ける瀬里は、ひっきりなしにくしゃみをする真雪相手についつい冷めた物言いになってしまう。

「まとめて風邪って……同居してるからってそこまでおそろいにしなくてもいいじゃないか。なんでそんなひどくしたんだよ」

「えー、だってざー」

「……真雪、喋《しゃべ》れてない。洟垂《はなた》れそうだよ」

ティッシュを差し出すと、色気もなく数枚を引き出して派手に真雪は洟をかんだ。

「一晩ここで酒盛りしてたんだもん。大智が暖房《だんぼう》けちるから寒いしさー」

「そではおでのせいじゃないだどーが」

ずびずびとしながら言った真雪に、さらにひどい声の大智が横からティッシュを奪《うば》いながら雑《ま》ぜ返す。もうこの日、ふたりが使用したティッシュの数はひと箱を超《こ》えていて、鼻の頭は双方《そうほう》赤い。

「カンボジアで生水飲んでも正露丸《せいろがん》で治すくせに、風邪とかひくなっ」

「そでとこでとがんげーねーだろっ」

よくもこれだけ具合が悪そうにしながら、喧嘩《けんか》をする体力があるものだ。呆《あき》れとも感心ともつかないものを感じつつ、ふと気になって瀬里は呟《つぶや》く。

「……なんでふたりで酒盛り？ しかも店で」

「さ……さあ……」

そのひとことに、なぜかぎくりとしたのは、この日一日口数の少なかった藤木だった。

「聖司さん？」

「あ、あの俺、ちょっとオーダー聞いてくるから」

うつくしい顔をひきつらせ、藤木はそのまま店の奥にいる男性客のもとに小走りに行ってしまう。

（あ、嘉悦《おとず》さんだ）

数回訪れたことのある、高級そうなスーツの男性は、いつぞやか瀬里がオーダーミスをし、藤木がドリンクをぶちまけた相手だ。何度も通ってくるので、そんなにひどいクレームをつけられたのだろうかと青くなっていたら、じつは藤木の高校時代の先輩《せんぱい》であったらしい。

そのままなにやらテーブルで話しこんでいる彼らをなんとなく見ていると、もう一度演をかんだ大智が苦笑《くしよう》を浮《う》かべて呟いた。

「まあ、なんだ。店長の幸せのために一役買ったのよ」

「は？ なんですかそれ」

それがさきほど自分の発した問いの答えとはわからぬまま、きょとんと瀬里が見あげると、にやにやと笑って彼は答えない。

「あっ、嘉悦さんおかわりいります?」

「ああ、ありがとう。まだあるからいいよ」

瀬里は初手が大失敗だったのでなんとなく嘉悦を遠巻きにしていたのだが、真雪はもうすっかり馴染《なじ》んでいるようだ。あちこちを片づけてまわりつつ、にこやかに話しかけている。

そうしてまた派手なくしゃみを連発するから、はっと瀬里はポケットを探《さぐ》った。

「あのさ、ふたりともこれ飲む? 眠《ねむ》くなっちゃうから、仕事中はまずいかと思ったんだけど」

テーブルを拭《ふ》き終えた真雪も小走りにやってきて、瀬里の差し出したそれを摘《つま》んだ。

「なにこれ、風邪薬?」

先日母が送りつけてきたそれは、市販《しはん》の売薬ではなく知り合いの漢方薬局で調合しているものだ。どういう成分なのかは瀬里はよく知らないのだが、これを飲んでいると大抵《たいてい》の風邪はけろりと治る。おかげで昔から、瀬里も和輝も風邪をこじらせたことがなかった。

「うん。飲んで寝ちゃうと、治ると思うよ。よく効くし」

ピルケースに小分けにした分を手渡《てわた》すと、さっさとふたりして口の中に放《ほう》りこんだ。病院嫌《ぎら》いなところだけは気が合うらしく、売薬でどうにかしようとしていたらしいのだ。

「早く元気になってね。そうじゃないと、困るよ」

「うおー、瀬里ざんぎゅー……あんただけだ、まともな情があるのは」

ひどく感激した様子で、真雪がぐりぐりと座ったままの瀬里の頭を撫《な》でてくる。大げさな、と瀬里が苦笑すると、口を尖《とが》らせた真雪はほんとの話だと目を据《す》わらせた。

「聖ちゃんなんかひどいもん。真雪がげほげほ言ってんのに、昨日も嘉悦さんと長電話だし」

「……そういえば、最近よく来るけど、いつも聖司さんしか対応してないね」

視線の先、まだ話しこんでいるふたりを眺め、瀬里は小首を傾《かし》げた。それに対して、あれっという顔をしたのは真雪だ。

「え？　瀬里もしかして、まだ気づいてない？」

「は？」

「見てわからんかな。……あー、そっかあんたこういうの、鈍《にぶ》いもんね」

赤い鼻を擦《こす》った真雪がにやにやとしながら、仕方がないと首を振《ふ》る。その仕種《しぐさ》になんだかむっとして、瀬里は思わず眉《まゆ》を寄せた。

「なんだよ、言いたいことあるならはっきり言えよ」

「いや、言いたいことってか」

「ねえ？」

おまけに大智まで一緒《いっしょ》になって、やれやれと肩を竦《すく》めているのだ。ただでさえ、この三人にはなんとなく遠巻きにしているしかない親密さを感じている瀬里にとって、それはあまり気持ちのいい態度ではなかった。

（なんだよ、なんか気分悪い）

むうっと唇《くちびる》を尖らせたのは無意識だったけれど、じっと見下ろす大智の目にはっとなる。拗《す》ねた子どものような顔を浮かべたことを恥《は》じてとっさにうつむくと、熱っぽい指がつむじのあたりにつつくように触《ふ》れた。

「や、だからね。あのひと、聖司さんのコレ」

「……これ？」

ぴっと親指を立てたそれに、真雪が「それなんかオヤジくさい」とツッコミを入れる。しかし瀬里はしばし意味がわからずに、きょんと大きな目を丸くした。

（おやゆび？　グッドラック？）

いやそうではなく、としばし逡巡《しゅんじゅん》したのちに、はっと瀬里は息を呑《の》む。

「……えっ、あのひと聖司さんの彼氏なんですか⁉」

「うわ、遅《おそ》……」

思わず立ちあがって叫《さけ》ぶと、真雪がいい加減鈍すぎるとかぶりを振る。だがその彼女の声ももはや、瀬里には聞こえていない。

「ちょっと、なにばらして……！」

上擦《うわず》った瀬里の声は案外と大きくて、少し遠い位置にいた藤木にまで聞こえたようだ。焦《あせ》ったように飛んできた店長の顔は、普段《ふだん》の大人らしい穏和《おんわ》さもなく、狼狽《ろうばい》をあらわにして真っ赤になっている。

（……誰《だれ》、これ）

そのうろたえきった表情を、ぽかんとなったたまま瀬里は見つめていた。いつもの落ち着きをまったくなくした藤木は、なんだかびっくりするほどにかわいらしい、見たこともない顔をしている。

だが、いっそいたいけなくらいに感じるそれすらも、真雪は切って捨てていた。

「この先もどうせ常連になるんでしょ？　言っておいた方がいいじゃん。それに、瀬里だけハブは可哀相《かわいそう》じゃん」

「あ、あのね。だからって言わなくても」

その言葉は瀬里にとっては確かに嬉《うれ》しいものではあるが、おろおろする藤木同様、瀬里もそれどころではなかった。

（嘉悦さんが、聖司さんの彼氏……って、ことは）

ちらりと横目で窺《うかが》うと、大智は平然としたまま笑っている。その横顔に、彼はなんらその関係について思うことはなく、応援《おうえん》さえしているだろうことは見てとれた。

「あ、あれ……？　でも、だって」

ぶつぶつと呟いて、瀬里は混乱しはじめた頭を支えるように、こめかみを押さえた。思ってもいなかった事態に、頭がくらくらしている。

（なに、なんで、どういうこと……）

あまりのことについていけない気持ちを読みとったかのように、口元を面白《おもしろ》そうに歪《ゆが》めた真雪がちらりと瀬里を流し見て、ふふんと鼻先で笑う。

「だってそんだけじゃないんだもん」

「……なに？　瀬里ちゃん」

「あ、あのう……ほんとなんです、か？」

おずおずと覗《のぞ》きこんできた藤木は、なにかに怯《おび》えるような顔をしていた。このひとはどんな顔をしていてもきれいだなと、半ば遠い意識で思いつつ、瀬里の口からは勝手に言葉が飛び出していく。

「聖司さんって、……大智さんとつきあってるんじゃなかったんですか？」

「えっ⁉　な、なにそれ⁉」

「……は？」

ぎょっとしたように叫んだ藤木に、瀬里の方こそ驚《おどろ》いた。だが、どうやらそれ以上に驚いた様子でいるのは、傍《かたわ》らで息を呑んだ大智だった。

（なんだろ？）

ものすごい勢いで瀬里を振り返り、愕然《がくぜん》となっている彼に問いたいこともたくさんある気がした。だが、目の前の藤木に訊《き》く方が先だと瀬里はじっと真剣《しんけん》なまなざしで、ぶんぶんと首を振って否定している店長を見つめる。

「あの、あのね瀬里ちゃん。それは完全に誤解」

「だって、俺オーナーに聞いてます。大智さんは聖司さんに惚《ほ》れたから、ここにいるんだって」

あれがただの勘違《かんちが》いや嘘《うそ》だというには、この一年は長すぎたのだ。瀬里はなんだか感情の持って行き場がなくて、つい責めるように藤木を見あげ、言いつのってしまう。

「そっ……だ……大智もなんか言ってくれよ！　誤解だって」

瀬里のあまりに真剣なまなざしに、藤木はついに上擦った声で助けを求めた。しかしその先を視線で辿《たど》れば、大智が瀬里をじっと見つめている。

「うん、まあ……いや……俺もちょっといささかショックで」

「なにがっ！」

嘘だろ、と男らしい唇が力なく呟《つぶや》いた。見下ろしてくる彼の瞳《ひとみ》は困惑《こんわく》と驚愕《きょうがく》で揺《ゆ》れていて、瀬里は息が苦しくなる。

（……じゃあ、この間の、あれ）

視線が絡《から》んだ一瞬《いっしゅん》で、瀬里はここがどこなのか、いま自分がなにをしていたのか、そのすべてを忘れた。

――これはノーカウントでね。

そう言って唇を摘《つま》んだあの指は、誰のものでもなかったのだろうか。そんなことばかりが頭を巡《めぐ》り、気づけばじっと、大智の口元を見つめてしまっていた。

「ねー。大智って自分のことだとへたれだよねー。説教魔《ま》のくせして」

どこか遠くで、けらけらと笑う真雪の声がした。それに対して大智がなにか激しく反論していたようだけれど、それもろくに意味がわからない。

いつの間にか、嘉悦が藤木を伴《ともな》って、店から出て行った。最後にあちこちの灯《あか》りを落とし、さて、と腰《こし》に手を当てた真雪はなぜか、満足そうに微笑《ほほえ》む。

「んじゃ、終了《しゅうりょう》っと。あ、大智ー。あたし、今日は部屋譲《ゆず》んないからね」

「て、てめっ……！」

ようやく我に返ったのは、瀬里には意味のわからないことを告げてせせら笑った真雪に対し、怒鳴《どな》ろうとした大智が派手に咳《せ》きこんだのを聞いたからだ。

「あ、あの、……大丈夫《だいじょうぶ》ですか？」

げほげほとひとしきりやったあと、ぐったりと大智はカウンターになつく。その広い背中がまだぜいぜいと上下していて、どうしようかと逡巡したあげくに瀬里はそっと手を添《そ》えた。

「お水、持ってきましょうか？」

「あー……いや、咳《せき》は平気、なんだけど……別のことがショック」

そっと問いかけると、顔をあげた大智が情けないような顔をして呟く。間近に視線が絡み、はっとした瀬里が逃《に》げるよりも早く、その手首が捕《つか》まえられ、瀬里はかっと赤くなった。

「だ、大智さん？」

「いや、えっとねえ。どっから話していいかわかんないんだけど——」

熱のせいか、ただ手を握《にぎ》られているだけだというのに、なまなましい感じがする。

深く濃《こ》い色の瞳が、少し赤らんで潤《うる》んでいる。風邪《かぜ》のせいだと知ってはいても、どこか艶《なま》めかしく熱っぽいそれに、心臓まで鷲掴《わしづか》みにされ、瀬里はもう瞬《まばた》きさえできない。

「あのさ、瀬里ちゃ」

「――電気消すよーっ」

吸いこまれそうだ、と息を呑んだ瞬間、元気な鼻声が宣言して店は真っ暗になった。

「……真雪、てめえ……」

真っ暗な中、大智の唸《うな》るような声がした。瀬里はといえば、暗闇《くらやみ》の中でも離《はな》されることのない手のひらの熱さにたじろいだまま、なにも言えない。

「店ん中でエロムード出してんじゃないっつの。話すんなら、瀬里んちでも行ってしな。あたしは早く寝《ね》て風邪治すのっ。そんで来週こそ海に行くんだから。あっ瀬里、薬あんがとね。洟《はな》とくしゃみ、止まってきた！」

「そ、そう……よかったね」

早口にまくしたてた真雪はじゃあね、と言い捨てさっさと奥に引っこんだ。裏階段からそのまま自宅に戻《もど》るつもりなのだろうなと思いつつ、瀬里は遠くなる足音を呆然《ぼうぜん》と聞くしかない。

「んのやろ……焚《た》きつけてんのか邪魔《じゃま》してんのかどっちだよ」

「だ、大智さん、あの……手、手を、は、は、放して」

焦るあまりどもってしまったのも恥《は》ずかしく、暗闇に目が慣れてきた瀬里はおたおたと手を振《ふ》ってみせる。だがその手はほどかれることはなく、さらに強く握りしめられた。

「んー……あいつに乗せられんのもなんだかなと思うんだけどさ」

「な、なに？」

「瀬里ちゃんさ。俺と話してくれる気、ある？」

こちらも薬が効いてきたようで、軽い鼻声程度になった大智が、今度はもうひとつの手も添えてくる。両手でぎゅっと握られた瀬里の手は、緊張《きんちょう》と恥ずかしさに汗《あせ》ばんでしまっている。

「部屋、行っていい？　俺、上で着替《きが》えてくるから、待っててくれる？」

大智はまだ制服のままだったが、瀬里は店を閉めたあと事務作業に集中してかまわないと言われたので、既《すで》に帰り支度《じたく》は済ませていた。

（どうしよう）

本当は走って逃げたい。そう思った瀬里の内心を見透《みす》かしたように、手を離しながら大智は囁《ささや》くように告げる。

「すぐだから、逃げないでね？」

「……はい」

こくりと頷《うなず》き赤くなったのは、離れた手のひらの代わりにそっと額に触《ふ》れた、熱っぽい吐息《といき》のせいだった。

＊　＊　＊

自転車を押して、夜道を歩く。瀬里のアパートはこの店から徒歩では少し遠かったけれど、大智がほかに足がないので仕方がない。タクシーを呼べばいいじゃないかと言ったけれども、少し頭を冷やしたいと、いつぞや瀬里が言ったような台詞《せりふ》を彼は口にした。

「風邪、大丈夫ですか？」

「あー、うん。さっきの薬効いてきたみたい」

潮騒《しおさい》が聞こえる、月明かりに照らされた海沿いの道。深夜を過ぎたこの時間では滅多《めった》に車も通らず、会話が途切《とぎ》れるたびに自転車のチェーンがからからと音を立てるのが耳につく。

「嘉悦さん、その……聖司さんと、いつから？」

まだいささか混乱の残る瀬里は、沈黙《ちんもく》が気まずくてめずらしく自分から会話を振った。だが本題に触れてしまうのも怖《こわ》くて、まずはと気になっていたことを問いかける。

「ん、なんか実際には十年前からそうだったらしいけど、一回行き違ったらしくてね。この間再会してから、まあ焼けぼっくいになんとかってやつみたい」

「そうなんですか……」

あっさりとした大智の返答に、それではやはり本当なのだなと頷いた。大智と同じほどに背の高い嘉悦は、黙《だま》っていると少し近寄りがたいほど迫力《はくりょく》がある男性だ。顔立ちはハンサムで、けれど芸能人や俳優のような甘さは少しもない、厳しい印象がある。

ひととなりはまるで知らないけれど、嘉悦は見た目ほどには怖くないようだと真雪とのやりとりから察せられた。むしろ度量の広い、落ち着いた大人の男なのだろう。けれど、どんなに嘉悦が魅力《みりょく》的であれ、瀬里にはどうにも納得《なっとく》がいかない。

「……大智さんは、いいんですか？」

「ん？」

「だって、五年も……一緒《いっしょ》にいたのに、いいんですか？　聖司さん」

十年前、恋人《こいびと》だった。けれど言い換《か》えれば、この十年彼らは他人だったはずだ。その間、藤木の傍《そば》におそらくいちばん長くいたのはこの彼であるはずなのだ。つらくはないのかと、それがいちばん訊きたくて口にした問いに、大智はやはり情けなさそうな笑《え》みを浮《う》かべる。

「あのう……それ、俺はどう受けとったらいいのかな？」

「どう、って」

「瀬里ちゃんは、俺が聖司さんとくっついた方がいいってことかな」

少し意地悪い言い方をされて、言葉に窮《きゅう》する。それを本気で望んでいるかと言われると、むろん否《いな》だ。沈黙した瀬里に、大智は仕方ないなとため息をついて言った。

「あのね。オーナーからなに聞いたかしらんけど、俺は確かにあの店長に一目惚《ひとめぼ》れしました。けど、その五秒後にふられてるの」

「えっ⁉」

「曾我さんもあれ、持ちネタにしておもしろがってるからさ……後半を言わないのよわざと」

だからほんとになんでもないんだよと、からりとした声で大智は笑った。

「だいたいね、ほんとにいまだに好きだっつんなら、なんで真雪まで混ぜて三人で仲良く暮らせると思う？」

「えと……でも、それはその、真雪が心得てるのかと」

「わけないだろう、あの傍若無人《ぼうじゃくぶじん》の無神経が」

即時却下《そくじきゃっか》され、まあ確かにと瀬里が頷きかければ、大智はとんでもないことを言う。

「あの女、場合によったらひとがいたしてる場面にでも平気で踏《ふ》みこむぞ」

「い……いたしてるって」

いささか露骨《ろこつ》な仮定に、ぼわ、と瀬里は赤くなった。けれど、マフラーに鼻まで埋《うず》めた大智は平然としたまま言葉を綴《つづ》る。

「そんなヤツと恋人と、一緒になんか住めるわけないでしょ。……っつか、べつにもういいんだって、ほんとに。聖司さんのことは。……いまはほかに気になる子がいるし」

意味深に笑って視線を流される。慌《あわ》てて瀬里は目を逸《そ》らし、自転車のハンドルを睨《にら》みつけた。

だがその瀬里の逃げを許さず、少しうしろを歩く大智はゆったりと問いかけてくる。

「……俺のこと、ほかに恋人いるのに手を出すような、いい加減なヤツだと思ってた？」

「い……いい加減、とか、思わないです、けど」

意味はわからなかったと、さらにうつむいて地面を見つめた瀬里はぼそぼそと答えた。

「冗談《じょうだん》かなー、とか……」

「あのね、俺まあバイだけどさあ。洒落《しゃれ》で男の子にキスする趣味《しゅみ》はないんだけど」

「ば……き……」

あっけらかんととんでもないことを言われ、瀬里はもう息も絶え絶えだ。のろのろと自転車を押す力もなくなりそうでため息をつくと、白く凝《こご》った息が夜空に溶《と》ける。

「だって、よく、わかんないです」

その儚《はかな》い吐息を見ていると、なんだか鼻がつんとなった。

「俺、……そういう、恋愛《れんあい》経験、とか。ないし。大智さんにはずっと、嫌《きら》われてると思ってて」

「その辺の誤解って、解けてなかった？」

そこはわかったけれどと瀬里はかぶりを振る。

「でも、いきなりあんな、どさくさで、き、……キスとか、されても」

はっきりした意思表示もないまま、わかってくれないと嘆《なげ》かれてもつらい、そう思っている
と大智が困り果てた声をあげた。

「えーと……これでも俺的には手順踏んでたんだけどさ。でも全然、気づいてもくれてねえんだもんなあ……」

「え……？」

いったいなんの話だと瀬里が目を瞠《みは》ると、やっぱり鈍《にぶ》いと彼は苦笑する。

「一生懸命《けんめい》誘《さそ》ったり口説いたり、かわいいっつったりしても肩《かた》すかし、デートに誘ったらついてきてくれんのに、結局よくわかってねえしさ」

そしたらどうやったらいいのかなあと、大智は少しばかり拗《す》ねた目をする。だが瀬里はそれに対して、なにを言えばいいのかわからなかった。

やっぱりいまでも、こんな話をしていても、どこか現実味がないのだ。第一、はっきりと好意を伝える言葉ももらえていないのに。

（そういうのって、うざいとか思うのかな……）

大智のように恋愛慣れしていそうな男には、いちいち好きだのつきあおうだの、そうしたことは必要ないのかもしれない。だが、瀬里はおくてで、なにより自分に自信がない。

「でも、あの……大智さん、俺のことどう想《おも》ってるか、言って、ません」

「え？」

逡巡《しゅんじゅん》のあげく、うつむいたままぼそぼそと告げると、大智が少し驚《おどろ》いた声を出す。

「いままでのも、デートとか……も、全部、話の流れで行くと意味がどうとでも取れるし、なんかそういう曖昧《あいまい》なんじゃ、どうしていいのか……」

「どう、って」

「だって、勘違《かんちが》いして、たら、……やじゃないですか」

好かれていると舞《ま》い上がって、そのあとで違ったりしたら、きっとずたぼろになってしまう。慣れない心はそれだけやわらかいから、手ひどく傷ついて壊《こわ》れるかもしれない。

「俺、そういうの慣れてないし。察して、って言われても」

「……ああいうんじゃ、わかんない？」

こくんと頷くと、そうか、と小さな声で呟《つぶや》いた大智が手を伸《の》ばしてくる。びくりとして避《よ》けるより先、ハンドルを握《にぎ》った手の甲《こう》が、一回り大きなそれに包まれた。

「なに……」

「うん。ちょっとその辺、俺も忘れてたかも。ごめんね」

もう一歩も動けなくなって、自転車を支える力も出ない。ふらつく身体《からだ》も自転車も、大智の手のひらだけがここに繋《つな》ぎとめている。

うつむいた瀬里の頬《ほお》に、まだ熱っぽい手のひらがふれた。おずおずと顔をあげると、なんか照れるねえと笑った大智がじっと目を覗《のぞ》きこんでくる。

「えっとね。……瀬里ちゃんが好きなんで、俺とつきあってくれるかな？」

そうしてちゃんと、瀬里のレベルに合わせた言葉で、大智は気持ちを伝えてくれた。ちゃんと答えなければと思うのに、嬉《うれ》しいを通り越《こ》してしまった気持ちが、素直《すなお》ではない言葉を発してしまう。

「……でも、聖司さんみたいにきれいなひと好きだったのに」

なんで自分なんかをと、まだ信じきれない瀬里が首を傾《かし》げると、くしゃくしゃと大智はその髪《かみ》を撫《な》でた。

「そこ関係あるの？　つうか確かにまあ……俺面食いだしあのひと美人さんだけどさ。瀬里ちゃんだって充分《じゅうぶん》、かわいいでしょ」

「それは、真雪がなんとかしてくれてるから……ヘアスタイルとか、そういうので」

髪型にしても服にしても、彼女の見立てがいいからだ。素材としての瀬里などたいしたことはないのだと、少し卑屈《ひくつ》な気分で瀬里が呟くと、大智は目を瞠った。

「そりゃいまの髪型も似合ってるけど……俺最初から、かわいい子だなと思ってたよ？　言ったじゃん、かわいいのに顔見えなくてもったいないって」

「でも、俺とか全然、たいした顔じゃないし……」

地味だし、と目を伏《ふ》せると、大智はいよいよ困惑《こんわく》したような顔をする。

「あの……それ本気で言ってないよね？　なんでしょっちゅうセクハラされるか、瀬里ちゃんわかってる？」

「えと……舐《な》められてるのかと」

男性客にからかわれるのは、瀬里が真雪曰《いわ》く「ちびっこ」で、御《ぎょ》しやすく見えるからだろう。それ以外のなにがあるのだろうかと首を傾げれば、大智はなんだかがっくりと肩を落とした。

「あー……うん、そういう子だよね、ほんと」

「な、なんですか」

「いやいいよ。……だから無事だったのかな」

瀬里には意味のわからないことをぶつぶつと言い、大智の大きな手のひらが頬に触《ふ》れてくる。

「ま、美醜《びしゅう》感はひとそれぞれなんですけどさ。俺は瀬里ちゃんの顔、上品で好き。目は大きいのに鼻も口もちっちゃくて、ひな人形みたいだよね」

両手に包んだ頬を撫でながら、言い聞かせるようにして大智は微笑《ほほえ》み、瀬里は赤くなる。とっさに言い返そうと開いた唇《くちびる》に親指の腹が触れて、ふにふにといじられた。

「ここ、いつもつんとしてるからさ。ちょっと不機嫌《ふきげん》そうに見えるんだよね」

「そ……です、か」

「うん、……なんかこう。こうしたくなる」

こうってなに、と問うより早く、ふんわりとしたものが触れた。すぐに離《はな》れたキスを惜《お》しむより早く、そっと、やわらかい声が聞こえた。

「……いや？」

大智のものとも思えないその不安そうな響《ひび》きに、反射的に瀬里は首を振《ふ》る。今度はもう少し長く唇が触れてきた。大智が、不慣れな自分へと精一杯《せいいっぱい》の気遣《きづか》いを向けてくれていることが、遠慮《えんりょ》がちに吸いあげる動きでわかる。

「ん……」

触れて離れるたびに、ちゅ、と小さな音がして恥《は》ずかしい。角度を変え、啄《ついば》まれるそれが何度目かになってようやく、彼の唇のやわらかさや熱を感じることができた。それくらい、緊張《きんちょう》していた。

(唇って、やわらかいんだ)

唐突《とうとつ》に、これはとても大事なものなのだと、ふと思った。小さなころ、初雪で作った丸い玉をそっと手のひらの中にしていたときのような、不思議な感覚が胸の中にある。

決して、汚《よご》したり傷つけたりしてはいけないものに、いま自分は触れている。

硬質《こうしつ》な印象のある大智の、大きめのそれは、熱のせいか少しかさついていた。それでも何度か触れあわせるうちに、ゆっくりと湿《しめ》り気を帯びてまろやかな感触《かんしょく》に変化した。

「瀬里ちゃん、……誘ってんの？」

「え……？　え、あっ」

それは、自分が無意識のうちにささくれた唇を舐めて癒《いや》そうとしているからだと気づいたのは、ぬるりとしたものと触れあってからのことだ。

「いや、俺的にはすげえ嬉しいんですが……意外に大胆《だいたん》だね」

困った顔をしている大智に、自分のやったことに気づいて赤くなる。

「ご、ごめんなさい」

「いや謝るところじゃなくて……うーん」

いいのかな、と軽く首を傾げて、じっと大智が覗きこんでくる。なんだろうと思いながら目が離せなくなっていると、結局はまた唇が重なった。

「……で。瀬里ちゃんは俺を好き？」

言葉もなく頷《うなず》くと、悪戯《いたずら》っぽく笑った大智が「俺だけ言うのはずるいんじゃない」と瀬里の唇をあの日のように引っ張る。

「好き……です」

そうして、促《うなが》されるまま口にした告白は、波音にかき消されるほどに小さなものだった。

＊　　＊　　＊

夜道を歩いてアパートに辿《たど》りついたころには、ふたりとも身体が冷えきっていた。ともかく暖房《だんぼう》を入れるが、もともとあまり性能がいいとは言えない電気ストーブだ。

「あの、お茶淹《い》れます？　それとも、お風呂《ふろ》でも入りますか？」

「ん、平気。いいからちょっとおいで」

　少し身体をあたため、大智は寝《ね》た方がいいのではなかろうかと瀬里が案じて振り向くと、ベッド脇《わき》に長い脚《あし》を投げ出した彼はちょいちょいと指先で手招いてくる。

「なんですか、……っわ」

　近づくといっても狭《せま》い部屋だ、ものの数歩で大智の腕《うで》は瀬里のそれを捕《つか》まえ、そのまま自分の膝《ひざ》の上へと引きずりよせる。

「……んっ」

　なにを、と問うより早く唇が塞《ふさ》がれて、瀬里は一瞬《いっしゅん》身を硬《かた》くした。上下の唇をやわらかく噛《か》むようなそれは、まだ瀬里の知らない触れ方で、かあっと頬が熱くなる。

「……キス、やじゃない？」

「は、い」

　やさしく触れて離れた唇は、それでもまだすぐそばにあって、大智のかすれた声を振動《しんどう》として感じ取る。

「もちょっと……していい？　風邪《かぜ》、感染《うつ》すかもだけど」

　彼らしくもない遠慮がちな問いに、少しおかしくなった。そうして、なんだかすごく大事に扱《あつか》われているようで、女の子でもあるまいしと面《おも》はゆくもなった。

「いい、です」

　大智がしたいと言うなら、何度でも応《こた》えたいと思った。抱擁《ほうよう》も口づけもなんら瀬里に不愉快《ふゆかい》さを覚えさせるものではなかったし――多少それを感じるとすれば、経験値の差に悔《くや》しいと思う程度のことで――本音を言えば、もっとしたいと思ってもいた。

「ん……」

だからもう少し深く、長いキスを与《あた》えられても、目を閉じて素直《すなお》に受け止めた。大智の舌が自分のそれと触れた瞬間だけはびくりと肩《かた》が跳《は》ねたけれど、宥《なだ》めるようにそっと背を撫でられてからはくたくたと力が抜《ぬ》けていく。

煙草《たばこ》を吸うせいだろうか、大智の舌はざらざらとした感触があった。そして自分のそれよりも、すごく熱くて、肉厚で大きな気がした。

(恥ずかしい、ちょっと怖《こわ》い、……でも)

決して外から眺《なが》めているだけではわからない、ささやかな身体《からだ》の器官の差異、それを知ってしまうことはものすごく親密な行為《こうい》なのだとぼんやり瀬里は思う。同時にまた、瀬里が感じるように大智にも自分の舌の大きさや温度を知られているのだと気づくと、羞恥《しゅうち》はさらに増した。

(でも、気持ちいい。溶《と》けそう……)

軽く嚙むようにして啜《すす》られ、ひくっと喉《のど》が鳴った。

こういうキスをするときにほどよい口の開け方もなんとなくわかってきたところで、もっと深い部分を舐められ無意識に腰《こし》が浮《う》きあがる。すると背中から腰までを大智の大きな手のひらが撫で下ろしてくるから、よけいぞくぞくした。

「んん……ん……っ？　あ、っ⁉」

無防備に預けきった顔をさらして、はじめての濃厚《のうこう》なキスに酔《よ》っていた瀬里は、ふいに胸のあたりに小さな痛みを感じて声をあげた。ちりっとしたそれを感じてしばらく経《た》ってから、そろそろとした手つきで胸を撫でていた指に、乳首《ちくび》を摘《つま》み取られたのだと気づく。

（え、なに、なんで）

ひどく驚《おどろ》き状況《じょうきょう》を把握《はあく》できないまま、瀬里は長い腕で自分を抱《だ》きしめる男を咄嗟《とっさ》に見あげる。

「……なに？」

「あ、その……」

どうしてそんなところまで触《さわ》るのかと、問いかけることができなかった。

気づけば、既《すで》に瀬里は半ば床《ゆか》に転がるようにして抱きしめられている。この状態ではいかにもな愚問《ぐもん》であるとはさすがにわかったのと、ごくささやかな、普段《ふだん》意識もしたことのない身体の一部から、痺《しび》れるような疼痛《とうつう》がこみあげてきたせいだ。

（う、うわ……）

胸を摘みあげた大智の長い指が、まるで擦《こす》り合わせるようにそこを揉《も》んでいる。伝わってくる刺激《しげき》自体にも、いやらしいとしか言いようのない触れ方にも茹《ゆ》であがって、瀬里は目を瞠《みは》ったまま唇を震《ふる》わせた。

「んうっ」

その震えを吸い取るように、先ほどより少し深く唇が重なった。あ、と小さな声があがり、それすら舐め取るかのように舌が滑《すべ》りこんできて、かあっと頭が芯《しん》まで熱くなる。

「あ！」

小さく叫《さけ》んで唇《くちびる》を離したのは、浮いた腰の下に手をあてがわれたからだ。それだけではなく、丸みを確認《かくにん》するかのようにゆっくり撫《な》でられ、胸の上をいじっていた指もまた執拗《しつよう》になる。

「だ……大智さん」

「ん……？」

不安もあらわな声で名を呼んだけれど、なに、と目を見つめられて言葉につまる。長かった口づけの余韻《よいん》でふたりとも息があがっていて、濡《ぬ》れた唇と同じほどに瞳《ひとみ》も潤《うる》んでいる。

（あ……）

目が合った瞬間、唐突に瀬里は今までのキスがただの親愛を示すばかりのものではなく、そのもっと先に至るまでの行為なのだと気づいた。だから大智はあんなにしつこく、いいのかと何度も念押しをしたのだ。

「えっと、あの、まっ……」

「待たないとだめ？」

あたふたとして胸を押し返すと、それ以上の力でのしかかられた。言葉だけは瀬里の確認を取っているけれど、大智の腕はそれと裏腹の強引《ごういん》さを見せ、じりじりと下肢《かし》へ降りていく。

（うわ。大智さん、ちょっと展開早いよ、ついてけないよ……っ）

内腿《うちもも》を撫でられて、びくりと竦《すく》んだ。内心パニックに陥《おちい》りながら、耳元に落ちた唇の濡れた感触に、逃《に》げきれないかもしれないと思う。

その混乱は、潤んだ目に表れていたのだろう。すっかり床に押し倒《たお》された状態で、怯《おび》えを視線だけで訴《うった》えていると、大智は困ったように笑った。

「やっぱいや？」

「だ、って……急、に」

瀬里とて成人男子でもあり、センシュアルなことに対しての期待や興味がないわけではない。だがいくらなんでも早すぎはしないかとも感じるのが本音だ。

「今日の今日で、っていうのは、ちょっと」

そもそも、もうずっと長いこと大智は自分に興味などないと思っていて、それでやっと好きだと言ってもらったばかりなのだ。そんな対象に自分がされることなど考えてもみなかったから、正直ただ面食《めんく》らってばかりで、どうしていいのかわからない。

「けどさ。瀬里ちゃん鈍《にぶ》いじゃん？」

そう訴えると、瀬里の髪《かみ》を指先に弄《もてあそ》びながらの大智は、なんだか情けない顔をする。

よくよく見ればその口元は芝居《しばい》がかった自分への笑いをこらえる震えがあったけれど、余裕《よゆう》のない瀬里にはそこまで気づくことはできない。

「普通《ふつう》に好きだって言っても、たんなる好意だと思われても困るのね、俺。だったら実践《じっせん》するのがいちばんわかりいいかなあと」

さっきのキスだけでも充分《じゅうぶん》、恋愛《れんあい》初心者の瀬里には強烈《きょうれつ》だ。それでもうわかったと言いたいけれど、悪戯っぽく笑うきれいな瞳に意識が吸いこまれて、濡れた唇を指で撫でられれば、大智の言葉を繰《く》り返す以外できなくなる。

「じ、実践って、なに……」

おどおどと問えば、得たりとばかりに笑って大智は言ってのけた。

「はっきり言った方がいい？　セックスこみでおつきあいしたいって」

「せっ!?……ん、あっ！」

ストレートな言葉にぎょっとすると同時に、するっと腰を撫でられて驚く。それは触《ふ》れられた事実に対しての驚愕《きょうがく》ではなく、過敏《かびん》に反応した自分の肌《はだ》が、まるでいつもと違《ちが》っていたことへの戸惑《とまど》いだ。

（うそ、なんで）

大智の手のひらの形に、皮膚《ひふ》がびりびりと痺れた。そのまま脊髄《せきずい》を伝っていく電気信号のようなものが、ダイレクトに腰の奥へ響《ひび》き、瞳が一瞬で濡れていく。

「……感じちゃった？」

「あう……ち、ちが」

問われて、茹であがった瀬里は目を逸《そ》らしたまま唇を噛んだ。言葉として自覚すると、もっと恥《は》ずかしい。おまけに大智は、ストレートな欲求を隠《かく》そうともしない。

「いまみたいに気持ちよさそうな顔とか、瀬里ちゃんの身体とか、声とか、そういうの全部ひっくるめて知りたいし、見たいんだけど」

「なんで、そんなの……」

そう言って身体中を見つめてくる視線の強さに、肌が炙《あぶ》られる気がした。そのくせ、長い腕《うで》は押さえつけるでもなく瀬里の両脇《りょうわき》についたままだ。

「さっきも言ったじゃん。俺、瀬里ちゃんがかわいいの。ぴりぴりしてさ、息抜《いきぬ》きもへたくそで。不器用で頑固《がんこ》で意地っ張りで」

それはあまりかわいい要素ではないのじゃないかと瀬里が眉《まゆ》をひそめると、皺《しわ》の寄ったそこに熱っぽい唇が押し当てられる。

「――そういう子が、一生懸命頑張《けんめいがんば》っちゃって、泣きそうなのに泣かない、みたいな顔してるの見たら、なんかこう」

「こう、なんですか……」

熱くてやわらかい唇に、それこそなけなしの意地もさらわれそうになって、瀬里の声も囁《ささや》くようなものになる。

「いや、いっそもっと泣かせたいっつうか……」

そそるんだよね。最後のひとことは耳に吐息《といき》ごと吹《ふ》きこまれ、趣味《しゅみ》が悪いと言ってやりたかったけれど、口を開いたら変な声が出そうでできない。おまけに、泣かせたいというその声も、含《ふく》まれるニュアンスもあまりにいやらしすぎて、瀬里にはもうどう答えていいのかわからない。

「でも、いじめたいんじゃないよ。大事にしたいし、ほっとけないし……かわいがりたい」

「それ、俺が……頼《たよ》りないから、ですか?」

放《ほう》っておけないと言われて、嬉《うれ》しくも複雑だった。どこかコンプレックスを捨てられない瀬里が問いかけると、しかし大智はただ、困った子だねと笑う。

「ほんっとに変に自信ないねえ。好きだからほっとけないんだけど……まあ、俺も大概《たいがい》、おせっかいかもしれないけどさ」

鬱陶《うっとう》しかったらごめん、と、言葉だけは殊勝《しゅしょう》に言ってみせながら抱きしめられ、瀬里はかぶりを振《ふ》る。

「大智さんに、かまわれるの、好きです……」

「そ？　よかった」

やんわりとした声と裏腹、大智はその会話の間も、じわじわとまた瀬里の身体《からだ》の形を確かめるように手のひらを触れさせている。このままではもうなし崩《くず》しになるのは確実だったけれど、瀬里ももうどうでも抗《あらが》おうという気は失《う》せていた。

（もう、いいや……）

好きなひとが、好きだと言ってこんなにやさしく触ってくれている。その心地《ここち》よさにどうやったら逆らうことができるのかと、目を閉じようとした瞬間《しゅんかん》だ。

「あーでも……謝っておくかなあ」

「……なんですか？」

「や、じつは俺、気分的にはそうとういい感じなんだけど……たぶん、最後まで無理。ちょっと手出して」

なんだろう、と思っていると捕《と》られた両手を引かれ、首筋に当てられる。そこで瀬里はぎょっとした。

「大智さん、熱、すごいじゃないですかっ」

「うん、頭痛いとかはないんだけどねぇ。じつはさっきから朦朧《もうろう》としてる」

「なんっ……は、早く寝《ね》てください……！」

それじゃあますますこんな場合じゃないじゃないかと、瀬里は慌《あわ》てた。だががっちりと両手首は掴《つか》まれたままで、そのまま引き寄せられ額をくっつけられる。

「なんかこう。このまま寝るのもったいないんだよ」

「だからって、熱……っ」

「俺絶対明日になったら後悔《こうかい》するもん。なんでなんもできなかったんだよって死にたくなる」

そんな話じゃないだろうと反論を試みた唇が、申告《しんこく》どおり熱い唇に塞《ふさ》がれた。さきほど口づけたときより明らかに熱はあがっているようで、目元も赤らみ潤んでいる。

「それにさあ……さきに延ばして、瀬里ちゃん逃げない？」

「に……げ、ない、と」

思います、という語尾《ごび》がくたくたになったのは、正直自信がないからだ。

「恥ずかしいのとか苦手だろ。腹の中さらすみたいな、濃《こ》いい会話もさ」

じっと見つめられた目を見返すこともできなかった。図星だったので、もう頷《うなず》くしかない。内心を吐露《とろ》するのは瀬里がもっとも苦手なことで、うっかり本音をさらしたりすると、しばらく自己嫌悪《けんお》に陥ってしまう。

「……俺が見たいの、そっちかもしんない。全部裸《はだか》にして、隠してるとこも恥ずかしいとこも全部知りたい」

「大智さん……」

「約束するよ。傷つけたりしないし、……どっちにしろ最後までできそうにないんで、触《さわ》るだけ。それもだめ?」

怖《こわ》くないからと抱《だ》きしめられて、くらくらした。首筋に埋《う》まった大智の唇《くちびる》からは忙《せわ》しなく熱い息がこぼれていて、そうとう体調も悪いのだろうと思うのに、腕の力は強い。

「細いなあ……」

だけど、どうしてもこのままなだれこむにはためらいがあると気づかせたのは、大智のその呟《つぶや》きだった。流されかけた意識が一瞬で正気づき、瀬里ははっと身を起こす。

「?……どしたの」

「お、俺っ……」

こんなことを言ったら引かれるかもしれないと思うより早く、愚《ぐ》にもつかない告白が口をついて出た。

「き、キスしたのも今日がはじめて、で」

「あ、そう……なの?」

大智も少し驚《おどろ》いたようだった。二十二にもなっておくてすぎると呆《あき》れられたかもしれないけれど、やはり先に言っておいた方がいいかもしれない。

(したくないわけじゃない、でも)

どうにもぐずってしまう理由、それは。

「なに、したらいいか、わかんないし……っ、つまんなく、ないですか」

「……瀬里ちゃん？」

「したあと、がっかりされたら、俺……」

それがいちばん怖いと呟いて、震《ふる》える指で襟元《えりもと》を握《にぎ》りしめる。細くて貧弱《ひんじゃく》な身体を見たいなんて言われても、萎《な》えたりしないだろうかと怖いばかりだ。けれど、ぐずる瀬里に呆れた様子もなく、大智は頭を撫《な》でてくれて、大きなその感触《かんしょく》にほっとした。

「大丈夫《だいじょうぶ》、なにするかは、全部俺が教えるから」

「あ……」

いちいち考えなくていいよと、その所作に教えられた気がして瀬里はおずおずと顔をあげる。

「それと、賭《か》けてもいいけどつまんないなんて思わない。……というか、逆に俺だよ問題は。途中《とちゅう》でダウンしたらごめんね？」

そしたら罵《ののし》っていいよと眉を下げたまま笑われて、瀬里もその言いざまに思わず噴《ふ》き出す。

「……無理、しないでくださいね」

「瀬里ちゃんのためなら無理もしたいんだけど……あーなんで風邪《かぜ》ひいてっかな俺」

無理を案じたのは大智の体調だけでなく、その気になれなかったらという意味だった。それもたぶんわかっていて、とぼけながらゆったり抱きしめてくる腕に、泣きそうになった。

「大智さんのそういうとこ、……大好きです」

「あ、ほんと？……っていうか、それって間抜《まぬ》けなとこじゃないよね？」

「違《ちが》います」

くすくすと笑って、熱くなった目元を広い胸に押しつける。呼吸が浅いせいだろうか、厚い胸板《むないた》はやや忙《せわ》しなく上下を繰《く》り返していて、本当はちゃんと寝かせてあげないといけないと思うのに、汗《あせ》ばんだ大智の匂《にお》いにくらくらしてしまう。

「全部、すごく、好き……です」

胸がぎゅうっと痛んだのは、呟いた自分の言葉のせいか、うなじに触《ふ》れた唇の感触か。わからないまま震えた唇は、大智の熱を移したように火照《ほて》っていく。

「俺も、すげえ好き」

手のひらが、たくしあげたシャツをくぐってくる。大智の指、唇、舌、触れるなにもかもが熱くて、瀬里の方がのぼせたみたいになってしまう。

「あつ……い」

「じゃ、脱《ぬ》ぐ？」

じんわりとうなじが汗ばんで、意味もなくかぶりを振ると大智にそんなことを言われた。

心地よさにぼんやりとしたまま促《うなが》す手に抗わずにいると、つるりと服が剝《は》がされた。あれ、と思う間に下肢《かし》の衣服もはだけられていて、気づくともう瀬里の身体は上半身をすっかり晒《さら》していた。手際《てぎわ》のよさにいっそ感心していると、耳を嚙《か》んだ大智が囁くように問いかけてくる。

「もうちょっといじっていい……？」

「え……？　なに、を？」

湿《しめ》った肌《はだ》をさらに濡《ぬ》らすかのように、大智の唇が胸から腹部までゆっくり辿《たど》った。小さな音を立ててあちこちを啄《ついば》まれ、自分でも知らずにいた敏感《びんかん》な場所を撫でられるたび、声があがる。

「瀬里ちゃんの肌、気持ちいいんだよなあ。つるつる」

だから触らせておいて、と言われて、なにを言っていいのかわからないまま赤くなる。肌を撫でる手のあやすような心地よさにうっかり頷いて目を閉じた瀬里は、彼の顔が徐々《じょじょ》に下がっていくことにも気づけないままだった。

「え、あ……や、やっ！　なに、なにするんですか」

「ん？」

はっと目を瞠《みは》ると、臍《へそ》のあたりに唇を押しつけた大智が見せつけるように出した舌で浮《う》いた汗を舐《な》め取り、じりじりときわどい部分へそれを近づけている。いつのまにかすっかり兆《きざ》した瀬里の性器は下着の中で膨《ふく》らんで、そこに大智の大きな手が重なった。

「う、うそ、ちょっ……ああ！」

待ってと飛び起きたつもりだったけれど、あちこちへちりばめられた愛撫《あいぶ》に甘怠《だる》い身体は緩《かん》慢《まん》な動きしかできなくなっている。おまけにそんな場所を触られていては、もうなにもできはしない。

「や……やだっ、さわるだけ、……って、……ひあ！」

長い髪《かみ》に指先が触れたころにはもう、瀬里の下着はパンツごと引き下ろされ床《ゆか》に放《ほう》られていた。おまけに性器は大智の指に摑み取られているばかりでなく、肉厚の唇が押し当てられて。

「——触ってるだけだよ」

「い……っ、や、やっ」

ここで、と舌先をちらちらと動かされ、奥歯を嚙んで瀬里は仰《の》け反った。変なことをしないでくれと泣くと、大智にあっさり、とんでもないことを言われて絶句する。

「変なことしないよ？　普通《ふつう》にフェラチオするだけ」

「ふぇ……っ⁉」

硬直《こうちょく》した胸を、手のひらが宥《なだ》めるように這《は》った。もう痛いくらい尖《とが》ってしまった胸の先にわざと引っかけるように何度も往復していくそれに、こらえても浮きあがる腰《こし》が止まらない。

「あ、いや……胸、やだっ」

まだこういうふうに触られることも、瀬里は慣れていない。それになにより、この熱すぎる身体《からだ》が気になって、集中するにもできやしない。

「大智さん、も……風邪！　いい加減、身体休めないと……っ」

「うーん、途中でどうにかなるかと思ったんだけどなあ……。やっぱ完全には勃《た》たないみたい」

惜《お》しいなあ、とこんなことをしているくせにのんびりした口調で呟き、だからしつこくても勘弁《かんべん》してよと笑う大智に、ぞくりとする。

いつものように爽《さわ》やかなそれではなく、卑猥《ひわい》で、ちょっと獣《けもの》っぽい目つきだった。瀬里は飲まれてしまいそうな自分をこらえ、かぶりを振《ふ》るしかできない。

「できない分、触らせて。瀬里ちゃんのいいとこ、もっと俺に教えて」

「い……っ、いいとこ、なんかっ、そんなの……わかんないです！」

「そう？」

さわさわと尻《しり》まで撫でられて、瀬里は精一杯《せいいっぱい》もがこうとする。けれどあっけなく長い腕《うで》は瀬里の腰を捕《つか》まえ、「じゃあ、絶対いいってことだけするね」などと宣言してくれた。

「口に出していいから、感じてて」

「そんなのやだっ、や……そんなのだめっ、ああ！　ううっん、ん！」

あまりの発言に一瞬《いっしゅん》頭が白くなった隙《すき》に、大智の器用な手指と舌はそこに辿りついてしまい、瀬里はあっさり追いつめられた。

ねっとり絡《から》みつく粘膜《ねんまく》、濡れた熱いそこで執拗《しつよう》に吸われて、頭がどうにかなりそうだ。ぬらぬらと軟体《なんたい》動物のように舌が絡みついてくる。火傷《やけど》しそうに熱い。

（いや、吸わないで、舐めないで……！）

おまけに、なにか——大きく開かされた脚《あし》の奥、いちばん深い部分にざらついたものが触れている。瀬里の性器と大智の唇から滴《したた》った体液が流れ着いた先、竦《すく》む小さな器官を、いけないものがこじ開けようとしている。

（やだ、おしり……触られてる……っ）

気づいた瞬間、腰骨を突《つ》き出すみたいに跳《は》ねた身体をさらに深く折られて、ぬるぬるになっていく尻の奥も、徐々に指を押しつけられる。

「ああ、やっぱ……狭《せま》いな」

「や、やっぱりって、なんですか……っ」

信じられない場所に信じられないことをされて、瀬里は半ばパニック状態にあった。

「いや、瀬里ちゃん腰細いから、ここも狭いかなって思ってたんだけど……想像以上、かな」

そんなことを想像しないでくれと、瀬里は耳の先まで赤くなる。頭皮の毛穴から、先ほどまでとは違う意味の汗がどっと噴《ふ》き出して、きつく目を閉じ唇《くちびる》を噛む。

（へ、へんなかんじ……）

ぬる、ぬる、と指がそこで滑《すべ》っている。円を描《えが》くようにしながら指先は徐々に押す力を強めてきて、そのたびにびくびくと瀬里の背中は跳ねあがり、強《こわ》ばる力も強くなった。

「あ、あ、……ああ、んっ、いや、……いれ、ちゃ、やだ……っ」

「入れないよ、触《さわ》るだけ……」

「ひっ、喋《しゃべ》んな、いで……！」

含《ふく》み笑う大智が瀬里の性器に唇を這わせたまま喋るから、微妙《びみょう》な振動《しんどう》と熱風のような吐息《といき》がそのまま愛撫になる。そうして身体がとろりとやわらぐたび、入りそうで入らない、大智の指の感触が鮮明《せんめい》に身体に焼きつけられる。

（やだ、そんなとこ……なんで、気持ちよくなっちゃう……！）

約束どおり、痛みはなにもない。けれど開かれもしないまま、彼の指を瀬里の脆《もろ》い秘《ひ》めた部分に馴染《なじ》ませ、いつかそこを犯《おか》されるのだと、覚悟《かくご》しておけと教えこむようなゆるい刺激《しげき》は、いっそ強引《ごういん》に奪《うば》われるよりタチが悪い。

「やあ、もう……っ、もう、そこぉ……！」

いまはくすぐるように撫《な》でて揉《も》みほぐすだけの、荒《あ》れてざらざらした大智の指。

これが、瀬里の中に、いつか——。

「……今度、入れさしてね」

「ひぁ、あああっん！」

想像してぞくりと肌を震《ふる》わせた瞬間、見計らったように囁《ささや》かれて、瀬里は悲鳴じみた声をあげ、わななく指を噛んだ。

「気持ちいい……？」

「う、ん……うんっ、ん……っ」

下腹部は震え、大智の口に含まれたそれの先は開いて、ひくひくとしながら微量《びりょう》の体液がにじみ出していく。こらえようにも限界は近く、もうなにをされているのかわからないまま、卑猥な問いかけにがくがくと頷《うなず》いた。

「あ、あ、す……吸っちゃ、だめっ……だめ、きもちい、だ、め……！」

自分の口走る言葉の意味も摑《つか》めない。ただただ、腰の中心に粘《ねば》った甘がゆい感覚があって、それは大智が吸いあげるたびに濃度を増し、瀬里の唇からは嗚咽《おえつ》じみた喘《あえ》ぎ声が漏《も》れていく。

（溶《と》けちゃう、舐められて、どろどろになっちゃう……）

くちゅくちゅと濡れた音が響《ひび》いている。その音が立てられている場所はまるで、あたためた濃度の高いハチミツの中にあるように、とろりとろりと甘い疼《うず》きに包まれている。

体液が滲《にじ》むより先に無理矢理吸い出されるような強烈《きょうれつ》な愛撫に、解放はあっけなく訪《おとず》れた。

「あ、もうでちゃ、でちゃう……あっ、あっあっ！」

身体を丸めて、大智の広い背中に覆《おお》い被《かぶ》さるようにしがみつき、がくんがくんと不規則に腰が跳ねる。

「あ……ああ……っも、吸わない、で……っ」

吸いついて離《はな》さない淫猥《いんわい》な唇のせいで、射精感はひどく長かった。馴染みのある放埒《ほうらつ》の感覚とも違《ちが》う、じわじわと長い余韻《よいん》に震える息を零《こぼ》し、最後の最後まで口腔《こうこう》に受け止められた瞬間、腰が抜《ぬ》けた。

「は、あ……」

その行為《こうい》だけでも瀬里にはショックが大きかったが、あげく顔をあげた大智にけろっと言われた台詞《せりふ》には、今度こそ本気で死にたくなった。

「……あ、やべ。飲んじゃった」

「うそぉ……!?」

内腿《うちもも》に口づけた大智は、見せつけるように唇を舐めて脚の間からにやりと笑う。愕然《がくぜん》とし、そのあと我に返ってあたふたと、大智の身体を押し返した。

「の、のん、飲ん……っ！　は、吐《は》いて、吐いてくださいっ」

「あー。まあ、勢いで。べつに平気だけど」

瀬里の顔色は、熱を出しているはずの男よりよほど真っ赤になっていて、両手で口を覆ったままもうなにも言えない。

(信じらんない、信じらんない、信じらんない……っ)

具合悪いのにあんなものを飲んでしまって、さらに腹でも壊《こわ》したらどうするんだと思った。けれどもう声もなくて、押さえこんだ唇の奥からは妙な音が出るだけだ。

「ひっ……」

「……あ、あれ、瀬里ちゃん？」

しゃっくりでもしたみたいなその妙な音のあと、目の前がひといきに曇《くも》った。覗《のぞ》きこんでくる大智の顔も不鮮明になり、なんだろうと思っていると今度はまた喉《のど》から、少し長い声が漏れて、顔がくしゃくしゃに歪《ゆが》んでいく。

「ふ……ふぃ……っ、う、うえ……っ」

「う、うわごめん、泣くほどやだった!?　ごめん！」

ぎょっとなったのは大智も同じようだった。あたふたとしながら素《す》っ裸《ぱだか》のままの瀬里をシャツでくるみ、ぎゅうぎゅうに抱《だ》きしめながら髪を撫でてくる。

「ごめんな、瀬里ちゃん。ちっと刺激強すぎた？　泣かないで」

「うっ、うえっ、泣いてない……っ」

「いや泣いてないってあなた……」

ショックが大きすぎて、瀬里にもうなんだかわからない。わんわんと子どものように泣きながら、困ったなと苦笑《くしょう》する大智の胸にしがみついた。

気持ちよくなかったわけでもないし、了承《りょうしょう》もしておいていまさらぐずるなとも思う。それでも、やっと勇気を出して告白したその日に、口でくわえられるのは、経験値のない身にはちょっとさすがにあんまりだった。

「あ、あんなこと、し、しないでくださ……っ」

「……んー、いや？」

「あ、あたまへんになっちゃう……かと、思った」

そりゃごめんねと背中を撫でる大智の声は、申し訳ないと言う割に、なんだか嬉《うれ》しそうだ。

「もうしないよ。……もう、なんにもしないから」

「うう……ほ、んとに？」

「ほんとほんと。しないしない」

今日はね、という言葉がくっついた気がしたけれど、宥《なだ》めるようにあやすようにあちこちを撫でられて、その心地《ここち》よさに瀬里はようやく頷いた。

汗《あせ》ばんだ身体《からだ》が気になるならシャワーを浴びておいでと言われ、頭が回らない状態の瀬里はその言葉に従った。容量オーバーな出来事に、身体を洗い流してもまだどこかぼんやりしていたけれど、いつまでもこもっているわけにはいかない。

（汗、かいてた……よね）

服こそ脱《ぬ》がなかったけれど大智も身体くらい拭《ふ》いた方がいいのではなかろうか。浴室を出たらどんな顔をすればいいやらと途方《とほう》に暮れる気分だったが、そこは病人への気遣《きづか》いでどうにか乗りきることにして、パジャマを着こんだ瀬里は部屋に戻《もど》った。

「……大智さん？」

一応熱いお湯で絞《しぼ》ったタオルを用意して、おずおずと声をかけるが返事はない。はっとして近寄ると、大智はベッドに突っ伏《ぷ》すようにして、熟睡《じゅくすい》していた。

なにか荷物を探したあとなのだろう。自分のバッグの中に半分手を突っこんだままで、どうやらそこで限界が来たらしい。

「あーあ……」

拍子抜《ひょうしぬ》けするのとほっとするのとで、瀬里の口からはため息がこぼれた。バッグから手を引き抜いてやると、なにか革《かわ》ひものようなものを握《にぎ》りしめている。取ってやろうとしたけれど結構な力でそれは握りしめられていて、これはもう無理だと床《ゆか》に落ちているすねをどうにか持ちあげ、ベッドに転がす。

長い脚《あし》は思ったより重くて、放《ほう》り投げるようになってしまったけれど、それでも彼は目を覚まさなかった。まだ赤みの去らない頬《ほお》を撫でると、ひどく熱い。

「具合悪いのに、あんなことするから……」

空いた部分に腰掛《こしか》け、上掛けをかけてやりながら呆《あき》れとも感心ともつかない呟《つぶや》きが漏れる。

意地悪く瀬里を翻弄《ほんろう》して、胸が苦しくなるくらい熱っぽく険しい目をしてみせた男は、いまはどこか無邪気《むじゃき》なくらいの表情で、すっかり夢の中だ。

「……大智さんのすけべ」

ぼそりと呟き、暢気《のんき》な寝息《ねいき》を立てる高い鼻をつねったけれど、大智は「ふが」と間抜《まぬ》けな声をあげただけで、目を覚ますこともない。

しかしこれで大智にベッドを占領《せんりょう》されてしまったわけで、自分はどこで寝たものか。もともと誰《だれ》かを招く予定もないこの部屋には、布団《ふとん》はベッドにしいた一組みしかない。

(俺まで風邪《かぜ》ひくわけにもいかないし)

ダウンコートでも羽織って寝袋《ねぶくろ》代わりにしようか——と瀬里が立ちあがり、向かいの壁《かべ》にかけたままのそれを手に取った瞬間《しゅんかん》だ。

「んー……瀬里ちゃん？」

「わ!?」

ぐいっと腕《うで》を掴まれて、ベッドの上に座りこむ。なんだ、と思っているとぼんやりした顔の大智がばたばたとその大きな手のひらで自分の隣《となり》を叩《たた》いていた。

「そんなかっこだと、湯冷めすっから……おいで」

「お、おいでって、だって狭《せま》いし……」

あたふたした瀬里が赤い顔をしたまま逃《に》げようとするけれど、寝ぼけているとは思えない力で「こうすればいいから」と引き寄せられ、ぴったりと身体を包みこまれる。

「ん、あったけ……おやすみ」

「だっ……お、おやすみって……ちょっと、大智さんっ」

寝ぼけきった声で呟き、もぞもぞとおさまりのいい位置を探した大智の頭は、結局瀬里の首筋あたりに埋《うず》まって止まった。

(眠《ねむ》れないってこれじゃ……！)

寝息は熱いしくすぐったいし、さっきのいままで大智の体温にしっかり包まれて、どうやったら眠れると言うのだろうか。かちんと硬直《こうちょく》しきったまま冷や汗を流していると、またふっと大智が目を覚ます。

「あ、ああ……そうだ、おやすみじゃねえや。瀬里ちゃん。これおみやげ」

「え……」

「ごめん、これずっと渡《わた》そうと思ってたんだけど、なんか渡しそびれて……」

もぞもぞと目の前に突《つ》き出されたのは、さきほど固く握っていた方の手だった。手渡され、手触《てざわ》りのいい革ひもを引っ張ると、真ん中に不揃《ふぞろ》いな大きさの、水晶《すいしょう》や色石がついている。

「……チョーカー？」

「路上でー、占《うらな》いやってるばあさんが見立ててくれた、幸運の石だってー……」

熱っぽい顔で、もう半分瞼《まぶた》も開いていないのに、大智はのろりとした口調でそれでも説明しようとする。

「全部の石にー……意味が、あって、……元気になる石と、笑顔《えがお》になれるのと、自信もてるのと、あと……えーと、とにかくなんか、それ組み合わせるとねー……」

「あの……また今度でいいですから。もう、話は明日で」

「うー、いや、だからね、その……」

寝てくれと宥めて、それでもぐずぐずとなにか言おうとする大智の頭を枕《まくら》に載《の》せ、布団を肩《かた》までかけてやる。狭い布団で脚がはみ出しはしないかと案じれば、やはり大智は震《ふる》えあがった。

（なんかかけるの……あ、コート）

瀬里は腰を摑《つか》まれたままの体勢で、どうにかさきほど床に落ちたコートに手を伸《の》ばし、長い脚のあたりにかけてやる。顔の位置は一緒《いっしょ》なのに、大智の足の先だけがはみ出ているのはなんとなく悔《くや》しい気もすると思っていると、むにゃむにゃと大智が呟いた。

「……そんなの考えたこと、俺なくてさ……」

「はいはい、……はい？」

「旅の途中《とちゅう》で、誰か……思い出したり、……お守り持って帰るの、はじめてだった」

いいから早く寝てくれと瀬里は適当に相づちを打っていたが、その言葉にどきりとして顔を見ると、大智はなんだかふんわりと、幸せそうな笑みを浮《う》かべていた。

「……すっげえ好きだよ、瀬里ちゃん」

「は……」

やわらかく、甘いやさしい声でそんなことを言われて、どかんと心臓が爆発《ばくはつ》したかと思った。

瀬里はもう勘弁《かんべん》してくださいと言いたい気分だ。そんなことを言ってくれたあげくに、この男ときたら本気で熟睡してしまうのだから。

手の中のチョーカーをぎゅっと握って、瀬里はむずむずする顔を思いきりしかめる。唐突《とうとつ》に泣きたくなって、同時に笑いたくなって、ぎゅうっと唇《くちびる》を嚙《か》みしめた。

（……どうすんの、もう）

（……そんなこと、言い捨てて寝るな……っ）

本当にもう、いますぐたたき起こして、この気分をどうしてくれると言いたいけれど。

（ばか、ひとの気も知らないで、もう……っ）

それでも抱《だ》きしめる腕の強さと、なによりすうっと寝入ってしまった大智を起こすに忍《しの》びなく、瀬里はおとなしく抱き枕になる。

たぶん今夜は、絶対眠れない。

＊　＊　＊

大智の熱は翌日になっても結局下がらず、休みの一日を彼は瀬里のベッドで過ごした。

瀬里はその傍《かたわ》らに座って、いままででいちばんたくさんの話をしたと思う。

なかでもやはり興味深かったのは藤木のことだった。嘉悦とよりを戻したはいいが、長いこと相手が離婚《りこん》している事実を知らず、とても面倒《めんどう》なことになっていたそうだ。

「……なんか、おんなじような勘違《かんちが》いだったかも……」

「あっちの方が根深いけどねえ、なんせ十年愛だし。ほんとに奥さんいるひとだったら修羅場《しゅらば》も目に見えてるから、ちょっとどうかと思ったけど、まあフリーなら問題ないでしょ」

いまはラブラブみたいだよと大智は暢気に呟いているが、彼と真雪が大風邪をひいた原因は、そもそもそこにある。誤解を解くために夜中に飛んできた嘉悦へと場を提供し部屋を空けたのだが、いつまで経《た》っても藤木からの連絡《れんらく》もなく、状況《じょうきょう》がわからないのに邪魔《じゃま》をしてもまずいとそのまま店で夜明かししたからだったらしい。

「新店の件にかこつけて、半同棲《どうせい》状態に持ちこむ気らしいしね。嘉悦さんもやるよなあ」

「あ……結局あれ、どうなったんですか?」

「ああ、俺はレシピ提出して、あと聖司さんはマネージャーとこっちの店長兼任《けんにん》。で、俺はその間責任者代理だから、もうちょい忙《いそが》しくはなるかな」

藤木も週に数回の出向で済む上、大智はほとんどいままでと変わらないらしい。あからさまにほっとしてみせると、大智が横になったまま悪戯《いたずら》っぽい笑みを浮かべた。

「なに、俺がいなくなっちゃうと思って寂《さび》しかった?」

問われて、反射的にこくりとする。つついてからかう意図だったのか、あまりに瀬里が素直《すなお》に頷《うなず》いたので、逆に彼は赤くなった。

「なんでそっちが照れるんですか……」

「あー、いや、ごめん」

瀬里としてはもう、いまさら張る意地もないだけのことだったのだが、大智には意外だったようだ。つられて瀬里も赤くなり、うろうろと視線をさまよわせたあと時計を見れば昼どきだ。

「あの、なんか食べ物買ってきますね。なにがいいですか」

食べるものもろくにないことに気づき、買い出しに行こうとしたけれど果たせなかった。瀬里の手を握《にぎ》ったままの大智が一緒にいろと言ったからだ。

「ありものでなんかできるでしょ。いいから、いてよ」

「でも……薬飲むのに、なんか食べないと」

病人にろくな食事も出せないのにと瀬里が困った顔をすると、食材のストックを訊《たず》ねられる。

「なんか食べられそうなのってこんなもんなんですけど……」

ありものと言えばインスタントスープに、母の送ってきたレトルトとすいとん粉くらいだった。添《そ》えてあった母の手紙には、鍋《なべ》でもやったときに出汁《だし》の中に入れて食べなさいとあったが、ひとり暮らしでそうそう鍋などやらないため、未開封《かいふう》のままだ。

「カップスープね……ああ、すいとん粉あるならちょうどいいや。それ水で練ってゆでて、スープに入れてみ」

「えー？」

そして、とぼしい食材でもどうにかなるよと言う大智の指示どおり、インスタントスープに即席《そくせき》だんごを浮かべてみる。

「あれ。……びっくり。おいしい」

どうなることかと思ったが、驚《おどろ》いたことにトマト味の濃《こ》いスープと、すいとんだんごのもっちりした食感が思った以上にあっていて、かなりいける。

「ちょっとニョッキみたいだろ。俺わりと作るよこんなん」

「こういう作り方は発想になかったです」

つくづく大智は頭がやわらかいと感心した。その柔軟《じゅうなん》な彼はさすがに一杯《いっぱい》では足りなかったらしく、今度はスープの種類を変えてもうひと皿分を食べた。大きな口で咀嚼《そしゃく》するさまを、しかし瀬里は直視できない。

（……あの口が）

昨夜は瀬里のあんな場所に触《ふ》れて、あんなことをしたのだ。正直、あまりのことにまだ現実味がないような気もするけれど、身体《からだ》はしっかり覚えている。

「どしたの、瀬里ちゃん」

「あっ、いえなんでも！　あ、あの食べ終わったら薬飲んでください」

問いかけられて、一瞬《いっしゅん》で耳まで熱くなった。うまくごまかすこともできないまま、空になった皿を大智の手から取りあげる。

「おとなしく横になって、熱下げてください。またこじらせるとまずいから」

手早く皿を片づけると、とにかくもう寝《ね》てくれと氷を張った洗面器にひたしたタオルを絞《しぼ》り、瀬里は大智の目を見ないまま、いかにもらしく口早に告げた。

「まあなあ、早く治さないと、いろいろまずいし」

「そうですよ、また――」

明日からお店あるんだし、と瀬里が言いかければ、額に手のひらを載せて大智は呟《つぶや》く。

「いやほら、あんまり熱高いと男としてまずいって言うじゃん？」

「はい？」

にやりと意味深に笑う大智の視線に、瀬里は一瞬首を傾《かし》げ、そうしてはっと赤くなった。

「それにまだ瀬里ちゃんとしてないし……」

「――っ、ばか言ってないで、寝てください！」

べちっと絞ったタオルを顔にぶつけ、痛いと叫《さけ》ぶ大智に向けて、瀬里は「知りません」と目を尖《とが》らせる。

「え、なんで、したくない？」

「当分はもう、いいですっ」

昨日のあれだけでもかなりいっぱいいっぱいで、いまだって本当はかなり恥《は》ずかしい。

「うっそ、しようよ」

わかっているのだろう大智は、とても本気とは思えない顔で笑いながら告げ、瀬里はそっぽを向くしかなかった。

それでも握られた手を振《ふ》りほどくことはできないのだ。自分は本当にどうしようもないと、瀬里はこっそり赤くなった頰《ほお》で、ため息をつくしかなかった。

そんな瀬里の看病が功を奏したのか、はたまた母の薬が効いたのか、大智の風邪《かぜ》はその日一日でどうにか全快した。

この年の終わりまで一ヶ月を切るころ、街はすっかりクリスマスカラーに染められていた。

ブルーサウンドでもアジアンテイストの内装の邪魔にならない程度に、クリスマスリースとポインセチアが店のあちこちに飾《かざ》りつけられている。

「大智、クリスマスパーティーの予約、また二組入ったよ」

「そっか、了解《りょうかい》。……うーん、貸し切りになるようなら十二月の間だけでも山下にヘルプ頼《たの》むかな。俺だけじゃちょっと回しきれなさそう」

事務室に顔を出した真雪の声に、大智は軽く唸《うな》る。クリスマス本番まではまだあとしばらくはあるのだが、パーティーをやりたいという客は前月二十日前後から予約を入れてきているのだ。

この日は通常営業だったけれど、寒さのせいか午後を回ってからは客足がぱったりと途絶《とだ》えていた。いまのうちに事務仕事と打ち合わせを済ませようと、さきほどから三人は暖房《だんぼう》のある事務室につめたままでいる。

「人数によっちゃ、予定より仕入れ増やしておかないと……ざっとどのくらいだって？」

「えーと……いま入ったのは二十日で、十人前後がふたつね。で、二十二日のは午後にひと組で、こっちは二十人くらい。二十四日の方がでかいよ、百人。わーお」

「げ。なんだそりゃ、うちの限界ギリギリじゃん。久々に大物だな、どういう集まり？」

「んと、予約名が『オフィス・ホワイトディスティニー』？……あ、これあれだ。CMでやってた結婚《けっこん》相談所だよ。そこのパーティーで、男女ちょうど半々だってさ。立食OK」

「ああ……なるほど。大規模の本気合コンね」

要するに集団見合いってやつだなと、大智が苦笑《くしょう》する。予約書類をパソコン上でまとめていた瀬里は、ふと顔をあげて問いかけた。

「じゃあもしかして、ある程度はあっちのスタッフも入ってくる？」

「みたいだねえ。うーん、接客スタッフのヘルプはいるのかいらんのか……聖ちゃんが予約受けてるからなあ、こっちは」

クリップボードに挟《はさ》んだ予約メモを眺《なが》めつつ、真雪はボールペンの尻《しり》で頭を掻《か》いた。

「そのひとたちって、食事いるのかな。休憩《きゅうけい》のときとか」

「や、どーだろ……そこも聖ちゃんに聞かないと、わかんない」

普段《ふだん》はおっとりとして、なにということもしない店長ながら、いないとなるとひどく困ることを思い知る。やはりこの店のすべての決定権は藤木にあって、おまけに天性のものかひとの仕切りがうまく、だからこそ曾我も運営を任せるのだろう。

「聖司さん、このクソ忙しい時期に西麻布連れてかれちゃってっからなあ」

「だってしょうがないよ。曾我ちゃん思い立ったら吉日《きちじつ》のひとだもん。なんかあっちに内装の業者入ってんでしょ？」

この日の藤木は、朝から東京の曾我のオフィスだ。今日現在は平常営業なので、接客に関してはまだ手が足りているけれど、ぼちぼち締《し》め切ろうとしているパーティーの予約電話がひっきりなしで、気分的に忙《せわ》しない。

「あと一時間くらいで帰ってくると思うから、とりあえず夜ミーティングだな」

「こーゆー仕事だと、クリスマスっていっそ憎《にく》い……休みないんだもん、年末」

「いいじゃねえかよ、べつに用事ねえだろ。代わりに正月休み長いし……っと客来たぞ」

ドアの開く音に気づいた大智が、行ってこい、と真雪の肩《かた》をつついた。

「あーい。瀬里、これよろしくー」

「ん、そっちもよろしく」

瀬里が彼女に手渡《てわた》された予定表をもとにスケジュールの入力を続けていると、じっとこちらを見ている大智に気づいた。

「なんですか？」

「んや、……瀬里ちゃん、クリスマスとか、予定は？」

「え？　ここにいますけど」

さっきのいままで、とても当日休みを取る気になれようはずがない。きょとんと目を瞠《みは》って大智を見あげると、そうでなくと苦笑して彼は瀬里の前髪《まえがみ》をひと房《ふさ》つまんだ。

「いや、店はけたあと。空いてるかな」

「あ……空いてま、す。けど」

「んじゃ、その日。瀬里ちゃんち行っていい？」

やわらかく触れた仕種《しぐさ》と声に、かっと頬が熱くなる。思わずうつむいてしまうと、答えを欲《ほっ》するようにつんつんと髪を引っぱられた。

消え入りそうな声で、はい、と頷《うなず》くとさらさらと髪を撫《な》でられる。ついで赤くなった頬に、大智の手の甲《こう》が触れて、ぴくんと瀬里は震《ふる》えた。さきほどまで水仕事をしていたせいで、彼の指はひどく冷たいけれど、火照《ほて》った頬はよけいに熱くなる。

その顔をまじまじと見ていた大智は、そっと背後を窺《うかが》ったあとに囁《ささや》いてくる。

「ん――……ちょっとだけいい？」

「え……ちょ、ちょっと！」

返事を待たず、椅子《いす》に腰《こし》掛けたままの瀬里に覆《おお》い被《かぶ》さるように大智が抱《だ》きしめてきた。混乱するより早く、すさまじいような羞恥《しゅうち》が襲《おそ》ってくる。

「五分だけ。ほかに、なんにもしない」

「大智さん……」

大智にセンシュアルなニュアンスの強い触れ方をされるのは、彼の泊《と》まったあの日以来のことだった。看病している間、ちょこちょこと過激なからかいを向けられ激しく照れてしまった瀬里が、もう当分そういうのはなしだと宣言してしまっていたからだ。

それでなくとも本当は、あの翌朝から舞《ま》いあがってしまっていた。普通《ふつう》の顔を保つのが精一《せいいっ》杯《ぱい》で、ぎこちないことこの上ないままだった。おかげで大智も遠慮《えんりょ》が先に来たのか、あまりそれらしい接触《せっしょく》を持とうとはしてこなかった。

おまけに卒業間近の瀬里も卒論の件そのほか所用で大学に行く日が増えた。店はクリスマスも近づくとあって当然忙《せわ》しなく、お互《たが》い多忙《たぼう》さに拍車《はくしゃ》がかかり、あまりゆっくりした時間ももてずにいた。

当然こうして抱き合ったこともなく、だからよけい恥ずかしくて、でも嬉《うれ》しい。この間はもうそれどころではなく混乱のまま押し流されたけれど、少し冷静な分だけ羞恥も増すようだ。

「ふたりっきり、久々だからさ。ちょっと瀬里ちゃんチャージさして」

「あはは。なんですか、それ」

不慣れな瀬里がどう反応していいのかわからず硬直《こうちょく》していると、大智はこっそりと含《ふく》み笑う声で呟いた。つられて小さく笑ってしまい、おずおずと広い背中に腕《うで》を回すとさらにきつく抱きしめられる。

（あったかい）

大智の体温を感じて、心臓がきゅううっと痛くなると同時に、なににも代えがたい安堵《あんど》に包みこまれた。勢いを速めた鼓動《こどう》が触《ふ》れた先から聞こえてしまいそうだ。

心音をひとに知られるのはそのまま、心の動きを読まれるようで恥ずかしいのだと、瀬里は大智に抱きしめられてはじめて知る。

髪を撫でられて、泣きたくもないのにつんと鼻の奥が痛くなる。瞳《ひとみ》が勝手に潤《うる》み、呼吸が苦しくてどきどきした。

（ああ、もう、……大好き）

大智の触れた端《はし》から、へなへなと力が抜《ぬ》けていきそうだ。それが怖《こわ》くてなおしがみつくと、んー、と大智が小さく唸る。

「なん、ですか？」

「や。ちょっと前言撤回《てっかい》していい？」

顔をあげると、鼻先が触れた。あ、と瀬里が驚《おどろ》くより早く唇《くちびる》がかすめ取られて、どかんと心臓が爆発《ばくはつ》する。

「だ、大智さんっ」

「あはは、ごめんっい」

抱きしめ合うだけでも久々ということは、当然キスも同じくだ。真っ赤になって目を瞠り、両手で口元を覆った瀬里に大智はけろりと笑う。

その顔を睨《にら》みつけ、瀬里は唇をガードしたまま憤然《ふんぜん》と立ちあがった。

「も……もう、フロアに出ます……っ」

「はーい」

しないって言ったくせに、キスした。おまけにほんのちょっとだけ、驚いて開いた口の中まで舐《な》められた。

「もーやだ……」

いい加減大智は手が早すぎる。そして自分はおくてすぎだ。このギャップはいかんともしがたいと身悶《みもだ》え、瀬里は赤くなった顔を自分の手の甲でどうにか冷まそうとして、不可能を悟《さと》った。

「……ちょっと外の植木見てくるね」

「うーい」

なるべく顔をあげないまま足早に店内を通り抜け、レジ横でメモを取っている真雪に告げた。

さきほど訪《おとず》れた客はひとりだけ、それも常連である老齢《ろうれい》の女性のみだったため、店内には彼女ひとりいればことたりるだろう。

この時期は海風も強く、しょっちゅう気にしていないとテラスにある植木鉢《うえきばち》が横倒《よこだお》しになってしまうのだが、目的は自分の頭を冷やすことだ。

(店ではやめてくれって、ちゃんと言わないと)

仕事場で不埒《ふらち》なことに及《およ》ぶのはむろん瀬里としても好ましくない。だが、強引《ごういん》にされると拒《こば》めないこともわかっているのだ。

(じゃあ店じゃなきゃいいの、とか……言いそう)

案の定風に倒れた鉢を戻《もど》し、ついでに砂埃《すなぼこり》で汚《よご》れた葉を拭《ふ》き取りながら、瀬里はますます顔が赤らんでいくのを感じる。

しばらくはしないと言ったけれど、べつに本気でいやなわけではない。ただ情けないけれど、恋愛《れんあい》初心者の瀬里にはあの行為《こうい》が恥《は》ずかしくて怖いだけだ。

(……でも、あんまり待たせるのも、やらしいよなあ)

もったいをつけているようで、ときどき自分でも何様だと思うのだ。大智はさほど急《せ》いている様子はないけれど、それはそれで不安になる。

瀬里のセクハラとは違《ちが》い、純然たる人気が彼にはあるのだ。この店にもたくさんのきれいなひとが訪れるし、大智のファンを公言する若い女性も多い。

(勝手だなあ、俺)

するのは怖いのに、だからといって「もういいよ」と言われるのはもっと怖い。この矛盾《むじゅん》をどうしたものかとため息をつき、いい加減頭も冷えたと立ちあがる。

「……瀬里」

店に戻るかときびすを返したところで、呼び止められた。強風に混じるそれは少しかすれていて、一瞬誰《いっしゅんだれ》のものかとわからないまま、瀬里は振《ふ》り返る。

「あれ、和輝……？　どうしたんだよ。ひさしぶり」

「ひさしぶりって……」

あっさりとそう告げると、和輝は一瞬瀬里の反応に驚いたようだった。目を瞠って絶句したあと、なんだかむすっとしたまま寒そうに肩を竦《すく》める。その仕種は昔から見慣れたもので、もうとてもかわいいとは形容できない弟に見つけた幼さに、瀬里は無意識に微笑《ほほえ》んだ。

ふて腐《くさ》れたような顔の弟が、突然《とつぜん》そこに立っていて驚いた。けれど、ただそれだけでしかない自分の反応にはもっと驚くような気分になる。

久々の出現に少し身構える気分になったが、以前ほどには和輝を怖くないと感じるのだ。

「寒いの？　お茶でも中で飲んでったら？」

よく見れば和輝の端整《たんせい》な顔は青ざめていて、ひどくつらそうだった。その表情を見てしまえば、なんだか前のようには邪険《じゃけん》にする気にもならない。

（なんでだろうな）

睨むような視線や迫力《はくりょく》のある大柄《おおがら》な体躯《たいく》はなにも変わらないのに、いまの瀬里は少しもそれに怯《おび》える気分にならない。

心を決めたからだろうか。この店で働くと自分で選んだことや、大智の手を取ったこと、彼が好きだと言ってくれた事実が、瀬里を少しだけ強くしたのかもしれない。

「……入らないの？」

「べつに、茶飲みに来たわけじゃねえよ」

「そう。……それで、なに？　話なら聞くよ。この間、途中《とちゅう》だったから気になってたし」

おそらくもう、なにを言われても揺《ゆ》るがずにいられる。そんな気分で見あげた弟は、しかし逆に苛立《いらだ》ちを増したようだった。

「なに、じゃねえよ。瀬里、本気でこんな店に勤めるのか？」

案の定、また同じ話を和輝は蒸《む》し返した。けれどそれも、いまの瀬里には子どもが駄々《だだ》を捏《こ》ねるように聞こえてしかたない。

「もう決まったって言っただろ。それに父さんたちもOKしたんだし、和輝が口出すことじゃないって何回言わせるんだ」

「俺は納得《なっとく》してない。だいたい、いつまでもあんなボロいアパートに住んでないで、帰ってくればいいじゃないかよ」

じろりと頭上から睨《ね》めつけられ、それでも瀬里は和輝をまっすぐに見つめ返した。

低く押し殺したような声はびりびりとしたものを滲《にじ》ませて、そうとうに弟が怒《おこ》っていることを教えてくるけれど、どこか不安定なものを感じてしまう。

（いまさら場所変えるっても言えないなあ）

瀬里は制服のTシャツから伸《の》びた腕が、寒さにそそけたのを感じた。テラスのど真ん中である話でもなく、実際寒いのだが、いまここで話の矛先《ほこさき》を逸《そ》らすときっと和輝は怒り狂《いかくる》うだけだ。

「あのさ……俺はもう大学も出るし、就職するんだ。普通《ふつう》に独り立ちしようとしてて、なんで実家に帰らなきゃいけないんだよ？」

「……っ」

そもそもが必要ないことだろうと、できるだけ穏和《おんわ》に告げる。やんわりとした口調ながら、そのなかに翻意《ほんい》するような弱さがないことを知ったのだろう、和輝ははじめて反論しなかった。

先日、駐車場《ちゆうしや》で縋《すが》りついてきたときと同じ揺れを瞳に見つけ、瀬里はそっと自分の腕をさすりながら「それより」と口調をあらためる。

「おまえの方はどうなんだよ？　こんなとこまで通ってる暇《ひま》ないだろう、受験も追いこみで」

「話逸らすなよ！　いまはそっちのことだろ！」

やはりここがネックなのかと、『受験』と聞いた途端《とたん》に目を尖《とが》らせた和輝に思う。

年末も近いこの時期、すでに国公立大学の願書受付もはじまっていてしかるべきだ。少なくとも、こんな遠い場所でバイト中の兄に喧嘩《けんか》を売っている場合ではないだろう。

「逸らしてないよ。……和輝、おまえ東大やめるって本気なのか？」

これは本当に心配の種でもあったので、そろりと問いかけてみる。

「それで、俺の大学に行きたいって？　どうしちゃったんだ、おまえ」

「母さんから聞いたのかよ」

よけいなお世話だとばかりに和輝が睨みつけてきて、その目に宿った攻撃性《こうげき》にはさすがに怯《ひる》みそうになりつつも、瀬里は言葉を続けた。

「俺の大学も……そりゃ、本当に行きたい学部とか、そういうのがあるなら反対しない。でも、おまえの成績だったら、正直うちの大学じゃ物足りないと――」

「そういう瀬里は、どうなんだよ」

なにか自棄《やけ》になっているなら考え直せと言うつもりの瀬里の声は、鋭《するど》く響《ひび》く声に遮《さえぎ》られる。

「瀬里はいまの大学に行きたかったのか？　適当に成績に合うとこ選んだだけじゃないか」

「それは……」

痛いところを突《つ》かれ、押し黙《だま》る。実際自分自身、さほどのビジョンがあっていまの大学や学部を選んだわけではないのを痛感してもいるのだ。

「ひとのことどうだこうだ言うなら、説得できるだけの材料よこせよ」

言葉に窮《きゅう》した瀬里がくっと唇《くちびる》を噛《か》むと、ほらみろとばかりにせせら笑った。しかし瀬里が近づいてきた弟に反射的に後じさると、和輝はふと口調を変える。

「瀬里はいつもそうだよ。なんだって、逃《に》げてるだけだろ。それで適当な場所で遊んでたいだけじゃないかよっ！」

「ちょ、それは、ちがう……！」

「だったら俺だって、適当したっていいだろ！」

自分が苦しみ、後悔《こうかい》したからこそだ。惑《まど》いを抱《かか》えたまま、はっきりした目的意識もなしに進路を決めては結局、あとになってそのつらさはひどくなるだけだ。

(選択肢《せんたくし》ばっかり増えて、そのくせ道は少なくて、どんどん選べなくなるんだぞ)

だからこそ、いませめて自分の意志で『選んだ』という覚悟《かくご》だけはつけてほしい。

(俺はそれに気がつくのに、すごく時間がかかっちゃったんだ。たくさん、いろんなひとに助けてもらって、教えてもらって。自分でもすごくいっぱい悩《なや》んで……でも)

同じ道を辿《たど》って、プライドの高い和輝が楽になるとはとても、思えない。

瀬里のように、無駄《むだ》にうずくまる四年間を過ごさせたくはないと思って、けれどそれをどう伝えればいいのか、瀬里にはわからない。

「和輝違う、そうじゃなくて……！」

それらの考えをうまく言いきれず、もどかしく瀬里は唇を噛んだ。沈黙《ちんもく》を、どう受けとったのか。和輝はさらに眦《まなじり》を決して、勝手なことばかり言うなと瀬里につめよった。

「なんで俺ばっかり、ちゃんとしろとか言うんだよ。なんの権利があんだよ!? 勝手にいなくなって、俺から……逃げてるくせに！」

自分の言葉に興奮したように、弟は床《ゆか》を蹴《け》った。荒《あら》い所作と、苛立ちを孕《はら》んだ言葉に瀬里がびくりと身を竦めると、いきなり襟元《えりもと》を掴《つか》まれ、脚《あし》が浮《う》きあがる。

「なにっ……痛い、和輝！」

「なんで、俺ばっか……っ」

ぎっちりと襟を締《し》めあげられ、食いこんでくる痛みに瀬里が上擦《うわず》った声をあげる。だが、至近距離《きょり》にある歪《ゆが》んだ表情に、それ以上の抵抗《ていこう》をする気が失《う》せた。

　この間も、弟は怒っているというより、どこか見捨てられた子どものような顔をしていた。そしていまも。

「和輝っ、あの……」

　ちゃんと言葉にしなければわからないんだと、乱暴な仕種《しぐさ》を見せた弟に瀬里がかぶりを振ると、一瞬だけその腕《うで》がゆるむ。

「……いってえ！」

「わっ」

　しかし、瀬里がそれを諭《さと》すよりも早く、和輝は背後から伸びた腕に引きずられ、瀬里から引き剥《は》がされていた。反動でよろけた瀬里はたたらを踏《ふ》んで背後のテーブルに捕《つか》まり、ようやく転ぶのをまぬがれる。

「あのさーあ……おまえ、本気でいい加減にしなさいって」

「またあんたかよ……っ」

　はっとして和輝を見ると、わずかに背の高い大智にさきほど瀬里をそうしたように襟首を摑まれ、じたばたともがいている。

「いくら弟でもこの子に乱暴すんのは、俺許せねんだけど？」

　物騒《ぶっそう》に笑う大智のこめかみに、青筋が浮いている。見たこともないほど険しいその目に、瀬里は思わず身を竦《すく》めた。

「うるせえよ！　放せこのホモ！」

「性癖《せいへき》でひとを差別すんな、ガキ」

先日のように怒鳴《どな》り返さない分だけ、大智の怒りの深さがわかる。いっそ静かなくらいの声は低く深くて、睨《にら》み合うふたりの間におそろしいまでの緊張感《きんちょう》があった。

「俺の瀬里にちょっかいかけやがって……っ」

「悪いがおまえの大好きなおにーちゃんは、おまえのじゃねえんだよ。宮上瀬里って一個人」

もがく和輝は闇雲《やみくも》に腕を振《ふ》り回すけれど、大智に掴まれると身動きさえできなくなった。身長こそ大差はないが、所詮《しょせん》現代っ子の十代である和輝と、しっかりとした身体《からだ》のできあがっている大智では力の差は歴然としている。

「てめえだってこの間俺のもんとか言ったじゃねえか！」

「それは恋人《こいびと》としての独占欲《どくせんよく》を主張したかっただけで、俺は瀬里ちゃんの人格まで握《にぎ》って潰《つぶ》す気はねえよ」

「だ、大智さん……」

あっさりと言ってのける大智に、そんな場合ではないのに顔が赤くなってしまう。だいたいあの時点では恋人でもなんでもなかったじゃないかと思うけれど、嬉《うれ》しく思ってしまう自分はほとほといかれていると瀬里は思った。

「おまえんちのこととか、俺は特に知らないけどな。いつまでも兄貴いじめて悦《えつ》にいってんじやねえよ」

「誰《だれ》が……っ、おまえになに、わかんだよ！　放せよ！」

「でっ！」

赤面した瀬里にも、大智の言葉にも憤然《ふんぜん》となり、和輝は捕《と》らわれて動けない拳《こぶし》ではなく脚を蹴り上げた。きれいにすねに入った蹴りに、大智もさすがに呻《うめ》いて手を離す。

「……てめえな、瀬里ちゃんの弟だからってこっちが遠慮《えんりょ》してりゃ……！」

「てめえに遠慮なんかされたくねえ！」

双方目《そうほう》をぎらつかせたまま、とうとう本気で殴《なぐ》り合いになってしまった。あまりの剣幕《けんまく》にもはや瀬里は血の気を失った顔で叫《さけ》ぶしかない。

「あ、あ、や、やめ、ちょっと、ふたりとも……！」

「うるさいっ！」

「いたっ……！」

頭に血がのぼりきっているのだろう、止めようと手を伸《の》ばせば和輝に突き飛ばされる。

「なにしてんだおまえは！」

「うっせえ、ばか！」

それがさらなる火種になったようで、床にへたりこんだまま場を収拾《しゅうしゅう》できずにおろおろとするばかりの瀬里の横から、なにかがすり抜《ぬ》けていった。

「――ばかはおまえらだ!!　この童貞《どうてい》に節操なしが!!」

「げっ」

「うおっ！」

ぐわん、という衝撃音《しょうげき》がふたつ続いて、瀬里が呆然《ぼうぜん》となったまま顔をあげれば、仁王立《におうだ》ちの真雪が誰より華奢《きゃしゃ》な腕で、へこみのついたアルミのトレイを振りかざしている。

その表情には、普段《ふだん》の無邪気《むじゃき》にかわいらしい真雪と思えないほどの怒気《どき》が満ちていた。

「営業妨害《ぼうがい》すんじゃないよ、場所考えろあんたら！　よけいな血の気滾《たぎ》らせてんなら、まとめて由比ヶ浜でも走ってこい！」

自分より二十センチはでかい男達を殴り倒《たお》した彼女の凄《すさ》まじい啖呵《たんか》に、男ふたりはあっけにとられていた。瀬里もまた同様で、ぽかんと真雪を見つめてしまう。

「瀬里も言ったでしょ！　あんたひとりで抱えこんでっとろくなことになんないんだから、さっさとあたしに言いなっ！」

「は、はいっ！」

反射的に直立して返事をした瀬里の声に、場をわきまえずにいたふたりはようやく我に返ったようだった。

「おい……どういう女だよ、あれは。ナニモノだよ」

「あれのことは、俺もよくわかんねえよ……」

「なによっ」

和輝と大智はぼそぼそと囁《ささや》きあい、直後にいやそうに顔をしかめて同時に目を逸《そ》らす。

あげく、ふーふーと毛を逆立てた猫《ねこ》のように肩《かた》をいからせた真雪に睨まれ、なんでもないと首を振るのも同じタイミングだった。

テラスには奇妙《きみょう》な緊迫《きんぱく》感を伴《ともな》う沈黙が流れ、瀬里が途方《とほう》にくれたそのとき、ものやわらかな声がかけられる。

「……なに、どうしたの？　みんなで揃《そろ》って」

「聖司さん……」

背後に嘉悦を伴い、きょとんとした顔の藤木が、その場の空気を一気にやわらげる。

都内にいた店長の帰還《きかん》に、これほど嬉しくなったことはないと思いながら、瀬里は情けない顔で「助かった」と呟《つぶや》いたのだ。

＊　＊　＊

「騒《さわ》がしくして、申し訳ありません……」

「若いひとはいろいろありますでしょ。賑《にぎ》やかで、おもしろいわねえ」

しょんぼりと瀬里が謝罪すると、白髪《はくはつ》をうつくしく整えた女性客はにっこり笑ってそう言った。そして生春巻きをつまみにギネスをひっかけ、いつものように静かに店から出て行った。

凄まじい騒ぎになったものの、おおらかな常連客のおかげで、悪評は立たずに済むようだ。

「瀬里ちゃん。もういいから、弟さんと話しておいで」

「……すみません。あの、嘉悦さんも失礼しました……」

「いいや。俺はなにも」

ぺこりと頭を下げると、藤木を送ってきたらしい嘉悦は鷹揚《おうよう》に笑うだけだった。来るなりトラブルを目撃《もくげき》し、驚《おどろ》いても呆《あき》れてもいるだろうに、彼は表情にも出さない。その態度に、しみじみ大人だなあと感心しつつ、ちっとも大人げないふたりの待つ事務室へと瀬里は向かった。

「和輝……」

そろりと部屋の中を覗《のぞ》きこむと、弟は大智に睨まれたままふて腐《くさ》れた顔をしてうなだれている。事務デスクの椅子《いす》に腰《こし》掛《か》けた和輝が顔をあげた。

「ちゃんと話、しよ。するだろ？」

「……うん」

やわらかい声で諭《さと》しながら弟に向かい合って座ると、さきほどまでの——というよりここしばらくの尊大な態度が嘘《うそ》のようにこくりと頷《うなず》いた。

和輝が反抗《はんこう》的な様子を見せたのは、こいつのいる前で話すのかというように傍《かたわ》らで腕《うで》を組んだ大智を睨んだときだけで、瀬里の言葉にはかなり素直《すなお》に応《こた》える。その表情に苦笑《くしょう》すると、大智が「大丈夫《だいじょうぶ》か」と目顔で問いかけてきて、頷くと彼はするりと静かに部屋を出て行った。

「母さんとけんかでもしたの？」

「べつに、……それはしてない。っていうか、口きいてないから」

「なんで？　口ききたくないようなこと、あった？」

「……瀬里だって、わかるだろ」

あえて問いかけると、口を尖《とが》らせた和輝が鬱陶《うっとう》しげにため息をつき、そうして少しずつ愚痴《ぐち》をこぼしはじめた。

「俺だってべつに、勉強とかテストとか嫌《きら》いじゃないよ。成績あげてくのだって、ゲームみたいでおもしろいし。けど……それべつに、母さんのためにやってるわけじゃ、ねえもん」

聞いてみれば、受験を目前にした和輝もやはり母親の締《し》めつけにつらくなっているようだ。

「それに、たまには息抜《いきぬ》きだってしたいよ。でもちょっと帰りが遅《おそ》くなっただけで、どこにいったのなにしてたのって……女の子とややこしいことしてないでしょうね、なんて言われたらさすがに」

うんざりする、とだらしなく投げ出した長い脚《あし》で、和輝はまるで地団駄《じだんだ》でも踏むように床《ゆか》を蹴《け》った。確かに交友関係や、恋愛沙汰《れんあいざた》に口を出されるのはいやなものだろうが、そういえばその点について、瀬里はまったく心配されたこともなかったと思わず苦笑がこぼれる。

果たしてそれは信用されていたのか、あなどられていたのか微妙《びみょう》なところだからだ。

「うん、でも……母さんがああいう性格なのは、前からじゃない。心配してるんだし」

けれども、先日の手紙の件もあった。できは悪いながら、手のかからない瀬里にはなにも言わなくていいのだろうと考えていたなら、それはそれで母なりの信頼《しんらい》じゃないかと思うのだ。

自分の考え方もずいぶん変わったと思いつつ、宥《なだ》めるように言うと「わかってる」と和輝はため息をついた。

「一生懸命《けんめい》なのは、わかるんだよ。けどパートで疲《つか》れたとか、やになるとかさんざん言ったあと、ふたことめには俺のため、とか言われると……まるで俺が疲れさせてるみたいじゃん」

「ああ……そうか」

かまいつけられずに寂《さび》しかった瀬里と、まったく反対のストレスを抱《かか》えていたのだろう。和輝は言葉こそきついけれど、基本的には優等生だ。根っこの部分では子どもっぽく直情でもあるから、きっとそうした母の気持ちを真正面から受け止めてしまったのだろう。

「そんなの毎日聞いてたら、俺だって、疲れちゃうよ。でもだからっつって、そんなことで成績落としたりとか……わかりやすく変なことして反抗してるなんて思われるのもしゃくだし、なんか、いらいらして」

完璧《かんぺき》主義でいるのもフラストレーションがたまるらしく、それでせいぜいの反抗が、受験校の変更《へんこう》だというのだから、いっそかわいいものかもしれない。このところ規格外の真雪や大智とつきあっていたせいか、そんなふうにさえ思えてしまう。

「なんかみんな俺に遠慮《えんりょ》してて、けど……瀬里だけは違《ちが》ってたから。まともに話せたし」

「……俺が？」

「父さんはなんも言わないし、いるかいないかわかんないし。母さんは俺のこと考えてる自分、ってのでいっぱいいっぱいで……でも瀬里は、ちゃんと俺がなんか言えば、言い返すだろ」

「っていうか……それは」

ばかにしてからかっていたのではないのかと瀬里が怪訝《けげん》に眉《まゆ》をひそめれば「ほら、そういう顔する」と和輝は怒《おこ》ったような顔をした。

けれど、よく見ればその瞳《ひとみ》はしょんぼりと伏《ふ》せられていて、これは和輝の傷ついている顔なのだと、やっと瀬里は気がつく。

「だんだん、そうやって面倒《めんどう》そうにされて、やだなと思ってたら……いきなり家出てくし。なんで俺のこと、そんなに嫌うの」

「や、べつに嫌って……ないけど」

「それで俺がいない方が楽しそうにしてるし……顔見に来たら、いつもいやそうで。セクハラなんかされてるっていうから心配しても、関係ないみたいな顔するしさ」

いきなり来て皮肉を言うのが心配する態度かと、瀬里は少し呆れた気分になる。だがそれを弟が素直に言える性格かどうかは、瀬里がいちばん知ってもいるのだ。

「髪《かみ》とかもさ。なんで染めちゃうんだよ。瀬里はあのまんまでいいのに」

「……地味だから似合わないっていうんだろ」

長年言われ続けていたそれに、やはりこちらも声が低くなる。しかし、和輝は嘲笑《あざわら》うどころか、まるでふて腐れたように言うのだ。

「だってそんなちゃらちゃらしたの、瀬里じゃねえみたいじゃんか！」

「え……で、でも、変でみっともないって意味じゃ」

意外なそれに瀬里が目を丸くすると、誰《だれ》がそんなことを言ったと和輝は怒り出す。

「似合わなくはないよ。でも、その辺にいるちゃらいやつみたいなかっこ、瀬里はすんなよ！

真面目《まじめ》で、お寺とか好きで、そういうのが瀬里じゃんか。すれた瀬里なんか、俺やだよっ」

拗《す》ねたような声に心底驚きつつ、大智の言ったことを思い出す。

――あれはお兄ちゃん大好きっぽいよ？

「やっぱり瀬里は全然、わかってくんない。前からそうだよ。ぶきっちょだし、ちっちゃいから、俺がなんかしてあげようとするとすぐ怒るし」

「ちっちゃいって……おまえ、一応俺にも兄のプライドってもんが……」

本当にこれはどうしたものかと、あまりのことに瀬里が情けない顔をすれば、甘ったれたような声で和輝はこんなことまで言い出した。

「だって、どうせ瀬里がなんかやったって失敗するじゃんか！　それで泣きそうになるんだから、俺がやってあげればいいって思っただけなのに」

お兄ちゃんのために、なんでもしてあげようと思っていたのに。

なりだけ大きくなって、それでも小さいころから瀬里にかまわれたくてちょっかいを出していただけの弟を知れば、もう瀬里は怒れない。

「瀬里は、俺なんかいなくていいんだろ。いまの店とか、大学とか……そういうの方が、大事なんだろ」

「……そんなこと、ないよ」

まるで子どものようなことを言った和輝の大きな手のひら、器用で長い指先は、忙《せわ》しなくさきほどから握《にぎ》ったりほどいたりを繰《く》り返している。その手つきを眺《なが》め、瀬里はあの鎌倉の山で描《か》いた絵を思い出した。

「でもね、和輝。俺は、失敗しても自分でやりたいんだよ」

弟のすべてを許せたわけでもなくコンプレックスもなくなりはしないけれど、静かな声が、勝手にこぼれだしていく。幼く押しつけがましい行動が自分のためと知ってしまえば、それ以上を拒《こば》むのはやはり難しかった。

「だから家も出たし、この店の就職も決めた。ひとりで……ちゃんと自分で、できるかどうか、やっていけるかって、……俺はそれが知りたかったから」

本当になにもない自分なのかどうか、確かめたかった。やぶれかぶれの行動ではあったかもしれないけれど、いまはそれで正しかったのだと瀬里は信じている。

「けどっ」

「和輝が俺にしてくれようとしたのは、母さんが和輝にしてることと、同じだってわかる？」

少しきついかと思ったけれど、言いきった。和輝は一瞬《いっしゅん》だけ痛いように息を呑《の》んだけれど、この弟は、ひとの言葉の中にある真実を拾えるほどには賢《かしこ》いはずだ。ちゃんとその意味は把握《はあく》するだろうと、瀬里は信頼を浮《う》かべた瞳でじっと見つめる。

「ね。……よかれと思ってするだけじゃ、だめなんだ。あと……相手がどんな気持ちで言ってるのかも、ちゃんと、思いこみで拒むんじゃなくて、自分で考えて受けとらなきゃだめだよ」

目を見て、相手に気持ちをちゃんと伝えるために懸命に話すこと。上辺だけでわかった顔をしないこと。そうしてちゃんと、もつれた気持ちをほどくため努力すること。

それがこの店で学んだ、いちばんのことだと思うと瀬里が静かに諭《さと》せば、和輝はむうっと押し黙《だま》った。

「大学のことは、まあ……そう時間はないけど、もう一回自分で考えろよ。それで決めたら……母さんにいきなりじゃ難しいけど、一回父さんと話してみるとか」

「……あのひとに？　頼《たよ》りになんのかよ」

「あれで意外にあのひと、肚《はら》が据《す》わってるよ？」

嘘くさいとうろんな顔をした和輝に、話してみればわかるよと笑いながら立ち上がり、そっと自分よりずいぶん広い肩《かた》を叩《たた》いた。

「さて。悪いけど今日の夜、ミーティングあるんだ。時間も遅くなるし、もう帰れよ。母さんには、なんなら俺のとこにいたって言っていい」

「うん……」

なるべくやさしく促《うなが》したつもりだったけれど、一瞬だけ和輝は瞳を揺《ゆ》らした。座ったままの弟を見下ろすと、なんとなくまだ話したりないような顔でじっと見つめてくる。

「……またおいで」

口にしたそれが、かつてこの店で藤木に告げられたそれに似た、やさしい響《ひび》きになっていて面《おも》はゆかった。あの店長はやはり、瀬里の憧《あこが》れで目標でもある。藤木のように、ひとをほっとさせるほどの雰囲気《ふんいき》はまだないけれど、ちょっと真似《まね》るくらいならできるだろう。

ただそこにいて、わかっていると微笑《ほほえ》んでくれるだけでも、疲れた誰かの力になると教えてくれたのはあのひとだ。不器用な瀬里には、たぶんこのできのいい弟になにかしてやる力はない。それでも疲れたら、愚痴《ぐち》くらいは聞いてやれると思う。

ぐずぐずと座ったままの和輝の頭に、そっと手を置いたのは無意識だった。こちらの仕種《しぐさ》は、大智からのそれがうつったのだろう。

「和輝は頑張《がんば》ってるよ。でももうちょっとだけ、やってみなよ」

「……言われなくても、やるよ」

振《ふ》り払《はら》われるかなと思ったけれど、和輝はうつむいたままふんと鼻を鳴らして、それでも不器用に髪を撫《な》でる瀬里の手を拒まなかった。

厳しいしつけや高いハードルは、甘えて流されがちな若い自分たちには必要だろう。だが同時に、誰かにわかりやすく大事にされることも必要なんじゃないだろうか。

締《し》めつけられた心が悲鳴をあげてしまう前に、こんなふうに軽く頭を撫でられること、やさしくされること、そのほっとする瞬間にもう一度、自分を取り戻《もど》すことはできる。

信じてくれるなら、もうちょっと頑張ろうかな。自分にもなにかできるかな。そんなふうに前向きな気持ちにさせるのは、叱責《しっせき》ではなく寛容《かんよう》じゃないかと瀬里は思うのだ。

触《ふ》れた指の先、あたたかく流れていく体温だけでも、伝わるものはちゃんとある。

そんなふうにしみじみと思っていた兄弟のほのぼの気分をぶちこわしたのは、部屋を出るなり出くわした真雪のひとことだ。

「お。話終わったの？　童貞《どうてい》」

「だっ……ど、童貞じゃねえっ」

かっと赤くなり歯を剝《む》いて怒鳴《どな》ったけれど、それでもさきほどいきなり殴《なぐ》られたのがよほど効いているのだろう。和輝の声はどこか力なく、また腰《こし》も引けている。

「あ、ないんだ。ふうん。でかいなりしてお兄ちゃんの尻《しり》ばっか追っかけてるから、てっきりそうかと」

「てっきりってなんだよ……つか、あんたどういう女だよ⁉」

「こーゆー女だよー」

けらけらと笑いながら去る真雪を睨《にら》みつけ、弁が立つはずの和輝は悔《くや》しそうに歯がみする。

「真雪はあーゆーやつなんだよ」

瀬里もさすがにそれ以上を言えず、ぽんぽんと背中を叩いてふと首を傾《かし》げた。

「……でも和輝、もう童貞じゃないのか？」

「やめろよっ、そういうこと瀬里が言うなっ！」

きょとんとした兄の顔になんだか複雑な表情を浮かべ、和輝は端整《たんせい》な顔を歪《ゆが》める。だが剣呑《けんのん》なそれを眺めつつ、瀬里は「意外にやることやってたんだね」と笑ってみせた。

（人間って現金だなあ……）

少し前ならとても、ひとにこんなからかいを向けたり受け流すことなどできなかっただろうけれど、大智とのとんでもないあれこれのあとでは、言葉のやりとりなどささやかなものだ。

「瀬里こそ、どうなんだよ」

「なにが……？」

あいつ、と不愉快《ふゆかい》そうに眉《まゆ》をひそめた和輝は、たったいま瀬里が考えていたことを見透《みす》かすようにじっと目を見つめてくるからぎくりとした。

「大丈夫《だいじょうぶ》なんだろうな？　セクハラとかもだけど、あの……大智とかってやつ」

「あ、ああ。……だ、だからあれは、誤解だって言ったじゃないか」

「恋人《こいびと》とかどうとか、さっきもわけわかんないこと言ってたじゃん」

じとりと睨《ね》めつけてくる和輝に、あわあわと瀬里は首を振るしかない。

「いや、あの。あのひとはああいう、冗談《じょうだん》っていうか、そういうのが好きで」

「ほんとになんでもない？」

ないないない、と必死に首を振ると、「ならいいけどさ」と和輝はそれでも疑わしげだ。

「瀬里はそうでも、あっちはわかんないからな。ほんとに気をつけろよ、変なことされたら逃《に》げるんだぞ。抵抗《ていこう》しきれなかったら、誰《だれ》でもいいから助けてくれって言えよ？」

「あ、あはは……わ、わかった」

もはや瀬里は曖昧《あいまい》に笑うしかない。逃げも抵抗もしないまま、もうみずから望んでとっくになるようになっているとはさすがに言えずに、とにかく頷《うなず》くしかなかった。

「お邪魔《じゃま》しました。店長さんも、騒《さわ》ぎ起こしてすみませんでした」

「いえいえ。瀬里ちゃんの弟さんなら、いつでも歓迎《かんげい》するよ」

帰る間際《まぎわ》、大騒ぎになったことを、和輝はあらためて藤木に詫《わ》びていた。その言葉や態度はやはりしっかりとした大人びたもので、これが本来の和輝なのだろうと瀬里もほっとする。

「ああいうひとが店長なら、大丈夫だよな」

また、和輝も藤木の穏和《おんわ》なひととなりに安心したようで、偉《えら》そうに頷いていた。

「じゃ、寒いから気をつけて」

「うん……」

階段の手前まで見送りながら、マフラーを巻いてぐずぐずとする和輝を見あげ、腕《うで》を叩く。

「さっきも言ったけど……なにかあったら、いつでもおいで」

「……瀬里」

微笑んで告げた瀬里に、和輝は縋《すが》るように抱《だ》きついてきた。

今日はこの弟に対し、たぶん生まれて初めて、兄らしい振る舞《ま》いをすることができたんじゃないだろうかと少しだけ瀬里も満足で、拗《す》ねている和輝の背中を叩く。

「じゃあな、瀬里。気をつけろよ、風邪《かぜ》ひくなよ」

「そっちもね」

ともかくもとしがみつく和輝の背中を押して、テラスから手を振りつつ、あの感触《かんしょく》にはなんだか覚えがあるなとふと気づいた。

(あ、なんだっけ……確か、昔)

もうずいぶんと以前、瀬里が小学校にあがったころの話だ。登校しようとする瀬里にしがみつき、和輝がひどく駄々《だだ》を捏《こ》ねたことがあったのを思い出した。

――なんで？　おにいちゃん、どこいくの？　ぼくもいく！

――おにいちゃんは、がっこういくんだよ。かずきは、おるすばんだよ。

――じゃあぼくもがっこいく！　おべんきょうする！

　そういえば和輝は小さい頃《ころ》、結構なお兄ちゃん子だった。泣いてわめいて、それから毎日「がっこう、がっこう」とわめく和輝に、瀬里の失敗に懲《こ》りない母が、私立校の受験を切り出したのだ。

（……あれ？　ってなるとあれって俺が原因？）

　そんなまさか、と因果関係に気づいた瀬里が複雑になっていると、憮然《ぶぜん》とした声が聞こえた。

「……あのブラコン弟、また来るの？」

　振り返ると、ひどく機嫌《きげん》の悪そうな大智がいる。二度のけんかでそうとうに印象を悪くしたようだと瀬里は首を竦《すく》め、ごめんなさいと頭を下げた。

「あ……巻きこんじゃって、すみませんでした」

「いや、それはいいんだけどべつにさ……あいつマジで弟だよね？」

　わかりきっていることをなんでそんなに念押しするのだろう。瀬里が訝《いぶか》しんで首を傾げると、ばりばりと頭を掻《か》いた大智はいやそうに口を歪めた。

「見た感じがおもしろくないんだよなあ……どうにもこうにも」

「はあ？」

「麗《うるわ》しい兄弟愛にしてもビジュアル的に不愉快だ。……っていうかマジで弟でよかった。あれがちょっと遠い親戚《しんせき》とかなら、俺は本気でいろいろ考えるところだけど」

「考える、って……」

一連の大智の言葉は、まるで嫉妬《しっと》でもしているように聞こえ、瀬里は目を丸くするばかりだ。

わかってんのかなあと大智は深々とため息をついた。

「まあいいけど……小舅《こじゅうと》でもなんでも来いだ。弟には絶対できないことやってやるつもりだし、いまさら、諦《あきら》める気ねえし?」

「な……なんですか」

にやりと笑ってみせる顔に不穏《ふおん》なものを感じて、瀬里は腰が引けてしまう。オープンな愛情表現は嬉《うれ》しくもあるけれど、それより先に気恥《きは》ずかしい。

なんだか一気に周囲の空気が濃《こ》くなったような気がしてうろうろと視線をさまよわせていると、折よく店から出てくる藤木と嘉悦の姿があった。

「あ、あれ? お帰りですか?」

「うん。嘉悦さん帰るんで、ちょっとついでに食事してくるから……ごめん、今日は店空けてばっかで」

「いえ、気をつけて」

東京に住む嘉悦がわざわざ藤木を送ってきたということは、もとから予定済みの行動だったのだろう。どうやら結構な会社の課長職にあるらしい嘉悦はひどく多忙《たぼう》だと聞いていて、瀬里が顔を見たのも先日以来だ。

（ふたりとも忙《いそが》しそうだしなあ）

おそらくは彼らも久々の逢瀬《おうせ》だ。責任ある立場で、なかなかプライベートもゆっくりできないのだろう。大人は大変そうだと瀬里が内心ため息をついていると、同じことを察したのか、大智があっさりした声で提案する。

「聖司さん、もう今日客来ないし、いっそ店閉めちゃう？　東京と往復して、疲《つか》れてるっしょ。ゆっくりしてきなよ」

「え、でもミーティング……」

「明日にできることは明日でいいでしょ？　のんびりしなって、たまには」

いい加減な、と藤木は苦笑《くしょう》したけれど、その顔色はあまり冴《さ》えない。このところ忙《せわ》しなくしている彼には息抜《いきぬ》きも必要だろうと、瀬里も頷いてみせた。

「あの……書類、まとめておきましたし。予定表も作ってあるから、明日でいいと思います」

「じゃあ、お言葉に甘えて、店長を借りてもいいかな」

でも、とためらった藤木の代わりに、よく通る声で微笑《ほほえ》んだのは嘉悦の方で、それにけろりと応《こた》えたのは大智だった。

「あ、どうぞどうぞ。なんならお持ち帰りもおっけーです」

「だ……大智っ！」

「はは。それじゃ遠慮《えんりょ》なく」

瞬時《しゅんじ》に茹《ゆ》であがって目を吊《つ》り上げた藤木の腕を軽く引いて、動じた様子もなく嘉悦は笑った。

所作はやわらかに見えるが決して相手を抗《あらが》わせないような独特の雰囲気《ふんいき》に、瀬里がさすがエリートは違《ちが》うと妙《みょう》な感心をしていれば、ばたばたと真雪が店から出てくる。

「あ、真雪。今日お店閉めるって——」

「うん、だと思ってた。あのさ、もう嘉悦さん行っちゃった？」

どうしたの、と瀬里が問うと、その手には高級そうなライターが握《にぎ》られている。これが、と言いかけた真雪は、背後から聞こえた電話のベルに舌打ちをした。

「うがっ、タイミング悪！」

「忘れ物？　いまならまだ下《駐車場》にいるかも。俺、届けてくるよ」

「おねがいー！」

ライターを放《ほう》るようにして瀬里に渡《わた》すと、真雪はまたばたばた走って店に戻《もど》っていった。まだエンジンを吹《ふ》かす音は聞こえないけれど、急がないと車を出してしまうかもしれない。

「あの、嘉悦《か》さん、これ——」

急いで階段を駆け下りた瀬里は、しかしそこで言葉を失い立ち止まる。

嘉悦のシーマは案の定まだ駐車場の奥にあって、ふたりともまだ車に乗りこんではいなかった。けれど、とても声をかけられたものではない。

「ひえ……」

「……瀬里ちゃん、どした？」

長く戻ってこないし声も聞こえないことに訝ったのだろう。追ってきた大智が肩越《かたご》しに問いかけてきた。その声にも気配にもびくりと肩を竦め、一瞬その態度に眉《まゆ》をひそめた彼は、しかし瀬里の視線の先に気づくなり苦笑した。

「あらら……。やるなあ、あのひとらも」

「あ、あ、う」

相づちをうつこともできず、瀬里はただ、目も口も開いたまま硬直《こうちょく》しているしかできない。車体に寄りかかるようにしたふたりは、瀬里には目の毒なくらいの熱烈《ねつれつ》な口づけの真っ最中だったのだ。

(な、なんでこんなとこで)

藤木は嘉悦の大きな身体《からだ》に抱《だ》きこまれ、その華奢《きやしゃ》さがよけい目立つようだ。

スーツの背中を、細い指が這《は》う。慣れた感じの仕種《しぐさ》でゆったりとその背を撫《な》でながら、ときおり絡《から》み合った脚《あし》がかすかに卑猥《ひわい》に蠢《うごめ》いている。そして嘉悦の手のひらもまた藤木の腰《こし》を抱き、時折小さな尻《しり》から脚までをゆるやかに撫でまわしていた。

唇《くちびる》がほどけて、白い息がふたりの間でふわりと舞《ま》いあがる。それでも寄り添《そ》う身体は離《はな》れる気配もなく、濡《ぬ》れた音さえ聞こえるような官能的な動きで静かに藤木が背を反らした。

(なんか、キスしてるだけなのに、ものすっごく……やらしい)

自分の首筋を甘咬《あまが》みする恋人《こいびと》の髪《かみ》を愛《いと》おしむように、藤木の細い指が梳《す》いた。嘉悦もまた、その感触を味わうように細い首から頬《ほお》を啄《ついば》む。所作のすべてが艶《なま》めかしいとしか言いようのない、ふたりの醸《かも》し出すあまりの濃厚《のうこう》な気配に、瀬里はすっかり硬直してしまった。

「いやはや……さっすがに大人だなー、嘉悦さん。いちいちエロい」

「う……」

小さく口笛を吹く大智の言葉にようやく我に返り、どっと手のひらと背中に汗《あせ》をかく。瀬里は赤くなったまま猛然《もうぜん》と身を翻《ひるがえ》し、大智の身体を押し返した。

「だっ……大智さん、あっち、あっち行きましょう」

遠目に見た藤木は、小さく微笑んでいた。触《ふ》れてくるすべてをゆるやかに甘受し、そして許している表情はとてもきれいで、どきどきした。細い首筋にそっと唇を落とす嘉悦も、普段《ふだん》のあの落ち着いたストイックな雰囲気が嘘《うそ》のようで、――ふたりの醸し出すすべてに、淫《みだ》らで甘い触れあいを愉《たの》しんでいるような、余裕《よゆう》と慣れを感じた。

(俺ぜったい、あんな顔できない……)

重ねてきた時間が、あのふたりの空気を作りあげたのだろうか。毎回どぎまぎしてみっともない自分と比べて、なんて違うのだろうとため息をつきたいような気分でいると、階段の中ほどで大智は脚を止めてしまう。

「……俺も、余裕ないなあ」

「大智さん……っ？」

ぽつりと呟《つぶや》くなり、ぐっと腕《うで》を掴《つか》まれた。驚《おどろ》いて広い背中にぶつかると、背中ごしに両手首を掴んで瀬里の身体を繋《つな》ぎとめた大智が、その手の甲《こう》に口づけてきた。

「な、なに……」

「ごめん。やっぱ俺、せっかちかも。待っててあげたいけど、どうも我慢《がまん》きかない」

苦笑してみせる大智は声こそやわらかいけれど、瀬里の手を摑んで放そうとしない。

「が、我慢……って」

「本当はやっぱりクリスマスあたりにかなあと思ってたんだけど……さっきので煽《あお》られちゃったんだよなあ」

指を咬まれて、びくりと瀬里は身を竦ませた。さきほどのクリスマスの約束は、そういう意味だったのかとあらためて気づくおのれの鈍《にぶ》さにも、指に伝わる甘い痛みにもまた赤くなる。

「だ、大智さん、ここじゃ」

「店でこれ以上されたくなかったら……今日、部屋行っていい？」

ひそめた声に、いつもの余裕が感じられない。どこかきついような響《ひび》きを帯びる声は怖《こわ》くて、けれどいままでいちばん瀬里をときめかせた。

「やだって言ったら、ここでキスするよ」

「そ、そんな、の」

どうする、と振《ふ》り返った大智に、戸惑《とまど》う心をそのまま乗せて瀬里は眉をひそめた。不安そうな表情に、一瞬だけ大智は困ったように笑い、そっと腕をほどいてしまう。

（あ、だめ）

次にきっと彼はいまの言葉を、全部冗談《じょうだん》だと言うだろう。なにごとも臆病《おくびょう》で覚悟《かくご》を決めるのに時間がかかる瀬里に合わせて、待っていてもくれるだろう。

だが本当にそれでいいのか、と逡巡《しゅんじゅん》する沈黙《ちんもく》の合間、ようやく嘉悦のシーマが駐車場から滑《すべ》り出て行く。軽く会釈《えしゃく》をして、結局は渡しそびれたライターを握りしめ、瀬里はぐっと腹に力を入れた。

藤木と嘉悦のようには、とてもまだ及《およ》ばない。不器用だし毎回毎回躓《つまず》いて、それでもちゃんと、目の前の広い背中を抱きしめたい気持ちはあるのだ。

「嘘だよ、気にしないで――」

「嘘なんですか？」

だから予想どおりのことを口にした大智の語尾《ごび》にかぶせて、瀬里は少しきつい声を発していた。弟にさえも頼《たよ》りないと思われている自分は、きっと大智にはもっと幼く見えるのだろう。けれど、こんなことでまで、譲《ゆず》られたりしたくない。

恋人だというなら、もっとちゃんと対等に扱《あつか》って――欲しがってほしいのに。

「我慢できないの、嘘ですか……？」

「瀬里、ちゃん？」

ほんの一瞬覗《のぞ》かせてしまった険しさ、あれがきっと本当の大智なのに、怖くないよと笑うのだろう。けれど、それは本当に大智の、本心だろうか。

（それは、やだ）

そこまでして待ってもらうほどのものじゃない。だったらもう、いつまでもぐずぐずするのは逆に、見苦しくていやらしいことじゃないかと瀬里は思う。

「俺、俺は……店では、やだけど。でも、部屋……来てくれるのは、嬉《うれ》しいです」

「それ……本気で言ってる？」

まだいやなんじゃないのかと、本気で心配そうに問われて悔《くや》しくなった。

そこで引いてしまえるから、逆にもどかしいとも思うのだ。そうやってなんでも、曖昧《あいまい》にされるのは好きではない。いっそあの夜みたいにもっと強引《ごういん》にしてくれれば、瀬里だって覚悟がつくのに。

「あんまり念押しされると、考えなおしたくなりますけど」

「あっ、いや！　行く、行きます。お邪魔《じゃま》させて！」

じとっと上目に睨《にら》むと、焦《あせ》ったように大智は口早に言った。その表情はどこか情けなくて、瀬里は小さく笑ってしまう。

「大智さんて、なんでそう……変なとこ、譲っちゃうんですか？」

「譲っちゃうって？」

「なんか、こう……やさしいっていうか、先回りしてくれちゃうっていうか」

秀《ひい》でた容姿に独特の生き様、おおらかで剛胆《ごうたん》な性格、手先も器用で頭も切れる。和輝ではないけれど、もっと偉《えら》そうだったり勝手にしたっていい、それを許されるくらいには、彼はなんでも持っていると思う。

むろん彼の持っているもののなかでは、あまりにささやかだろう瀬里の気持ちも。

どうして大智は、こんなに自分に甘いのだろうかと不思議になって問いかけたそれに、あっさりと彼はこう答えた。

「っていうか……嫌《きら》われたくないからでしょ、やっぱ。俺そういう意味ではあんまり、プライドないからねえ」

「そう、ですか？　嫌われたくないって……ひとに？」

「んや、好きな子に。ってか、瀬里ちゃんにね。そんかし、ほかは割とどうでもいい」

あまりひとの目を気にしないタイプだと思っていた大智の意外なそれに驚いて、瀬里は目を瞠《みは》った。なのにそんなことをけろりと言うから、もっと気持ちが持っていかれて、なんだかなにもなくなりそうだ。

「だからね、やなことはしたくないんだって。エッチとかもさ」

「……大智さん、それ、ずるいです」

いじめっ子体質の弟に長年翻弄《ほんろう》されてきたせいか、大智の示してくる愛情のストレートさは、あまりに瀬里には刺激《しげき》が強い。それに、ある意味では微妙《びみょう》に、意地が悪い。

「それじゃ俺、……エッチなことやじゃないって、言わないとだめじゃないですかっ」

「ああうん、まあ。そりゃそう言ってくれれば嬉しっかなーと思うけど？」

にやにや笑う大智は、やっぱり自分の手に負えないかもしれないと、赤くなった瀬里は唇を嚙《か》んだ。

それでも、きつく歯を食いこませたそこを撫でる指先に、心までふわふわとほどかされて、結局は手を伸《の》ばす。

「……やじゃ、ないです。全部」

あなたのすることならなにもかも欲しい。本当に怖いのは、そんな自分かもしれない。

こっそり呟いて頰を埋《うず》めると、表情だけは平然として見える大智の広い胸の中には、瀬里と同じほどの波打つ心音がある。

背後から聞こえた寄せて返す波音に、なんだかまるで海に抱かれているようだと感じた。

瀬里が憧《あこが》れ続けた、広くて深い、透明《とうめい》な海に。

＊　＊　＊

店じまいを請《う》け負ってくれた真雪に任せて、いつかと同じように夜道を辿《たど》り、瀬里のアパートへ向かう道すがら、大智はいつになく言葉少なだった。

瀬里はもう緊張《きんちょう》のあまり貧血《ひんけつ》を起こすかもしれないと思っていて、たとえなにか話しかけられてもろくに返事をすることもできなかっただろう。

「……っ」

部屋に入るなり、抱《だ》きしめられた。腕が強くて、唇《くちびる》を痛いほどに吸われて、余裕のない力に痺《しび》れた胸はすべての思考を放棄《ほうき》させる。

忙《せわ》しなく口づけたまま、服を脱《ぬ》がされた。先日そういえば、自分の服はさっさと取り払《はら》われていたけれど、大智の身体《からだ》を見るのはこの夜がはじめてだった。

る。

（あ、すごい）

日焼けした裸《はだか》の胸は、衣服の上から想像した以上に硬《かた》く引き締《し》まっていた。縫《よ》りあわされた筋肉の上になめした革《かわ》をかぶせたような大智の身体は、男としては理想的な力強さを見せつける。

（からだ、熱い……）

今日は特に熱も出ていないはずなのに、触《ふ》れあった大智の肌《はだ》はひどく熱かった。胸を合わせるとよけいに温度差を感じてしまって、体温が高いのだろうかと瀬里はぼんやり思ったけれど、指を握《にぎ》りしめた大智の心配そうな顔にふと目をあげる。

「なんですか……？」

「ん、……これ寒いからだけじゃ、なくない？」

ゆっくりと何度も指先をこすられて、かたかたとそこが小刻みに震《ふる》えているのを知った。どうやら大智の身体が熱いのではなく、自分が緊張しすぎて血の気を失っているのだと知る。

「へ、き、です」

気づいてしまうと、なお震えた。それでも拒《こば》んでいるのではないとわかってほしくて強くしがみつくと、大智は包みこむように身体に腕《うで》を回してくれる。

言葉はないまま、何度も口づけた。大智は一度だけ触れた肌に、それでも慎重《しんちょう》に愛撫《あいぶ》の手を伸ばしてくれて、けれど瀬里の身体は芳《かんば》しい反応を返すことができなかった。

「ひどいことしないから……いやだったら、言っていいから」

「やじゃない、です……けど」

力を抜《ぬ》いてと言われても、どうしていいのかわからない。硬直《こうちょく》しきった身体を宥《なだ》めるように何度も口づけられて、瀬里は必死に広い肩《かた》にしがみついた。

「けど、なに？」

がちがちになった身体はやみくもになにかに縋《すが》りたがって、灼《や》けた肌に爪《つめ》を立ててしまう。小刻みに震えるそれが食いこむ痛みもあるだろうに、大智はあくまでやさしい声で問いかけてきた。

「……怖い、です」

「ん、そっか……そうだよね」

あえぐように涙目《なみだめ》で呟《つぶや》くと、怖がらせてごめんね、と目元に口づけられた。甘やかされるような仕種《しぐさ》に胸がきゅうっと痛んで、同時に離《はな》れていく指にも驚《おどろ》く。

「だ、大智さん……？」

「ちょっと待ってて」

やめてしまうのだろうか。確かに怖いとは思ったけれども、途中《とちゅう》で放《ほう》り出されてしまうのはもっとせつない。不安はそのまま顔に表れていたのだろう、苦笑《くしょう》した彼は一度ぎゅっと瀬里の身体を抱き締め直し、髪《かみ》を撫《な》でながら「やめないよ、ごめんね」と囁《ささや》いてゆっくり離れた。

「こういうこともあるかなと思って持ってきたんだけど……これ、飲んでみる？」

いったんベッドを離れた彼は、手持ちの荷物からなにか茶褐色《ちゃかっしょく》の液体が入った小瓶《こびん》を取り出した。全裸《ぜんら》のままでは落ち着かず、起きあがって身を縮めていた瀬里は、なにやらアラビア語のような、あやしげな文字のラベルが貼《は》られたそれを手渡《てわた》され、小首を傾《かし》げる。

「これ、なに……？」

瓶の大きさは市販《しはん》のドリンク剤《ざい》程度で、たいした量もない。大智がふたを開けると、ハーブのような香《かお》りが漂《ただよ》った。

「あっちで手に入れた、ちょっとしたお薬。まあ、ひらたく言えば、媚薬《びやく》みたいなもん？」

「び……っ」

「あ、でもそんなにアヤシイもんじゃないんだけど」

媚薬という言葉だけでも充分怪《じゅうぶんあや》しいと思うのだが、茹《ゆ》であがった瀬里に大智はけろりとそんなことを言う。

「軽いトランス状態になれるだけ。もともとは、カーマ・スートラを教義にしてる密教の儀式《ぎしき》で使ってたやつで、習慣性もないしあとにも残らない」

古代インドに伝わる性愛の聖典と呼ばれる著名なそれは、さほどインドに詳《くわ》しくない瀬里でも知っている。性愛を極《きわ》めれば法悦《ほうえつ》の極みに辿りつき、解脱《げだつ》できると考える宗教があることも、どこかでなんとなく聞いた気はした。

「な、なんでそんなの、持ってるんですか？」

「向こうで知り合いになったひとにもらったの」

それはもしかして違法《いほう》ではないんだろうか。呆然《ぼうぜん》としたまま瀬里がその小瓶を眺《なが》めていると、大智は薄《うす》い肩を抱いてつむじのあたりに口づけてくる。

「いまのまんまじゃ、きついっしょ？　これ飲むと、たぶん痛みも減るし……ちょっとだけ、こういうのの勢い借りるのも、ありだと思うんだけど」

でも、いやならやめておくよと、包みこむみたいな顔で微笑《ほほえ》まれた。これからしようとしていることも、手に渡されたものの内容もとんでもないのに、なんでそんなふうに無邪気《むじゃき》に笑えるのかいっそ不思議になる。

（でも……今日、しなかったら）

また半端《はんぱ》に、触れあうだけで終わってしまうのだろう。経験値の浅い瀬里にはそれだけでも目が回るほどであるけれど、大智のような慣れた男にとって、それが物足りない行為《こうい》であるだろうことは想像がつく。

「あの、ほんとに、……習慣性とかない、んですよね？」

「え……いいの？」

こくりと頷《うなず》くと、むしろ大智の方が驚いている。その顔を見ていられず、瀬里は俯《うつむ》いて手にした小瓶を強く握った。

本音を言えば、セックスそのものも、こんな怪しげなものを飲むのも怖い。それでも、ようやくここまで来たのに、失敗する方がもっとずっと恐《おそ》ろしい。

（できなくて、飽《あ》きられたり……したら、やだし）

好きだと言われてからずっと、その不安はつきまとっていた。抱きたいと思えば、男も女も選び放題だろうこの魅力《みりょく》的な男が、いつまで面倒《めんどう》くさい瀬里を相手にしていてくれるのだろう。

もっと世慣れて、キスもセックスも上手な、大智を悦《よろこ》ばせられるひとはきっと、たくさんいる。なにより、藤木のようにきれいなひとを好きだった彼が、どうして瀬里のようなたいしたこともない、つまらない人間を好きだと言ってくれたのか、いまひとつまだわからないのだ。

だったらせめて、身体くらい好きにされてもいい。ちょっとでも、大智がいいように、望むように振《ふ》る舞《ま》ってみたい。

(大丈夫《だいじょうぶ》、きっと……)

大智の出したものならば、信じるほかにないと心を決め、瀬里は小瓶に口をつけた。ぐずぐずしていたらまた覚悟《かくご》が揺《ゆ》らぐと、ひと息にそれを飲み下す。

匂《にお》いから想像したとおり、ちょっとくせのある、香り付けされた酒のような味がした。喉《のど》をするりと落ちていった液体は、食道から胃に落ちる間にもかあっと粘膜《ねんまく》を火照《ほて》らせる。

「――……っ」

「ああ、ちょっと刺激《しげき》強かったかな」

小さく咳きこんだ背《せ》中を、大智がゆるくさすってくれた。平気だとかぶりを振りながら、幾《いく》度《ど》かの咳払《せきばら》いでいがらっぽい感触《かんしょく》を払い、瀬里は問いかける。

「これ、あの、どれくらいで、効くんですか」

「ん？　ああ、……時間までは聞いてなかったな。でも即効《そっこう》性とは言ってた」

曖昧《あいまい》な返事に、大智もよくわからないのだと教えられた。本当に大丈夫だろうかと一瞬《いっしゅん》不安になるけれど、もういまさらだ。

「横になっててみようか？　だっこしててあげるから」

「は、はい……あの、だっこ、って」

子どもじゃないんだからと赤くなりつつも、長い腕に巻きこまれてこめかみに口づけられると、その心地《ここち》よさにため息しか出ない。一回り以上大きな大智の胸に抱かれていると、震えるほどどきどきするけれど、安心してしまうのも事実だ。

（あ、なんか……）

恥《は》ずかしくて、でも嬉《うれ》しい。そう思っていると急に、臍《へそ》のあたりがかあっと熱くなった。

「だ、大智さん……ここ、熱くなって、きました」

「ん？　ああ……そっか」

くすりと笑って、瀬里の薄い腹を大きな手のひらが撫でた。厨房《ちゅうぼう》で水仕事をする大智の手はやはり荒《あ》れていて、ざらざらした手のひらの感触が瀬里の肌《はだ》に引っかかる。

「っ、ん」

「くすぐったい……？」

思わず息を呑《の》むと、ひどく艶《なま》めかしいような声が耳元に吹《ふ》きこまれた。髪をかきあげられ、何度も撫で梳《す》かれると、そこからじわじわとした疼《うず》きを覚える。

「あ、んやっ」

不意打ちで、耳に指を入れられた。ぞわっと鳥肌が立って竦《すく》んだ身体《からだ》は、熱っぽい抱擁《ほうよう》と口づけに宥められ、また煽《あお》られる。待ってという間もなく唇《くちびる》を吸われて舌を含《ふく》まされ、過敏《かびん》になった肌をざらりとした手のひらでめいっぱい撫でられた。

(うそ、なんで)

先ほどまでどんなにやさしくされても、緊張《きんちょう》で冷たくなっていた身体がひどく熱い。それどころか、腕をさするようなそれだけでもじわじわと腰《こし》が揺れそうになる。

「瀬里……」

「っや、や、だめ……！」

熱っぽい声で名を呼ばれて、ひときわ激しく身体が跳《は》ねた。じんわりと吐息《といき》を絡《から》めたその囁きに、耳が溶《と》けそうだと思う。

「回ってきたかな？」

「さ、っきの……？」

呼吸が乱れて、苦しくて熱い。横たわっているのにくらくらして、急激な身体の変化についていけないまま、瀬里は頼《たよ》りなく濡《ぬ》れた目を大智に向けた。

「なんで、これ……あつい……」

鼓動《こどう》が激しくなり、体感が一気に膨《ふく》れあがるような、そのくせ遠のくような違和感があった。

「なんか、なんか……ぼうっとする……なんで？」

そんなに強い薬だったのだろうか、どうにかなってしまわないかと心は怯《おび》えて、それなのに。

「そのまま、ぼうっとしてていいよ」

「い、いや……やっ、あああん！」

含み笑った大智が、いつの間にか尖《とが》っていた乳首《ちくび》に唇を落とし、膝《ひざ》を曲げさせた脚《あし》の内側をひと息に撫でてきた。皮膚《ひふ》の下をなにかが走り抜《ぬ》け、反射的にあがった声は自分のものとも思えない甘ったるいそれだった。

「かっわいいなあ……瀬里ちゃん。もう、こんななんだ」

「ひいっ、ん……！」

おまけに、長い指に摑《つか》み取られた場所はさっきまで緊張とショックで萎《な》えていたはずなのに、瀬里自身知らないくらいに高ぶり、先端《せんたん》を濡らしている。こんなに急に、どうしてと思うより早く、大智の器用な手がなにも考えられない状態にしてしまう。

「あ、あ、あっ……！」

「きもちい？」

「んん、やっ……くるしい……！」

舌で縮こまった乳首を転がしながら、脚の間をいやらしく触《さわ》られた。握《にぎ》りこんで扱《しご》くのではなく、下生えを何度も梳き指の間に瀬里の小ぶりの性器を挟《はさ》み、やわやわと根本を揉《も》みしだく。

（いやだ、なんで……もっと）

こんな焦《じ》れったい触《ふ》れ方はつらいだけだ。一瞬だけ軽く握りしめたあとにはすぐその手をゆるめてしまって、内腿《うちもも》の付け根や周辺を撫でる手が、どうにも意地悪に思えてしまう。

「や、大智さん……っ、も、もう」

「もう、なに？　どうしたい……？」

ときどき、たぶんこれはわざと、濡れている瀬里自身を教えるように派手な音を立てられる。先端の粘膜を指の腹でぐりぐりと撫《な》で回し、けれど決定的な刺激はくれない卑猥《ひわい》な愛撫《あいぶ》に、泣きたくなった。

「もっ……もっと、ちゃん、と」

「ちゃんと？……ね、言って」

無意識のまま瀬里の脚は開き、うねるように腰が揺すられていた。促《うなが》される言葉の意味もだんだんわからなくなっていって、ただどうにかしてくれと熱に浮《う》かされたように呟《つぶや》いていた瀬里の耳元に、大智がなにか囁《ささや》いた。

そうして唆《そその》かされるまま、瀬里は同じ言葉を繰《く》り返すしかできない。

「さわ、って……そ、そこ、いじって……！　もっと、ぬるぬるにして……っ」

「うわ、ほんと飛んじゃったんだ……すげえな」

普段《ふだん》なら絶対に言わないだろうに。そんな苦笑《くしよう》が聞こえた気がした。けれどももう、せがんだ通りにねっとりと擦《こす》りあげられる快感に溺《おぼ》れて、瀬里にはなにもわからない。

「脚、開いて。……うん、それで、俺に掴まってて」

「ん、んんー……っ」

低い甘い声が、脳に直接響《ひび》いてくる。考えるよりも先に言われるまま、こくこくと頷いた瀬里は大智の首に腕《うで》を回し、脚を大きく開いた。

「ん、そう。……痛かったら、暴れてもいいよ」

「ふぁ……ん」

身体はどこにも力が入らずくたりとなっているのに、大智の言うままに動くのが不思議だった。まともに返事もできなくて、口を開けば惚《ほう》けたような声しかでない。

(変な声って、思わないかな……)

奇妙《きみょう》に醒《さ》めた部分の残る頭でそう考えるけれど、もうなにをされているのか、自分がどんな淫《みだ》らな格好を晒《さら》しているのかについては、瀬里は気づくことができない。

なにか塗《ぬ》ってでもいるのか、ぬめりを帯びた大智の指は、ゆっくりとその粘液をなじませるように瀬里の奥深くを押し揉んでいる。

「……痛い？」

「いたく、ない……けど」

だが正直なにをされているのかよく、わからない。ただ、濡れたなにかが揺れる尻《しり》の奥を押し広げ、這《は》いずって、ぬらぬらとそこに入りこもうとしていることだけは感じた。

「……いれるの？」

ぼうっと霞《かす》んだ視界の先にある、大好きなひとに向けての問いは、まるであどけない響きになった。体感したままを口にした瀬里の表情には怯えはなく、信じきったような濡れた目で見あげた先、大智はなぜか気まずそうな顔をする。

「……なあんか、罪悪感もあるんだけど」

「ん、ん……？」

なにが、と力の入らない首を傾《かし》げると、音を立てて口づけられる。なにかをごまかすようなそれだと反射的に感じたけれど、ぬるぬるするそれに気を取られ、よく考えることができない。

「大事にするから、許して……ね？」

「あ、ふっ……あ、あん、はいっ……て」

細い硬《かた》いものが、中に入ってきた。それがどこで、どんな格好をさせられ、なにをされようとしているのか、まるでわからないまま瀬里はうずうずと腰を振《ふ》る。

「い、いや、ゆび、いれちゃいや……っ」

「ん、ちょっとだけ」

おまけに大智は嘘《うそ》つきで、ちょっとだけと繰り返しながら瀬里の中に何度も指を入れた。広げるように左右に揺《ゆ》らし、なにかを探してゆっくり、揉むように中を撫でている。

「痛くない？」

「ぬ……るぬる、する……あ、あっあっ」

そうされながらずっと、卑猥に指を中で動かされて、もうやだと脚をよじったそのときだ。

「あっ、ふぁっ⁉」

角度を変えた指が、粘膜《ねんまく》の一部を偶然《ぐうぜん》に擦った。びくん、とかかとが跳ねあがり、大智が嬉《うれ》しそうに笑って呟く。

「お、みっけた」

「ふぁ、あああっ、いや、そこ、やっ……いや！」

やめてと長い髪《かみ》を引っ張っても、少しも指は離《はな》れない。むしろしつこくそこを撫でられ続け、腰が浮いて背中が反る。そのたび、自分でも聞いたことのないような声が開きっぱなしの唇からこぼれて、無意識のまま瀬里は腰を回しはじめていた。

「あっ……あう……ん、あんっ、あん……！」

「あ、よかった……結構、気持ちよさそ」

くちくち、と卑猥な音が聞こえる。身体《からだ》の奥が濡れている。それが大智が根気よく運んだ粘性の液体だとは思えなくて、瀬里は上擦った声で呟いた。

「やぁ……そこ、溶けちゃった、みたい……っ」

「ん……ここ？」

「うん、うん……指、で、ぐるぐる、って……あ、ああ！」

擦られて、熱くて溶けちゃう。辿々《たどたど》しく呟いた途端《とたん》、背中に電流のようなものが流れた。こんなに動いたら恥《は》ずかしい、でも気持ちいいから止《や》められない。相反する感情に振り回されながら、瀬里は結局ぎこちなくも淫らに腰を上下させてしまう。

「あん……！」

「三本入った……わかる？」

ぐっとそこがさらに開かれる気がして目を瞠《みは》ると、大智がひどく熱っぽい目で見つめている。

「あ、あ、……わか、んないっ」

「すげえよ、瀬里ちゃんのここ。最初は狭《せま》くて、大丈夫《だいじょうぶ》かなって思ったけど……もう、こんなにやわらかい」

「あああんっ！」

まとめた指を出し入れされて、引きつった呼気を漏《も》らしながら瀬里はシーツを握りしめる。曲げた膝《ひざ》が意味もなく開閉して、爪先《つまさき》が攣《つ》りそうなほどに反り返りながら大智の身体を締《し》めつけた。

「瀬里ちゃん、もういい？　手、こっちにちょうだい」

「ふあっ、は……っ、はあっ、はあっ」

感じすぎて、声も出ない。荒《あら》い息混じりのかすかな喘《あえ》ぎで応《こた》え、涙《なみだ》の膜が張った目を必死に凝《こ》らして、瀬里は差し出された指に縋《すが》った。

「あふ……っ」

曲げた膝を抱《かか》えられ、身体の奥にあった不揃《ふぞろ》いな質量がずるりと抜《ぬ》き取られる。がくんと首を仰《の》け反らせた瀬里が、粘膜を撫でながら去った指に喪失感《そうしつかん》を覚えるより早く、なにか熱いものが押し当てられた。

「なに……？　それ、あつ……」

ぼんやりと呟き、瀬里は重い瞼《まぶた》を瞬《しばたた》かせる。身体中がぐにゃぐにゃで頼《たよ》りなくて怖《こわ》くて、無意識のまま目の前の身体に縋りつけば、大智の荒《あ》れた息混じりの声が耳を噛《か》む。

「ずるして、ごめんな。……でも」

大智の指がなくなると、なんだか身体の中に骨がなくなったみたいな気がした。だからそこに、確かな芯《しん》を入れてほしいと、瀬里の身体が疼《うず》いている。

「この方がたぶん、楽だから……」

「あ、あー……っ、あん、なに、あ……っあん！」

囁きと同時に、それはゆっくり入りこんできた。浮きあがった腰の奥、熟しきった果実にナイフを入れるような慎重《しんちょう》さと鋭《するど》さで、瀬里の中になにかが埋《うず》まっていく。

「ん……、力、抜いて」

「ひっ、ああ、ん！……っあ、や……っ」

何度か不規則に、ぐいぐいと腰を押された。大智の身体の幅《はば》の分だけ瀬里の脚《あし》は開き、限界まで折りたたまれる。その間、恐《おそ》ろしく長いものが身のうちをぴっちりと満たしていって、ざわざわと首の後ろが総毛立った。

「だ、大智さん……っ、こわ、怖い、これ怖い……っ」

「痛くない……だろ？」

「な、ない、けど……っ、でも」

痛みは確かにない。苦しいのはただ圧迫《あっぱく》感のみで、それなのに怖くてたまらない。異物が自分の中に、意志と欲望を持って入りこんでくることは、理屈《りくつ》ではない恐怖《きょうふ》がある。

(うわ、なに、すごい……これ)

鋭くて丸く、熱くてやわらかくて硬い。いやらしくてやさしい、そして強引《ごういん》。大智の身体は

そのまま、彼自身の性質のように瀬里の中に入りこみ、どんどんその存在感を植えつける。

踏《ふ》みこんで拓《ひら》いて、なにもかもを暴《あば》いて、瀬里を内側から変えてしまう。

だからやめて、待ってとせがんでみたけれど、ここに来てまでやさしく引くほど、大智はやわな男ではないようだった。

「怖がらせて、ごめんね。やでも……入れる」

「やだぁ、ど、して……っ」

押さえつけるように瀬里の薄《うす》い肩《かた》を摑《つか》んで、泣いている顔をじっと見ながら腰を送りこんでくる。ひどい、となじる目線で訴《うった》えると、彼は口元だけでふっと笑ってまた、ごめんと言った。

「お預け、長かったから、……ちっと、我慢《がまん》きかねえわ」

「そ、んな……」

表情だけ笑っていても、目がちっとも笑っていない。朦朧《もうろう》としたまま、その強い視線に食い殺されそうだと思って、怯《おび》えているのにぞくぞくする自分が一番わからないと瀬里は思う。

「嚙みついていいし、やだって言ってもいいから」

「ふあっ、……ああ！」

ぐっと腰を引き寄せられ、後頭部を手のひらに包まれて、広い肩に顔を押し当てられた。ぴったりと身体が密着して、それはその分大智の性器を奥まで含《ふく》まされることにほかならなかったけれど、それでも強く抱《だ》きしめられることに嬉しさを堪《こら》えきれない。

「ん、ん、ん」

抜き差しをするような動きではなく、繋《つな》がったままゆっくり揺すられるだけでも刺激《しげき》が強かった。ささいな、ほんの数センチの抽送《ちゅうそう》のはずであるのに、身体の中を全部撫《な》でられている気がしてしまう。

(やだ、すごい動いてる……っ)

体内にあるものが忙《せわ》しなく動き続けるという経験は、こんな事態でもなければ味わうことなどない。奇妙《きみょう》で、卑猥《ひわい》で、本能的な恐怖が瀬里の身体を竦《すく》ませる。

抱きついた身体が不規則に揺れて、その振動《しんどう》もまた自分たちがなにをしているのかを思い知らされて、恥ずかしくてたまらなかった。

「ふ……っ、く、う」

「きつい、かな……？」

それでも、泣きそうに歪《ゆが》んだ顔で目を瞑《つぶ》っていると、汗《あせ》に濡《ぬ》れた頬《ほお》を何度も拭《ぬぐ》われた。おずおずと目を開ければ心配そうに覗《のぞ》きこむ大智が霞《かす》んだ視界いっぱいに映る。

(怖い、恥ずかしい。どうなっちゃうかわかんない……でも)

諦《あきら》められて、この手を離される方が、きっともっと怖い。もういいよなんて言われたら、きっと死にたいくらい傷つくと思う。

「へ、き……平気、だから」

だから瀬里は唇《くちびる》を噛んだままかぶりを振って、汗に滑《すべ》る身体を必死に抱き寄せた。

慣れない身体が怯えていやがっても、放さないで最後まで全部、してほしかった。この間は知らないままになってしまった、大智の欲望を全部、見てみたい。

「やめないで、ください……」

啜《すす》り泣いたせいでぐずぐずの洟《はな》を啜り、かすれ震《ふる》える声でそう告げると、大智がうっと息を呑《の》んだ。

「……っう、わ。やばいなあ、もう。こういうとこ、ツボなんだよなあ……瀬里ちゃん」

「え？……あうっ！」

上擦《うわず》った、ぼやきのようなそれが聞こえた瞬間《しゅんかん》、ひどく強く突《つ》きあげられた気がした。けれど大智はなにかを堪えるように長い腕《うで》を瀬里の身体の両脇《りょうわき》についたまま身じろぎもしていない。

（なんで？　中で……）

あの怖い逞《たくま》しいものがまるで伸《の》びあがるように動いたと思ったのに。戸惑《とまど》うままじっと、息を切らして大智を見つめると、額を合わせ鼻先を擦り合わせるようにしたあと、ゆるやかな動きで唇を啄《ついば》まれた。

「マジで、ごめんね？　やさしくしようと思ったんだけど」

「え、なに……あ、ああっ、あ！」

「ちっと激しくしちゃうかも……っ」

言いざま、腰を摑んだ強い腕が、言葉通り瀬里の身体を揺《ゆ》すりあげた。今度はもう錯覚《さっかく》などでなくゆるんで濡れた体内を大智のそれが擦りながら突いてきて、瀬里はひたすら泣きじゃくる羽目になる。

「あー……っ、あ、うあ、あ、ん！」

遠慮《えんりょ》を捨てた大智が好き放題に瀬里の中で暴れ出すと、圧迫感と違和《いわ》感で霧散《むさん》しかかっていた快楽が、怒濤《どとう》のように押し寄せてきた。

「だいじょぶ？　いいね……？」

ひとつ腰《こし》を送りこむたびに、刺激が強すぎて、これをどう受け止めればいいのかわからないまま身を竦ませる瀬里に大智は怖くない怖くないと笑って宥《なだ》めた。

「気持ちいいことしか、してないよ。大丈夫《だいじょうぶ》、力抜いて」

「う、ん……うんっ……あ、あっ」

粘膜《ねんまく》を触《ふ》れあわせて、たった一ヶ所で繋がってそこをめちゃくちゃにされる。そんな行為《こうい》がどうしてこんなにまで、体感のすべてをかき乱すのかわからない。

首を振《ふ》って惑乱《わくらん》のままに声をあげれば、引きつる呼気を漏らす喉《のど》を大きな手のひらが撫で、喘ぐ口元をキスで塞《ふさ》がれる。しがみついて含まされた舌を無意識のまま吸うと、もっとよこせというようにさらに脚を抱えられ、奥まで強く、何度も奪《うば》われた。

「ひっ……った、いた、い」

動かれるたびに瀬里の勃《た》ちあがったそれからはひっきりなしに雫《しずく》が溢《あふ》れて、じゃりっと薄い下生えに絡《から》んでもつれるのが、皮膚《ひふ》を突っ張らせて痛かった。

「ん、あ？　どこ……？　中、きつい？」

「そ、じゃ、そじゃ、なくっ、てっ……」

「なに？　言って。やばい？」

「ち、ちが……」

つい口走っただけのそれを聞きとがめられ、あまつさえ追及《ついきゅう》されて瀬里はうろたえる。

（言えないよ……っ）

どこと言われてもそんなことはとても答えられないと瀬里は赤らんだ顔を歪めるが、じっとそこを見つめた大智が、なにかを察したように「ああ」と薄く笑う。

「あー……もう、ぐっちゃぐちゃになってる」

「やだっ、見……みない、で」

濡れた卑猥な音の根元に大智の手が触れた。もつれきったそこをほどくように指を這《は》わされ、過敏《かびん》になった下腹部を撫でられる。

「痛い？　こういうとこ擦《す》れるの……はじめてだもんな」

だったらやめてくれればいいのに、何度も性器の根元を撫でてくる大智は、さらにひどいようないやらしさで腰を送りこんできた。瀬里のそこから滴《したた》るものを拭う動きも、絶対にわざと音を立てているのだと思う。

「うっ、う……やだ、すご……すごい音、する……っ」

「恥《は》ずかしい？　こういうのやだ？」

問われて、うんうんと頷《うなず》いた。やめて、お願いと何度も訴えて、そのたびやんわり笑って却《きゃっ》下《か》されながら、ぐずる鼻先を広い胸に押し当てる。

「でも、……やめない」

「ああ！　あ、やっ、そこ、ぉ……！」

「恥ずかしいとこ、見せて」

強く、押しあげるみたいにされた瞬間、瀬里の頰の傍《そば》近くでふっと大智が笑った。炎《ほのお》のように熱い吐息《といき》はまるで舐《な》めるように瀬里の肌《はだ》をかすめ、そのあとで触れてきた濡れた舌にてろりと撫でられていく。

「泣いてる……すげえ、かわいい」

（ひどい）

「いきそうになったら、いくって言って？」

（そんなの、言えない）

身体中を使って甘くいじめられ続け、口を開けば奇妙に上擦った声しか出ないから、瀬里は歯を食いしばって耐《た》えるしかない。反駁《はんばく》もなじるそれも、すべて視線と仕種《しぐさ》で訴えるほかになく、そのたびに口づけで宥められる。

「んんん、う……っ、あ、ふあ！」

口の中に溢れた唾液《だえき》を啜るような、いやらしく濃厚《のうこう》なキスに喉が鳴った。

「ね、声、聞かせて……いいって、言って」

「んう、や……っあ、やだ、い……っん、うん、ん、んふ……っ」

かたくなに閉じた口を舌で撫でられながら唆《そそのか》され、瀬里はかぶりを振った。抗《あらが》うたび、大智の舌が瀬里のそれを齧《かじ》っては弄《もてあそ》んで、腰の動きも激しくする。

(やだ、感じる、声、出ちゃう……っ)

爪先《つまさき》が伸びきったかと思うとかかとが跳《は》ね、足の指を小さく丸めてしまう。唇の中もあの場所も、全部大智でいっぱいで、不規則に動くそれらに翻弄《ほんろう》されるたび、胸の中からなにかが弾《はじ》けていきそうだった。

「……言わないと、もっとすごくするよ?」

「や、ふあっ、あ……いっ」

とろとろと何度も口の中を舐められ、封《ふう》じようとしたそれが濡れた舌に引きずり出される。

「いい、大智さん、……いっ……いや、あ……!」

叫《さけ》んだ瞬間、快楽が脳まで突き抜《ぬ》けた。一度発した声はもう止めようもなくて、蕩《とろ》けきった声を大智に向かって迸《ほとばし》らせる。

「あぁあんっ、あ、うー……っ! そこ、そこぉ……」

「ここ気持ちいい?」

「うん、うん、きもちい、きもちいい……っ」

意地を張ろうにもそんなもの、もうすべて奪われたあとだ。胸を開いて脚《あし》を開いて、もっと奥までさらけ出したあとで、なにが恥ずかしいのか瀬里にももうわからなくなった。

「うやっ、ぜんぶ、しちゃ、や……っ」

「なんで？」

乳首《ちくび》に舌を絡められ、尖《とが》らせたそれでつつくようにされる。吸われて、赤くなった周辺を全部ねっとりと舐められたと思えば、小刻みに噛《か》んで引っ張られた。

「へ、へんになっちゃう、へ、ん……っ、んんあ！　あ！」

執拗《しつよう》に胸を吸う合間にも、長い指が瀬里の性器を手ひどくしごいて止まらない。奥の奥まで犯《おか》しているあれもずっと、さするみたいな動きをやめないままで、ときどき速くなったりゆっくりにしたり。

（なに、これ、もう……どこが、どうなってんのかわかんない……っ）

瀬里の感じるところ全部を、大智のすべてで犯され続ける。

せつなくて気持ちよくてこわくて、闇雲《やみくも》に泣きたくなる。なにがなんだかわからないとかぶりを振って腰を揺すって、啜り泣く声を漏《も》らしてしまう。

「瀬里ちゃん……瀬里、気持ちいい？」

「も、や、わかんな……っあん、いい、い……っ」

ひっ、ひっ、と情けない声が喉から漏れると、なにかに耐えるように歪《ゆが》んだ顔で大智が苦笑《くしよう》する。横隔膜《おうかくまく》が痙攣《けいれん》するたびに息がつまって、そうすると中にあるものが何度もきゅうきゅうと締《し》めつけられるからなどとは、瀬里にはわかる余地もない。

「いきたくなったら、合わせるから……言ってね」

「ん、いっ……言う、からっ、も……！　あ、ああ！　いや、なに……っ」

ではない。

唆された言葉の意味を反芻《はんすう》する余裕《よゆう》などなく、どうにかしてと縋《すが》りついたのは両手足だけ
（う、うわ……なにこれ、なんで）

凄《すさ》まじい勢いで体内が収縮したと気づいた瞬間《しゅんかん》、ふっと身体《からだ》が浮《う》きあがる気がした。窄《つぼ》まったそこで得る愉悦《ゆえつ》は、そのまま大智の唇《くちびる》から長い吐息を引き出す。

「かっわいい……」

「も、もうだめ、だめっ……！　死んじゃう……っ」

喉奥で笑った大智にひときわ強く突《つ》きあげられたあと、すごい勢いで揺《ゆ》さぶられる。

視界が明滅《めいめつ》して、もう目も開けていられないまま広い背中にしがみついて、瀬里は甘ったるく泣き続ける。きゅう、と窄まったそこが大智を逃《のが》すまいと淫《みだ》らに蠢《うごめ》き、ふたり同時に艶《なま》めかしいようなため息をつく。

「っもう、……いっちゃいそ？　いきたい？」

「うん、うん……いき、たいっ、いくぅ……！」

がくがくする身体を摑《つか》んだ男に、中に出さないからとか、とんでもないことを言われた気がした。それに羞《は》じらうことも抗うこともできないまま、もうなんでもいい、と瀬里はただ追いあげられる身体の熱に溺《おぼ》れるだけだ。

「だめ、大智さん……あっ、いっちゃ、いっちゃうっ……あぁ、あ！　ん……！」

数度強く、腰を叩《たた》きつけるように奥を突かれて、目を瞠《みは》ったまま瀬里は叫んだ。その瞬間、

声と同時に体内から噴《ふ》きあがるものが抱《だ》き合った身体を濡《ぬ》らし、肌の上を溶《と》け落ちていく。

「あう！　や……んっ」

「く……っ、う」

瀬里が達した直後、ずるりと大きなものが中から抜き取られた。ややあってきつく抱きしめられ、腹部をさらに熱いもので濡らされていく。

（大智さん、の……）

しばらく固く抱き合って、愛《いと》おしいひとの体液に濡れていく肌を感じていると、大きな手のひらが忙《せわ》しなく上下する胸に触《ふ》れた。

「瀬里ちゃん、……瀬里ちゃん、平気？」

「あ……」

その手には濡れたタオルが握《にぎ》られていて、汚《よご》れた肌を拭《ふ》いてくれているのだと知る。

「よかった、返事ないから心配した」

ほっとした大智の言動から察するに、瀬里はどうもしばらく意識が飛んでいたようだ。

「どこもきつくない？」

「平気です、けど……なんか」

気だるく、ぼんやりとしているけれど、痛みはなにもない。これもあの媚薬《びやく》の効果だろうか、半ば意識はふわふわとしたままで、火照《ほて》る身体の熱が少しも冷めない。

「あつくて……」

大智が手早く後始末してくれた肌の上に、また汗《あせ》が浮いていた。同じように、大智の広い胸にもなまなましい水滴《すいてき》が流れていて、見つめているとどうしてか喉《のど》が渇《かわ》いてくる。

(あ、……なか、が)

こくりと喉が動くと同時に、ついさっきまで大智にいいようにされていた場所が蠢く。その途端《とたん》、じん、とした痺《しび》れが瀬里の全身を包んで、反射的に寝返《ねがえ》りを打つ。

「……どうかした? やっぱどっか、痛い?」

「いえ、あの……」

俯《うつぶ》せた瀬里は、皺《しわ》になったシーツをきつく摑む。心配そうに見る大智の視線にさえ、じりじりと背中が炙《あぶ》られる気がして、せつなげにこぼれたため息は明らかに艶めいた色がついている。

(どうしよう……)

はじめてにしてはそうとうに濃厚な行為《こうい》だったことくらいはわかる。普段《ふだん》の瀬里なら泣いてやめてくれと頼《たの》んだくらいいやらしくて、それなのに。

「大智さん、あの……」

「ん?」

まだ、脚ががくがくしていた。こうして俯せていてもつらいくらいに、あんな場所が疼《うず》いて熱くて、つらい。

「あの、薬って、……どれくらい、効いてる、んですか……?」

耳まで熱い。問う声はか細くかすれきっていて、しばし落ちた沈黙《ちんもく》に、背後の彼には聞こえなかったのかと瀬里は胸を騒《さわ》がせた。

「え、……なに？」

あげくもう一度言ってくれと問い返されて、なんでもないとかぶりを振《ふ》った。二度は言えない、言えるはずもない。だって。

（これじゃ、もう一回したいって、言ってるみたいな……）

みたいもなにも、その通りだった。少しも収まる様子のない熱に、どうしてと身悶《みもだ》えながら小さく身体を丸めようとする。

精一杯《せいいっぱい》つとめても、動悸《どうき》は少しもゆるやかにならず、身悶えながら浅い息をまき散らしていた瀬里は、淫らな動きを止められない脚に乾《かわ》いた手のひらが触れて、飛びあがりそうになる。

「っ、な……」

「……それ、お誘《さそ》いだと思っていい？」

聞こえていたのかと目を瞠って、振り仰《あお》いだ先には無防備に晒《さら》した背中へ口づける大智がいた。背骨のくぼみを舌で辿《たど》られ、ぞくぞくして浮きあがる腰《こし》、その丸みにまで唇を押し当てられた。

「……だって瀬里ちゃん、さあ」

「ん、ん……っ、んん？」

「わかってないか。自分で……腰、振っちゃってたの」

指摘《してき》されて、かっと頬《ほお》が熱くなる。

痙攣するように時折膝《ひざ》が開いたり閉じたりを繰《く》り返し、大智が去ったあともまだじんじんと疼いている腰は、そのむず痒《がゆ》さを散らして欲しいというようにシーツに擦《こす》れては浮きあがる。それはあきらかに、放熱しきれなかったなにかを堪《こら》えるための仕種《しぐさ》に近いものだった。

「や……だ、って……ヘンなの、飲ませる、から……っ」

「ん。そうだね俺が悪い」

きわどい場所に音を立ててキスをされ、逃《に》げようとしたら腰を摑んで引き寄せられた。背中に大智の広い胸が当たり、そのままぴったりと重なった身体は、彼もまた熱いまま。

「……だから、責任取って、もっかいするね」

抗《あらが》うことなど思いつかないまま、促《うなが》す大智の手に従った。這《は》ったまま腰をあげさせられ、恥《は》ずかしい場所を見られながらまた、熱いものを入れられた。

「うん……っあ、あ、……ああ……ん！　はい、っちゃう……」

大智とはじめてしたセックスは、泣きわめくくらいに気持ちよくて、瀬里は怖《こわ》くてしかたないと譫言《うわごと》のように呟《つぶや》いた。なにが怖いのと問われると、こんなことばかりしたくなりそうで怖いとまた、ばかみたいにしゃくりあげながら訴《うった》え、大智に笑われる。

「大丈夫《だいじょうぶ》。全部、俺が相手してあげる」

「ほ、んとに？　大智さん……して、してくれる……？」

朦朧《もうろう》として嬉《うれ》しいとしがみつくと、大智はしっかり受け止めて、そのあとぽつりと呟いた。

「……ちょっと良心咎《とが》めるなあ」

その言葉の意味を瀬里が知るのは、また後日の話になる。

いまはただ、蕩《とろ》けて疼く身体の熱に巻かれて、ただ溺れているばかり。

＊　＊　＊

十二月半ばに入り、ブルーサウンドでのクリスマスパーティーの予約は締《し》め切られたが、平常営業をしつつ下準備に勤《いそ》しむ日々は忙しない。

大学生連中は冬休みに入り、また忘年会シーズンということもあって、特に予約はなくとも団体客は連日訪《おとず》れる。無事卒論を期限前に提出した瀬里は、いまは可不可の返事待ちのみだ。だが我ながら満足のいくできにもなったし、特に不安もない。

そのため藤木と相談して、ほとんど大学に通う必要のない現在では、シフトは完全に正社員のものとなっていた。だがそうでもしなければ、この時期はとても人手が足りないという現実がある。

「聖司さん、早く短期のバイトの子、決めてくんないかなあ……遅番《おそばん》シフトの人数、いまのままじゃパンクするよ」

夜だけでも人員を増やさねば、とてもやっていられないと瀬里が音を上げ、真雪も同意をありありと顔に浮かべたまま、しかし無理だと首を振った。

「無理だよ、いま面接してる暇《ひま》もなさそうだもん」

だよね、と瀬里もまたため息をつき、ぐったりとカウンターの上になつく。

客のはけた平日のティタイム。今の時期は夜に客が集中するため、昼間は逆に手が余る。だがそのギャップに、逆に疲労《ひろう》が募《つの》ってしまうのだ。

「まあもともと満員御礼《おんれい》ってわけの店でもないから、集中する時期だけ誰《だれ》か当たってみるしかないかなあ」

「俺も大学の方で訊《き》いてみる……広報の掲示板《けいじばん》にバイト募集《ぼしゅう》でも出しておけば、誰か来るかも」

藤木がほとんど店にいないいま、責任者は大智だがフロアは瀬里と真雪が頼《たよ》りなのだ。とにかく頑張《がんば》ろう、と誓《ちか》い合い目を見交《みか》わすが、ふと気づいたとでも言うように真雪は口を開く。

「そういや瀬里、最近ないね」

「え？　なにが？」

「いや。最近よっぱが増えたから、あんたのセクハラも増すかと思ったんだけど」

ああ、と瀬里は頷《うなず》いた。相変わらず、細っこい店員をタチ悪くからかってくるタイプの酔客《すいきゃく》もたまにいるが、むしろ以前よりは減った気がするのだ。

「たぶん、俺があんまり気にしなくなったからじゃない？」

あれもいちいち瀬里がうろたえるせいではないかと思い、最近は毅然《きぜん》とした態度でいるよう努めている。すると、あてがはずれたようでつまらなそうにしている輩《やから》がほとんどなのだ。

「まあさすがにお尻撫《しりな》でられるなんて滅多《めった》にないし、もともと言葉遊びみたいのばっかだし」

「……そうかあ？」

それについてはちょっとどうかな、と真雪は眉《まゆ》をひそめるが、実際瀬里はそう思っている。

「そうだよ。せいぜい、へんな冗談《じょうだん》言われる程度だもん」

県外から来た陸《おか》サーファーから「かわいいね」と言葉でからかわれるのはたまにあるけれど。

その手の発言を藤木は笑って流している。どうせならそういう点も彼を見習えばいいのだ。

「だいたい、一緒《いっしょ》に飲みに行こうとか、この店に来てでなんで言うのかな。ふざけてるよね」

なにしに来てるんだと憤慨《ふんがい》したように瀬里が言えば、真雪はうろんな顔になった。

「ちょ、ちょーっと待った、瀬里。……それセクハラ違《ちが》う」

「うん、だろ？」

「あー……うん、根本的に違う……」

少しは大人になった気分でにっこりした瀬里に対し、頭が痛い、と彼女は手のひらを見せてうなだれる。

「いや聖ちゃんは計算ずくですっとぼけてるから、いいんだけどさ……あんたのは」

いかにも世慣れた態度の藤木に向けてのそれと比べると、瀬里へのものは相手の主目的が、そして本気度数がもっとまずい方にいっている。なんでそれでわからんのかと呻《うめ》いた彼女に、瀬里はきょとんと目を瞠《みは》るだけで、真雪はますますため息をついた。

「……なんだろなあ、髪《かみ》染め直したからかぁ？」

「え、ヘンかなこれ……」

真雪の言葉に、瀬里は伸《の》びてきた前髪を摘《つま》む。いまの髪の色は、もとのように真っ黒だ。

「いや、似合ってんだけどね……ますますお人形さんみたいでかわいいんだけど」

「なんだよ、それ……もういいよ、かわいいってのは」

どうせガキっぽいと言うのだろう、と瀬里はむっと口を尖《とが》らせる。相変わらずその形容詞は
――大智に言われるなら別だけれど――子ども扱《あつか》いのようであまり受け入れられない。

染めるのをやめたのは、和輝に言われたからばかりではない。藤木に憧《あこが》れていたけれど、形ばかりでも意味はないと悟《さと》ったからだ。また、根本が目立つと何度も染め直し、傷《いた》んできた髪に触《ふ》れた大智がささくれた指をひっかけて、呟いたせいもある。

――あれ、前よりきしきししてるなあ、これ。

あの荒《あ》れた指に痛みを与《あた》えるのはいやで、どうにかしたいと思ったのだ。

「まあ、いいや……そういえば弟なんかさっきも来てたみたいだけど」

撫《な》でられた感触《かんしょく》を思い出し、少しばかり頬を染めた瀬里の表情になにを読みとったのか、ため息をついた真雪は話題を変えてきた。

「ああ、うん。でも今日は予備校の夜間講習あるからってすぐ帰ったよ」

あれから和輝はつきものの落ちたような顔で、予備校通いの息抜《いきぬ》きに店に訪れては、瀬里にかまっていくようになった。偉《えら》そうなのは相変わらずだがだいぶ角も取れ、いままでの兄弟仲の悪さが嘘《うそ》のようにうち解けている。

「予備校っていえば、大学は結局どうするって?」

「やっぱり、東大に決めたって。あと滑《すべ》り止めに慶応《けいおう》?」

「かー……それ滑り止めかよ、ひととして間違ってるし。……っつか相変わらずブラコンだね」

「それぱっか、でも、ないみたいなんだけど……」

彼女はいないのかと笑う真雪に、瀬里は少しだけ苦笑《くしよう》する。

どうも和輝が足繁《あししげ》く店に来る理由は真雪にあるのではなかろうかというのが瀬里の見立てだ。

むろん素直《すなお》にそんな態度も取りはしないし、口を開けば嫌味《いやみ》の応酬《おうしゆう》だ。

けれど、今日のように真雪が忙《いそが》しくて顔も見られない状態で帰るときは、なんとなく広い肩《かた》が落ちているのだ。

（あれで毒気抜かれてたもんなあ……）

プライドが高く完璧《かんぺき》主義の和輝は、真雪がしたように真っ向から怒鳴《どな》りつけられたことがない。むろん女の子に殴《なぐ》られたこともなかっただろう。それでどうにも気になっているらしい。

「えっと……そういえばさ、真雪は彼氏とか、いないの？」

うまく行けば兄としては嬉しいのだが。瀬里がおずおずと問いかけると、けろっとした真雪はどこまでわかっているのかわからない顔で笑い、あっさりとつれないことを言う。

「めんどくさいし、いらなーい。男飽《あ》きたもん」

黙《だま》っていれば見た目は大変かわいらしいし、愛嬌《あいきよう》もある真雪にアプローチする輩も実際、いないではない。だがナンパされるたび、彼女は毎度こう口にするのだ。

「あたしは将来、曾我ちゃんのシモの世話する約束してるから、無理でーす」

その言葉がどこまで本気かわからないが、少なくとも初対面で童貞《どうてい》呼ばわりした和輝に対し、真雪が『瀬里の弟』として以上の認識《にんしき》を持っていないのは確かだ。あまり希望は持てないだろうな、と少しだけ弟に同情していれば、シフト表を睨《にら》んだ真雪が唸《うな》る。

「しかし……山ピー取られたのは痛いよね、クリスマスどうすべか」

「そこだよね……いま完全に、西麻布に詰《つ》めっきりだし、無理かも」

大智が頼《たの》みこんでヘルプに入れる予定だった山下は、結局西麻布の新店の正式なスタッフとして迎《むか》えられることとなった。おかげで年末、彼も藤木ともども東京での打ち合わせの日々で、あてがはずれたブルーサウンド本店はてんやわんやだ。

「けどさあ、そしたら大智、今後はあんまり、海外出れなくなんない？」

「……誰かひとり、新人仕こむしかねえかー、って言ってたけどね」

今回の新店の件で、もっとも重責を感じているのは藤木だろうが、大智もまた同様だ。あちらが軌道《きどう》に乗るまではむろん相談ごとやなにかで振《ふ》り回されるだろうし、山下のヘルプがないとなれば、いままでのように好き勝手に旅に出るわけにもいくまい。

「瀬里としてはその方がいいんじゃないの？」

「んー……」

真雪のからかうような問いかけに、瀬里は曖昧《あいまい》に首を振った。

「大智さんは、あれでいいんだと思う。だから……早く山下さんみたいに、手伝ってくれるひと来るといいなと思うよ」

たしかに、またしばらくすれば大智はどこかの空の下に飛んでいってしまうのだろうと思えば少し寂《さび》しい。だが、だからといってそれで彼が落ち着いてしまうのも、なんだか違う気がするのだ。そう告げると、真雪は呆《あき》れた声を出した。

「あんたちょっと寛容《かんよう》すぎない？」

「そっかな」

瀬里があっさりと首を傾《かし》げると、言いたくないけどと彼女は少し真面目《まじめ》な声を出す。

「あのさー……大智のことはあたしもよく、しらんけど。あいつたぶん、そのうち一ヶ月やそこらじゃ我慢《がまん》できなくなる気がすんだけど」

「うん、なんとなくそれは……わかってる」

はっきりとは言わないけれど、今回の新店運営の件で、瀬里もなにかが見えた気がした。

大智はおそらく、この店に本気で腰《こし》を据《す》える気はない。二十代の半ばにして、店長クラスに昇格《しょうかく》する可能性があるとなれば、普通《ふつう》誰もが断りはしないだろう。

「曾我ちゃん、マジで大智気に入ってるし……そのうち連れてくかもよ？　おかかえシェフだとかっつって。したらスポンサーつきだし、曾我ちゃんの根城って大智のグラウンドだし」

また、曾我が大智をかなり見こんでいる部分も不安材料でもある。あのオーナーは非常に大智と似ていて、いま現在もアジアを中心に世界中にあるコンドミニアムやペントハウスを転々としつつ輸入業をこなしているのだ。

その中では宝石や宝飾品《ほうしょくひん》を扱うこともあるという。そして大智は——曾我に拾われてから、GGの資格を取ったのだ。そこから導き出される答えは、そう間違っていないだろう。

「……わかってて、それでいいわけ？」

苦い顔の真雪に、いいんだ、と瀬里は笑って頷《うなず》き、そっと大智にもらったチョーカーをシャツの上から握《にぎ》りしめる。あれ以来、毎日身につけている不揃《ふぞろ》いな石は、瀬里の体温を移してほのかにあたたかかった。

「なんか、それでいいんだ。きっと」

自由で、ふらふらどこかに行ってしまいそうな、そういう大智が好きなのだ。一時期はそのあまりの計り知れなさに臆《おく》したこともあったけれど、いまはそれでいいと思う。

また、思う以上の言葉ももらっているからと、ほんのりと頰《ほお》を上気させた瀬里の顔に、真雪も肩を竦《すく》めて口をつぐむ。

のろけのようでそのすべては言えはしないが――と、その夜のことを瀬里は思い出した。


先日、瀬里は例の戦場カメラマンのDVDをふたたび借りてきて、大智と一緒に鑑賞《かんしょう》した。そして、ひとりで観《み》たときに覚えた感想を素直に述べると、傍《かたわ》らに座った彼はしばし考えこんだあとにこう告げたのだ。

「――まあ確かに、ある面では結構勝手だよね、このひと」

ひとのことは言えないけれどと笑う彼は、どこか静かな目をしていた。

「でも、たぶん、そんなふうにしか生きてけない男だったんじゃないかと思う。……自己弁護するわけじゃないけど、なんかこう。普通にサラリーマンやって働くのって、じつはすごくあれはあれで、適性が必要じゃん」

「……そうですね、それは思います」

毎日をこつこつとやりすごしていくことは、簡単なようでじつは難しい。単調な仕事や毎日に倦《う》むことなく、継続《けいぞく》して日々の安寧《あんねい》を守る大変さは、父の疲《つか》れた顔を見れば理解できた。

「平均的に、はみださないで普通でいるのって、俺はやっぱり……すごく難しいなって思った時期があったんだよね」

近頃《ちかごろ》ぽつりぽつりと、大智は自分のことを語るようになった。目のせいもあって、狭《せま》い教室にいることは彼に苦痛を強《し》いたし、もっと幼いころには結構荒れていた部分もあったこと。

実家に顔を出さない理由まではまだ聞かされていないけれど、そのうち話すと教えてくれたので、瀬里はじっと待っている。だが話してくれなくても、べつにいいのだ。

お節介《せっかい》で強引《ごういん》なようでいて、大智は瀬里の脆《もろ》い部分だけはいつもきちんと大事にしてくれている。同じように、瀬里も彼の触れていい場所とだめなところは、ちゃんとわきまえておきたかった。

「まあいまは、ただ単にいろいろ見たいもの多すぎるんだけど」

「そうですか」

だから静かに相づちを打って、微笑《ほほえ》んでくれる彼の肩に、そっともたれた。やさしく髪《かみ》を梳《す》いてくれる手があたたかくて目を閉じると、もう少し強く引き寄せられる。

「……でも前も、言ったけどさ。瀬里ちゃんのことがとりあえずはいま、いちばん気になってるわけなんですが」

「そう……ですか？」

「なんか、こうね。……瀬里ちゃんって意志堅《かた》いでしょ。そういうとこ、安心する」

こめかみに口づけられ、ぎこちなく瀬里は肩を竦めた。

「あのさ。そこを見こんで言うんだけど。俺がどっかいっちゃっても、ずっと待っててほしいなー、とかって思うんだけど」

「え……」

まっすぐな目に見つめられて、瀬里は息を呑《の》んだ。ほんのかすかに、大智の目の中によぎった弱い光に気づいて、言葉が出ない。

「そういうの、いやかな。……重かったりする？」

「いえ、そうじゃなくて——言われなくてもたぶん、そうだろうなと思うから」

ふらふらする自分の根っこになってくれと告げられて、瀬里に否《いな》が言えるはずもない。

アクティブな大智に瀬里がついていくことはできないけれど、じっと待つのも得意だし、それこそ大智が苦笑混じりで言うように、おとなしい割に案外と頑固《がんこ》な性格をしている。

「俺、聖司さんのこと誤解してて、そのときも……それでもいいやって思ったし」

「……瀬里ちゃん」

「だからきっと、……勝手に、ずっと好きです」

かたくなな自分だから、大智を好きでいることもたぶん、ずっと変わらないだろう。そう告げるとなんだか痛いような顔をして、大智がきつく抱《だ》きしめてくる。

「ん……っ」

擦《こす》り合わせるように触《ふ》れた唇《くちびる》は、すぐに深く舌を絡《から》めるものになる。おずおずとした動きながら、瀬里もだいぶこの手の口づけに応《こた》えるやり方も覚え、怯《おび》えることはなくなっている。

舌を甘咬《が》みされ、じん、と痺《しび》れた首筋に長い指が触れた。うなじの生え際《ぎわ》をくすぐるようにされてしまうと、どうしてか脚《あし》が自然にもがくように床《ゆか》を滑《すべ》る。息があがって、普段《ふだん》は意識することもない心臓が急にその存在を主張しはじめ、瀬里は戸惑《とまど》った。

「あ……な、んか。きょ、今日……ヘン」

「ん？　なんで」

長い口づけの合間、大智の手のひらはあちこちをさまよっていた。これで触れられるのはようやく三度目の夜になるわけだが、いままでいちばん鋭敏《えいびん》な反応に自分で驚《おどろ》く。

「瀬里ちゃん敏感なの、いつもだろ」

「あんっ」

不安と、じわじわ高ぶる身体《からだ》の興奮で瞳《ひとみ》を潤《うる》ませていると、ちりっとした痛みが耳を襲《おそ》う。大智の健康な歯が軽く当てられ、耳殻《じかく》をゆるやかに舌で辿《たど》られると、ぞくぞくしてしまう。

「この間も、これだけでいっちゃいそうになったじゃん」

「あ、や……だっ、だめ！」

長い指が意地悪く、舐《な》められたそれと反対の耳に差しこまれ、一気に背筋が総毛だった。とっさに広い胸を押し返すと、大智はおかしそうに笑っている。

「慣れないかな、まだ」

両手で耳をガードして瀬里がじりじりと後じさる。けれど狭い部屋ではどうにも逃《に》げきれるわけもなく、背後のベッドに行きあたると、大智が両脇《りょうわき》に腕《うで》をついてさらに追いつめてきた。

「あれ、逃げちゃうの？　こないだは、もっとって言ったくせに」

「そっ……」

「したくてしたくてたまんなくなるから、俺が相手するって言ったでしょ？」

快楽に溺《おぼ》れ、朦朧《もうろう》としながら言ったことなど、いっそ忘れていればよかった。というか大智にも忘れてほしかった。

「だ、だって……この間は、その。薬……飲んで、だから」

それにあれは、尋常《じんじょう》な状態ではなかったのだから、それこそノーカウントではないのか。精《せい》一杯《いっぱい》往生際悪く瀬里が告げると、大智はさらに腕を曲げ、距離《きょり》をつめながらけろんと言う。

「ああ、関係ないと思うよ。だってあれ、知り合いに土産《みやげ》でもらった、ただの自家醸造酒《じょうぞうしゅ》だもん」

「は……？」

なにか信じがたいことを言われて、瀬里は一瞬呆然《いっしゅんぼうぜん》とする。そんなまさか、とかぶりを振《ふ》りつつ、悪びれない男の顔をじっと見つめた。

瀬里はきついアルコールの類《たぐい》は苦手で、それだけに敏感だ。匂《にお》いだけでも酔《よ》ってしまいそうになるのだが、あの液体からは、あきらかなアルコール臭《しゅう》は漂《ただよ》ってはいなかったように思う。漂ったのは、どこか野性味の強い、草のような香《かお》りばかりで。

「だ……だってなんか、ハーブみたいな匂い、したのは……？」

「ん？　何種類か香草漬《こうそうづ》けこんであったけど、あれもただの香りづけと風味出すだけ。梅酒の梅みたいなもん？　アルコールの度数に比べて、割と飲みやすくなるんだよね」

「え、で、でも……おなか、熱くなって……っ」

「だからそれ、酒のせいだよ。きついの飲むと、腹の方に来るから」

そんな、と目を瞠《みは》ったまま瀬里は絶句する。だがたしかに自分も、あの小瓶《こびん》の中身をあおった瞬間、くせのある酒のような味だと感じたのがなによりの証拠《しょうこ》だった。

「だ、だって密教の儀式《ぎしき》でって……あれも、嘘《うそ》ですか!?」

「うん。そこはおおむね嘘じゃないかな。あれくれた知り合いの住んでた地域って、大昔、チベットの密教系の坊《ぼう》さんがたくさん住んでて、酒造の知識が代々伝わってるのね」

それらの僧《そう》の日課には身体を傷つけるような儀式めいたものもあったという。厳しい修行《しゅぎょう》から逃《のが》れるために、きつい酒をあおってトランス状態になる意味もあったのだろうと大智はあっさり語った。

「ま、そうは言っても、もうそういうやばいのは現代ではさすがにないんだけど。かつて密教系の坊さんの集落があった、って地元の史実に残ってるだけ」

「じゃあ、ラベルは！　カーマ・スートラって！」

「ああ、瓶は適当にあったのに詰《つ》めただけで、あのラベル、けっこうメジャーな酒のミニボトルだよ」

あれはちなみにアラビア文字なわけで、インドで使ってるのはヒンズー文字ねと丁寧《ていねい》に大智は教えてくれるけれど、そんなことはもうどうでもいい。

「カーマ・スートラは、まあなんかそれっぽいし説得力出るかなーと思っただけ？」

「だけ、って……！」

いやいや偽薬《プラシーボ》効果ばっちりだよね。あはは、と大智は軽く笑ってくれるけれど、瀬里にとってはそれどころではなかった。

「そんな……まるっきり嘘じゃないですかっ!!」

「うん、だからずるしてごめんって言っただろ」

謝られても、釈然《しやくぜん》とするわけがない。だったらなんでそんな嘘までついたのかと、ありありと非難のこもった視線を向ければ、大智は苦笑《くしよう》してみせた。

「だって瀬里ちゃん、聞くけどさ。初えっちの子にさあ、本気で薬飲ませる男ってどうよ」

「そりゃ……正直言えば、いや、ですけど」

当然、いい趣味《しゆみ》とは思えない。口ごもって俯《うつむ》くと、さらさらと髪を撫《な》でられた。

「まあ、かなり卑怯技《ひきようわざ》かなと思ったんだけど……怖《こわ》いとか痛いばっかりとか、そういう初体験ってやっぱ、よくないなと思ったのね、俺」

「そ、……でも」

「瀬里ちゃんには、気持ちいいことだけ、してあげたいし。でもあんな状態じゃあ、いいも悪いもないだろうなって……ただ、マジで飲むと思わなかったんだけど」

「え……？」

別に本気で飲ませる気はなかったんだと大智は言って、瀬里はさらに驚いた。

「俺的には、あれでちょっと勢いつけばいいかなー程度だったんだよね。なんていうか、あんまりがちがちになってたから……可哀相《かわいそう》になっちゃって」

本当は、無理を押してまで抱かなくてもいいと思ったんだと、ひどくやさしい顔で笑う。ずるい、と瀬里は唇を噛んだ。そんな顔されたら、怒《おこ》るに怒れない。冗談《じょうだん》にしてもタチが悪いし、嘘をつかれたのは少なからずショックだったのに、何度もごめんと言いながら頬《ほお》や髪を撫でられて、あっさり懐柔《かいじゅう》されかかる自分がかなり情けない。

「冗談じゃないって怒るなりしても、まあ気分変わるかと思ってたわけ。まあ、へたすりゃドン引きされっかなあと思ったのに、あんまりあっさり飲むから、俺の方が驚いたんだよね」

おまけに、悪戯《いたずら》っぽく目を輝《かがや》かせて顔を覗《のぞ》きこんでくるから、瀬里にしてみれば拗《す》ねたような顔を作るのが精一杯だ。

「だって……」

「そこまでしても、したいって思ってくれたんだろ？」

決めつけるなと言ってやりたいけれど、その通りだから黙《だま》るしかない。

（そうだけど、でも……じゃあ）

あれは薬のせいであんなに淫《みだ》らな反応をしてしまったと思っていた。それだけに、瀬里の中ではイレギュラーな出来事としてなんとか気持ちを整理していたのだ。

それがただ、軽い酩酊《めいてい》状態にあっただけだということは——つまり、あのいやらしい反応は全部、瀬里自身の身体《からだ》が起こしたものだということなのだ。

（それで、したいって思ってたかなんて言われても……）

あまりに浅ましいようで、とても肯定《こうてい》できない。じわじわと耳まで熱くなって、薄《うす》い肩《かた》を竦《すく》めたまま俯いていると、ゆっくりと長い腕に包みこまれた。

「恥《は》ずかしくて怖くてぶるぶる震《ふる》えてんのに、全部俺に許してくれちゃって……マジでどうしようかと思いました」

ふざけた口調なのに、声の響《ひび》きは真摯《しんし》なものを孕《はら》んでいる。大智の胸はあたたかくて広く、そこに包まれていると些細《ささい》な嘘など、もうどうでもいい気がしてしまう。

全部許してしまいたくなる。タチの悪い嘘も、——いやらしい自分も。

「……なんでですか」

「ん。いやもう、余裕《よゆう》ぶってやめてあげるとかなんとか、そんなの吹《ふ》っ飛んで」

どうにかしたくてたまらなくなったんだと、大智はそこだけ声をひそめて耳を噛む。ぴりっと肌《はだ》の上に電気が走ったような痛みを覚えて、瀬里は震えながら息を呑《の》んだ。

触《ふ》れられるのは、三度目。けれど、大智自身が瀬里の身体で快感を得たのは、まだあの一度きりしかない。隠《かく》すものもないくらいに暴《あば》かれたあとでふたたび求められるのは、まるで違《ちが》う意味で怖いのだと知った。

手探《てさぐ》りで、闇雲《やみくも》なうちはいい。はじめてのことは新鮮味《しんせんみ》もあるかもしれない。けれどもう、瀬里の全部を大智は知ってしまっている。

「あの、つまんなく……なかった、ですか」

「ん？　や、もうすっげ、かわいかった」

もっとも気になっていたことを口にすると、こちらが恥ずかしくなるような甘ったるい吐息《といき》混じりの声でそう返される。この声も、もう覚えた。大智が本気でかき口説こうとするときに出す、少しひずんで淫らな、甘く低い響き。

「……早く、もっかいしたいなあ、って思うくらいには」

「も、もっかい……って」

あげく、ふんわりと耳を噛《か》みながらそんなことまで言われた。茹《ゆ》であがりながら身じろいだ瀬里が気づくと、腰《こし》をしっかり抱《だ》かれて逃げられない。

首筋にも唇《くちびる》が落ちてぞくぞくして、目眩《めまい》がして、もうなにも考えられなくなる。

「も、いっかいで、あとはない、とか……？」

「は……？」

もう一度したら飽《あ》きちゃいますかと、半ば蕩《とろ》けた頭で、けれど真面目《まじめ》に不安で瀬里が問うと、なぜか大智の方が少し赤くなった。そのあとなんだか妙《みょう》に、幸せそうに笑われる。

「えーと。それは何度でもOKってこと？」

「う、あ、えっと、……そ、そう、なるんですか？」

結構大胆《だいたん》なことを言ってしまったらしいと瀬里が気づいたのは、鼻先がくっつくほどの近くでくすくすと笑う大智に確認《かくにん》するように目を覗きこまれた瞬間《しゅんかん》だ。

「や、もう、瀬里ちゃんかわいいなあ。大好き」

「だっ……だいっ」

大好きと言った彼のそれをなぞるつもりなのか、それとも彼自身の名前を呼んで咎《とが》めるつもりであったのか、わからないまま茹であがった瀬里はぱくぱくと口を開閉させる。自分が焦《あせ》るとどもってしまうくせがあり、あげくには言葉が出なくなると知ったのは、大智にあれこれとされるようになってからだ。

「……んっう……ふ、う」

けれど、瀬里がいつも喋《しゃべ》れなくなってしまうのは、いつも最後まで言わせないまま、大智がこうして口を塞《ふさ》いでしまうからかもしれないと思ううちに、また手早く服がむしり取られる。

この日は既《すで》にシャワーを浴びたあとで、湿《しめ》り気を帯びた肌が気持ちいいと、この間よりももっと丹念《たんねん》にあちこち触《さわ》られて、少し違うやり方を教えられた。

「あ、ん……やっ、やぁ、そこ……そんなのしちゃ、やだっ……んっ」

「ここ……？　これ？」

「あ、それだめ……それっ、だめっ」

淫らな声をあげ、震える肌を濡《ぬ》らした。津波《つなみ》のような快楽が襲《おそ》ってきて、こんな強烈《きょうれつ》なものを覚えてしまって、どうしたらいいのか。媚薬《びやく》というのならそれは瀬里にとって、大智の存在そのものがそうなのだろう。甘くて、刺激《しげき》的で――くせになる。

やだ、だめ、と意味もない言葉を譫言《うわごと》のように呟《つぶや》いた。どうしてかこういうときの言葉は否定のセンテンスばかりになるけれど、やめてほしいわけではない。

（もっと触って、もっと……中の、奥まで、来て……）

瀬里は声にならない願いをしがみつく腕《うで》で訴《うった》え、それを正確に拾い上げた大智に揺《ゆ》さぶられ、揉《も》みくちゃに翻弄《ほんろう》されるまま、濡れる身体を震わせ、乱れ、そして達した。

「はあ……あ……っ」

その甘い失墜《しっつい》からゆったりと戻《もど》る間、大智は静かに瀬里の肌を撫でてくれている。心地《ここち》よさにうっとりと息をつき、ふるりと震えながら広い胸に鼻先を埋《うず》めた。

（ふわふわする……）

セックスのあとでじゃれるのが好きなタイプとそうでないのとあるらしいけれど、大智は前者のようだった。瀬里もまた、そろりと髪《かみ》を梳《す》き頬を撫でる大智の指を嫌《きら》いなはずがない。

「――眠《ねむ》い？」

「いえ、まだ……」

もったいなくて眠りたくない、と瀬里はかぶりをふって照れたように笑う。

まだあの強烈な快楽には慣れないが、ぼんやりとした眠気をやりすごしながら過ごす時間は好きだと思う。ことさら大智の手がやさしく感じるから、それも好きだ。

うっとりと長い腕に身体を預けつつ、瀬里は近づいてくる端整《たんせい》な顔を見つめて、ふと思い出したように言った。

「あ。……あの、さっきの話で、お願いがあるんですけど」

「——なに？」

それは口づけの直前で、大智は一瞬面食《めんく》らった顔をする。だが続く言葉の予想外さに、さらに彼はなんともつかない表情になった。

「大智さん、どっか行って……ほかに好きなひとできたら、ちゃんと言って下さいね」

「は……？」

大智は惚《ほう》けたような顔をみせたまま、しばしぽかんと口を開けていた。そうして、何度かその形よい目を瞬《まばた》きさせたあと、引きつったような笑《え》みを浮《う》かべて額に指を当てる。

「え、ちょっ、……ま、待って。ごめんそれどういう意味、かな？」

頭が痛いとでも言いたそうな仕種《しぐさ》に、なんだろうと瀬里は首を傾《かし》げた。

「え……それこそ、邪魔《じゃま》とかしたくないし」

旅先にはきっと出会いも誘惑《ゆうわく》も多いだろうし、そこでもしかしたら、瀬里以上に気になるひとができるかもしれない。そうなったらきっと相手だって、彼を好きになるだろう。

「やっぱり、その辺はっきりしておかないと、悪いじゃないですか」

ある意味ではこれ以上ないべた惚《ぼ》れ状態でいる自覚がないまま、うっかり本気な瀬里が生真《き》面目にそう告げると、大智の広い肩がなぜか落ちている。

「悪いって誰《だれ》に……」

「それは……誰かわかんないですけど。……あれ、ど、どうしたんですか？」

さすがにそこまでは予想がつきませんと、これも真面目に答えれば、大智は深々と息をつき、ぐったりと瀬里にのしかかってくる。

「あ、いや……うん。当分ね、俺日本にいるから。少なくともあと数年、そんな長期で出歩かないから」

「そうなんですか？」

だとすればとても嬉《うれ》しい。素直《すなお》にそう思って微笑《ほほえ》んだ瀬里に、大智はうんうんそうよ、と頷《うなず》いたあと、ひどく疲《つか》れた声で呟いた。

「いやもう……俺にとってはいま、アンコールワットより瀬里ちゃんが遠くて」

「え？」

これはもう気長にかまえて信用を作るしかないのかと、ぶつぶつと言った大智の言葉の意味はよくわからない。

「いや、とりあえず……地道に覚えてもらうよ、いろいろ」

「え、え、……あっ？　ちょ、ちょっと」

まずは身体から。そんなことを呟いた大智はするりと脚《あし》から尻《しり》までを包むようにして、長い指を這《は》わせてくる。待って、と言うより早く、まだ余韻《よいん》に火照《ほて》って濡れるそこへと、大智は意地悪く入りこんできた。

「あ、んん、やだ……っ」

「ちょっとだけ……指だけ、ね」

嘘《うそ》だ、絶対あとであのすごいの入れるんだとなじるように見あげたけれど、すぐにそれは口づけに塞がれ、瀬里ももう小さく甘い喘《あえ》ぎ以外になんの言葉も発することができない。

「ああ……っ」

くずおれる身体を抱きとめられ、啼《さいな》んだ分だけ甘い口づけをもらいながら、うっとりと瀬里は目を閉じた。事後の気だるさはもう思考力を低下させ、広い胸に頬《ほお》を寄せれば、なにもかもどうでもよくなってしまいそうだ。

それでもひとつだけ――やはりあれは気になると、まどろみながら瀬里は思う。

（アンコールワットより遠いって、どういう意味だろ……？）


「……ってわけなんだけど」

どうにも引っかかっていたあの発言の意味を知りたくて、あの夜の会話を――まあいかがわしい部分は大幅《おおはば》に割愛《かつあい》したけれど――真雪に問えば、彼女はなんだか顔を引きつらせていた。

「あんたそれまさか、いまあたしに言ったまんま言った？」

「う、うん」

「自分は待ってるけど、よそで恋人《こいびと》できたらちゃんと言えって？」

正気かよ、と呟いた真雪はぶるぶると唇《くちびる》を震《ふる》わせ、凝視《ぎょうし》するように大きな二重《ふたえ》の目が見開かれる。怒《おこ》ってでもいるようなそれに、瀬里はだんだん不安になってきた。

「言ったけど……あれってよくないこと？　なんか大智さん、ずーっと変な顔しちゃってて」

少しだけ頼《たよ》りなく眉《まゆ》を寄せるのは、自分でもずるいかなと思っていたからだ。

瀬里としては、あの彼を拘束《こうそく》するようなことは言いたくなかったのも本心ながら、ふられるなら前置きして、覚悟《かくご》を決めさせてほしいという臆病《おくびょう》な気持ちも否《いな》めない。でも自分はきっと、大智を諦《あきら》めきれる日は来ない。しつこく好きでいるのも迷惑《めいわく》かもしれないが、それだけは許してもらったっていいだろう。

瀬里としては、控《ひか》えめながらそこの主張はしたいと考えたわけだったが。

「よくないってか、……ふ……ふはっ！」

「ま、真雪⁉」

真剣《しんけん》に考えこんだ瀬里の前で、ぶはあっ、と真雪は噴《ふ》き出した。唐突《とうとつ》なそれに瀬里はぎょっと目を瞠《みは》り、身体《からだ》を曲げてげらげらと笑う彼女に呆然《ぼうぜん》とする。

「あーもう最高、瀬里それ最高‼　あーあー、これであいつ当分どっこも行けないわ、ざまあみろだ！」

ひいひいと涙《なみだ》まで流して笑う真雪の言葉の意味もわからず、また考えたのとまったく反対の予測をつけられ、瀬里はおろおろとなる。

「な、なんでっ⁉　俺そういうの、してほしくないって」

「いいのいいの、そんくらい苦労しろってのよまったく……‼」

笑いすぎてついには咳《せ》きこんだ彼女に、瀬里は、自身の発言がなぜこんなに笑われたのかわからないまま「なんでだよ」と目を据《す》わらせる。

「俺、真面目《まじめ》に言ってるのに……」

瀬里が途方《とほう》に暮れていると、どこかむっつりとしたままの大智が声をかけてくる。

「真面目だから困るんだよねえ」

「あ、大智さん……」

ぎくっとした瀬里を見下ろす瞳《ひとみ》の困惑《こんわく》から察するに、どうやら彼は話を聞いていたらしい。

しかし瀬里に対しては小さくため息をついたのみでコメントはなく、代わりとでもいうように彼はいきなり真雪を小突《こづ》いた。

「……真雪。顔がぶっさく土砂崩《どしゃくず》れ起こしてるぞ」

「だからブサ上等って……いたっ、八つ当たりすんなっつうの！」

「笑いすぎだおまえは！　さっさとフロア行け！」

はいよう、とまだ笑いの余韻に頰を引きつらせつつ、追い払《はら》われた真雪は去っていく。その背中に舌打ちでもせんばかりの剣呑《けんのん》さで一瞥《いちべつ》を投げたあと、大智は瀬里に向き直った。

「で、瀬里ちゃん」

「は、はい」

思わず身構えた瀬里が居住まいを正すと、その手が唐突に握《にぎ》られる。あ、と顔を赤くしたのは、指の全部を絡《から》め合わせるようなそれがあまりに艶《なま》めかしいからだ。

「……あの、大智さん、店では……」

「うん、手を握る以上のことはしない。……してないでしょ」

でも触《さわ》り方がなんだかいやらしい気がする。ついでに目も危ない感じに笑っている。一見とてもやわらかに甘い微笑みのようだけれども、まっすぐ見つめてくる瞳の奥にある光が違《ちが》う。

（違う、嘘だ、その顔違う……っ）

見覚えのあるそれに、瀬里の白い頬は一気に血の気をのぼらせた。これは、主にふたりっきりの自分の部屋で、それもとある一角で彼を見あげるときにのみ出る表情だ。

それに気づくようになっただけ、鈍《にぶ》い瀬里としては非常な進歩なのかもしれないけれど、なんの対処も躱《かわ》すこともできないままであるならば、結局意味はないかもしれない。

逃《に》げようともがく指は絡んだままで、どうしたものかとおずおず瀬里は口を開いた。

「だ……大智さん……っひゃっ⁉」

大智の親指がすうっと手のひらのくぼみを撫《な》で、見事に裏返った声で瀬里が目を回す。

（や、や、やだ……なんか、やらしい）

幾度《いくど》もそこを撫でられるたび、びくびくと肩《かた》が震え、なにかいけないものが大智の指から伝わるようで、困り果てた瀬里は離《はな》してくれと言おうとした。

「ところでさ——飲みに行こうねってなに？　陸《おか》サーファーって？」

突然《とつぜん》の話題転換《てんかん》に、やめてくれと言い損《そこ》ねた瀬里は目を丸くする。大智はまたにっこりと笑い、ぎゅっとむずがゆい手のひらを握った。

「え、あ……いや、なんか、冗談《じょうだん》、で」

「そっか、冗談か……ふうん」

響《ひび》きはやわらかいがなぜか抗《あらが》えない口調と雰囲気《ふんいき》に、瀬里はしどろもどろになる。微妙《びみょう》な力加減で手のひらをくすぐられ続け、思わず肩を竦《すく》めると、さらに大智は笑みを深くした。

「まあ、いいけど。そういうのについてっちゃだめだからね？」

「は、はい。それはもちろん……あの、手……」

なんだろう、笑っているのに目が怖《こわ》い。瀬里はぶんぶんと頷いて、早く手を離してもらえないかと視線で訴《うった》えた。

「しないよ、なんにも……いまは」

「ひあっ……！」

身を屈《かが》めた大智に耳のそばで囁《ささや》かれ、ざわっとうなじの産毛《うぶげ》が逆立った。瀬里はどうにもここが弱いのだ。とっさに後じさり首を竦めると、触ってないよと大智は艶然《えんぜん》と微笑む。

「……あとは、夜にね」

「よ、よるっ、夜は今日、夜シフトで……」

うん、だからそのあとでね。だめ押しのように微笑《ほほえ》まれて、瀬里は結局頷《うなず》いてしまう。それでやっとほっとしたように放された手のひらを見て、瀬里は不思議になった。

（大智さん、よくわかんない……）

わざと瀬里が焦《あせ》ることをしたり、覚えたての快感を思わせる悪戯《いたずら》をしたり、そんなふうにときどき大智は瀬里を追いつめて試《ため》すようなことをする。

べつにこんなふうにしなくても、普通《ふつう》に誘《さそ》ってくれていいのに。そう思ってちらりと眺《なが》めた大智は「わかってないんだから」と苦笑《くしょう》したが、それはこちらの台詞《せりふ》だと言いたい。

大智は肌《はだ》の境目さえ曖昧《あいまい》な距離《きょり》に近づいても、なお摑《つか》めない部分がある。けれどそうして苦笑するばかりの彼もまた、同じように感じることがあるのだろうか。

（なんでかな）

どこにだって飛んでいきそうなのは大智の方なのにと、瀬里は自分からもう一度、彼の指を握った。不意打ちの囁きが耳に残る、高揚《こうよう》の冷めない身体は不安定に心を揺《ゆ》らして、繋《つな》ぐ手を求める指先に力をこめる。

不器用で経験の浅い瀬里はなにもわからなくて、だから手探《てさぐ》りでこうして、ひとつひとつを繋いでいくしかないのだろう。そうして伸《の》ばした手の先、得ようとするのは形のない心だから、確かなものなど、永遠に摑めないままなのかもしれない。

「……大智さん」

けれどなにもないわけじゃない。呟《つぶや》く端《はし》から消えてしまう声のように、目にも見えない、触《さわ》れない、けれどそれは確かに、そこにある。だから諦めないでいつまでも、あがくようにこの手を伸ばすのだ。

「ん？」

求めたからこそ与《あた》えられる安寧《あんねい》がある。そう教えてくれるかのように、大智の手が瀬里のそれを強く、けれど痛まないようやさしく、握りしめてくれる。

名を呼んで、触れて、細胞《さいぼう》のひとつひとつに刻みつけたい。

伸ばす手の先にあったものは、寄せて返す波のようにひとつも同じ形をもたない、恋《こい》そのものかもしれなかった。

END

あとがき

こんにちは、崎谷《さきや》です。鎌倉湘南スローライフラブストーリー、ブルーサウンドシリーズ第二弾《だん》をお送りしております（長いな）。今回は、前作「目を閉じればいつかの海」にて出てきた大智と瀬里のお話ですが、ある意味さらにじれったいおふたりさんです。時系列が一部重なっているので、瀬里視点では藤木がどう見えていたのか、そしてその後の嘉悦と藤木もちょっぴりかいま見える造りになっています。大人はたががはずれるとはしたないです……。

さて主役、語り手視点に据えた瀬里ですが、ある意味とてもめずらしい子になりました。真面目《まじめ》で天然というキャラは割と書きますが、それに加え瀬里は頑固《がんこ》でテンション低い……。後半は大智に振《ふ》り回されてだいぶ変わっていくのですけれど、基本は全部自分できっちり始末をつけていく、しっかりしたタイプのようです。あとあんまり泣かないし怒《おこ》らない。怒ると疲《つか》れちゃうから（笑）。そういう意味ではほんとに書いたことないキャラでした。

大智は大智で、好き放題書かせてもらいましたが、これもめずらしく、結構普通《ふつう》の男子です。なんでもできるようで抜《ぬ》けてるとこもあるし、割と勝手で言いっぱなし、恋人の全部をわかったり救ってくれるわけじゃない。そういうほんとに、その辺にいるちょっとかっこいいけど変わってる男、というのを書いてみたかったのです。おまけに風来坊《ふうらいぼう》というか遊牧民。こんなの恋人にするには最悪だと、友人の間では楽しく大ブーイングでした（笑）。

トリッキーなまゆきちは、幸いなことに感想でかなり好評を頂きました。前回も要所で頑張ってくれましたが今回も同じく。彼女もやっぱり、その辺にいる子だろうなと思っています。

前作の嘉悦と藤木はわりときらきらしいふたりで、恋愛面《れんあい》もパッション溢《あふ》れてましたけど、今回は対照的に、地味にもどかしい恋愛模様をじっくり描《えが》いてみたかったのです。なんというか、最後の恋と最初の恋、みたいな。大人の方が煮詰《につ》まってる分大胆《だいたん》に、そこになりかけてる子は持て余す時間にぐずぐずと、そういう雰囲気《ふんいき》がちゃんと出ていればいいなと思います。

噛《か》みあわないふたりが、じたばたしながら互《たが》いの手を取るにはやっぱり時間が必要で、えー、その分枚数も必要で……はい、またも長くなりました。そしてやっぱり私は「短いもん」と言い張りました……正確な読みをありがとう担当さん。いつもお世話になっています。

お世話にといえば今回もイラストをお引き受けくださったおおや先生。うつくしいキャラクターは心の糧《かて》となり、本当に楽しく書かせて頂きました、ありがとうございました。ご迷惑《めいわく》をおかけしてはいないかと少し心配ですが、今後ともよろしくお願い申し上げます。前作で大智を気に入って下さったようだったのですが、期待と違《ちが》ったらすみません……へたれで……。

あ、ここでご説明。作中瀬里の通う大学を湘南付近の公立としていますが、現実にはそのような大学は存在しておりません。そんなのあるっけ、と思われる方がいるとまずいので一応。

次回ルビーさんでは初夏のころにお目見えします。おそらく単発の一冊になる……と思いますが、その次はまたブルーサウンド絡みのお話だと思います。でも誰《だれ》が主役かは内緒内緒《ないしょ》です(笑)。それまで皆様、心身共にお健《すこ》やかにお過ごしくださいませ。ではでは。

KADOKAWA RUBY BUNKO

手《て》を伸《の》ばせばはるかな海《うみ》

崎谷《さきや》はるひ

角川ルビー文庫　R83-8　13666

平成17年2月1日　初版発行
平成19年3月10日　4版発行

発行者——井上伸一郎
発行所——株式会社角川書店
東京都千代田区富士見2-13-3
電話/編集(03)3238-8697
〒102-8078
発売元——株式会社角川グループパブリッシング
東京都千代田区富士見2-13-3
電話/営業(03)3238-8521
〒102-8177
http://www.kadokawa.co.jp
印刷所——暁印刷　製本所——BBC
装幀者——鈴木洋介

ISBN4-04-446808-7　C0193　定価はカバーに明記してあります。